Nuova Narrativa Newton

1386

Della stessa autrice:

Urla nel silenzio
Il gioco del male
La ragazza scomparsa
Una morte perfetta
Linea di sangue
Le verità sepolte
Il primo cadavere
Quelli che uccidono
Vittime innocenti
Promessa mortale
La memoria dei morti

Titolo originale: *Child's Play*

First published in Great Britain in 2019 by Storyfire Ltd trading as Bookouture.

Traduzione dalla lingua inglese di Anna Ricci
Prima edizione: maggio 2024

ISBN 978-88-227-8206-9

www.newtoncompton.com

Realizzazione a cura di Pàgina
Stampato nel maggio 2024 da Puntoweb s.r.l., Ariccia (Roma)

Angela Marsons

La mossa dell'assassino

Newton Compton editori

Questo libro è dedicato a Jez Edwards.
Semplicemente, grazie.

Prologo

Inverno 2010

«Insomma, si può sapere cosa vuoi?», esclama. Si sfrega le mani, e il suo gesto mi riporta all'infanzia.

Solo che l'infanzia è lontana, ormai. Adesso sono grande, e vivo di rabbia. Non è necessario che lei lo sappia, però, non ancora.

«E poi mi spieghi perché siamo qui?», chiede, guardandosi intorno nel parco deserto. Siamo a metà gennaio, la temperatura è di un grado sopra lo zero e tra venti minuti il sole sarà tramontato del tutto.

Per attirarla le ho detto che avevo qualcosa per lei, e ha funzionato, proprio come speravo.

Tocco il sedile della giostrina accanto a me. «Vieni, così posso darti il regalo».

Non sembra convinta, ma la curiosità ha la meglio.

Sogno questo momento da otto anni.

«Allora, cos'è questa storia?»

«Ricordi che mi portavi qui a giocare, un tempo?», chiedo.

Esita. «Be'... Veramente...».

«Ricordi che mi spingevi sull'altalena, ti sedevi di fronte a me sul saliscendi, che giocavamo a palla insieme sul prato?».

Ha capito che c'è qualcosa che non va.

Cerca di allontanarsi.

L'afferro per un braccio.

«Non te ne ricordi? No? Be', è perché non l'hai mai fatto, maledetta stronza», dico, costringendola a voltarsi.

«Ma cosa...».

Ho provato e riprovato questa scena nella mia mente non so quante volte. So perfettamente come andranno le cose.

Sollevo il braccio destro e la colpisco alla tempia con un pugno, facendole perdere i sensi all'istante.

Un sorriso sincero mi illumina il viso. È stato bello, quasi quanto avevo immaginato.

Mi metto all'opera, veloce, mentre il giorno svanisce del tutto: non so per quanto tempo resterà svenuta.

Comincia a lamentarsi proprio mentre sto stringendo l'ultimo nodo a una caviglia.

«Ehi, che stai…?»

«Comoda?», le chiedo, facendo un passo indietro per ammirare il lavoro.

Ha le gambe divaricate, legate alla struttura metallica a forma di ragnatela della giostrina, a faccia in giù. Il corpo è piegato all'altezza della vita, proteso verso il terreno; la parte superiore della testa tocca la base di cemento della struttura. Ha le mani bloccate dietro la schiena.

«Senti, mi viene da vomitare…».

«È l'ultimo dei tuoi problemi», rispondo, godendo della nota di terrore nella sua voce mentre tenta di muoversi.

«Aaah!», urla sentendo il filo spinato che si conficca nella carne dei polsi. Ho fatto una fatica terribile a metterglielo, ma la macchia di rosso acceso che sgorga a seguito dei suoi sforzi mi ripaga di tutto l'impegno.

«Avresti dovuto portarmi qui almeno una volta», le dico con disprezzo e comincio a far girare la giostra.

Lancia un grido quando la sua testa inizia a sfregare sul cemento.

Sorrido e continuo a spingere. Non perdo la calma, perché so che nessuno può sentirla. Le case per le quali era stato costruito il parco sono state dichiarate inagibili e abbandonate anni fa, dopo che due di esse sono sprofondate in un'antica galleria mineraria.

Gli unici bambini che vengono a giocare qui arrivano da chilometri di distanza, ma di certo non in una serata come questa.

«T… Ti prego… fer…».

«Shh. Adesso tocca a me», la interrompo e spingo più forte. Ciocche intere di capelli restano incollate a terra a ogni giro. «Ti pentirai di non aver giocato con me», continuo, aumentando la velocità.

I respiri si fanno sempre più corti e affannosi tra le grida di dolore, la carne continua a sfregare sulla ghiaia.

Poi le urla diventano sussulti e penso che sia entrata in una fase in cui è cosciente solo a tratti.

Fermo la giostrina e la faccio ripartire nella direzione opposta. Il filo spinato si insinua più a fondo nei suoi tessuti via via che la velocità aumenta.

Finalmente giochiamo insieme. Il gioco l'ho scelto io.

Il sangue forma una scia circolare sulla ghiaia.

Spingo più forte e la giostrina sibila, sempre più rapida.

«Avresti dovuto ascoltarmi», urlo, spingendola con tutte le forze.

L'unico suono che arriva da lei è poco più che un lamento.

Il sangue a terra comincia a formare una pozza, grumi di pelle restano attaccati alla base di cemento.

I gemiti si interrompono del tutto quando sento il suono del cranio che si frattura.

Do un'ultima spinta decisa alla giostra e faccio un passo indietro.

«Sì, avresti proprio dovuto giocare con me», le ripeto, anche se so che non può più sentirmi.

Mi allontano mentre il suo corpo inerte e senza vita continua a ruotare.

1

Oggi

Kim Stone arrivò sulla scena del crimine alle 23:29. Il sole era tramontato da quasi tre ore, ma nell'aria aleggiava ancora l'afa di agosto.

Aveva dato ordine di chiamare il suo collega, il sergente Bryant, ma per il momento la sua Astra Estate non si vedeva tra le autopattuglie, l'ambulanza e il furgone del medico legale. Osservò gli ultimi due veicoli, affiancati. Di sicuro almeno uno sarebbe stato necessario.

Si tolse il casco chiedendosi quale attività avesse dovuto interrompere il suo collega quando aveva ricevuto la telefonata. Conoscendolo, forse stava per addormentarsi col televisore sintonizzato su un canale dedicato a storie criminali.

Lei, invece, stava per portare Barney a fare la sua passeggiata serale. Aveva dovuto lasciarlo a casa dopo un veloce giro nel giardino sul retro, promettendogli che sarebbero andati a fare una corsa al parco non appena fosse rientrata, qualsiasi ora fosse. Aveva evitato di precisare che era stata convocata a Haden Hill Park perché aveva la netta sensazione che, se avesse saputo che si stava recando proprio nel parco in cui di solito andavano insieme per il primo giro mattutino, Barney non l'avrebbe mai perdonata.

Haden Hill House era una residenza vittoriana, costruita su un ampio terreno verdeggiante nel 1878 da George Haden Haden-Best accanto a un'altra villa, la maestosa Old Haden Hall. La sua intenzione, all'inizio, era stata abbattere la residenza più vecchia per ampliare la propria dimora, ma vi abitava una sua anziana zia, vedova del signorotto locale. Quando alla fine la donna era deceduta, nel 1903, Haden-Best aveva perso ogni interesse per i lavori di ampliamento, e così i due edifici erano rimasti uno accanto all'altro.

Alla morte di Haden-Best, nel 1921, la residenza più nuova, l'antica Haden Hall, i giardini e gli oltre ventidue ettari erano stati acquistati attraverso una sottoscrizione pubblica e trasformati in un parco. Negli anni successivi, entrambe le abitazioni erano state usate come ricoveri per sfollati e rifugi contro i bombardamenti. A seguito di un incendio, Old Haden Hall era rimasta in rovina per molti anni, ma poi, grazie a dei fondi ottenuti tramite la lotteria di Stato, era stata riportata agli antichi fasti.

Seguendo le indicazioni, Kim aveva imboccato l'entrata da Haden Park Road che conduceva all'area attrezzata per bambini in cima al parco, non molto lontano dagli edifici ristrutturati. Si era già radunato un piccolo gruppo di curiosi, che allungavano il collo cercando di scorgere qualcosa oltre il cordone di agenti e automobili della polizia, e altre porte si stavano aprendo a mano a mano che gli abitanti della zona si decidevano a uscire anziché continuare a sbirciare dalle finestre.

Kim mostrò il tesserino di riconoscimento e passò sotto il nastro che isolava l'area, poi puntò verso le numerose giacche fluorescenti e torce accese per ovviare alla mancanza di illuminazione pubblica.

Gli agenti si spostarono quando la videro dirigersi verso il centro della folla, superando alcuni paramedici che senza alcun dubbio erano stati congedati ma si erano fermati a chiacchierare accanto allo scivolo a forma di giraffa.

«Ehi, Keats», disse Kim quando scorse il basso medico legale, intento a prendere qualcosa dalla borsa degli attrezzi posata su un dondolo a molla a forma di personaggio dei fumetti.

Lui scrollò il capo sconsolato, e Kim non poté fare a meno di domandarsi perché mai l'avessero chiamata. Un attimo dopo, però, comprese il vero motivo di quell'espressione delusa, che non aveva nulla a che fare con la scena del crimine.

«Arriverà presto», commentò. Keats preferiva di gran lunga il suo collega a lei e non faceva il minimo sforzo per nasconderlo. La cosa non le dava fastidio. In fondo la pensavano quasi tutti così.

Poi un sorriso lento cominciò a incurvare le labbra arcigne del medico. Doveva essere arrivato Bryant.

«'Sera, Keats», disse il collega quando li raggiunse, sorridendo e tendendogli la mano.

Kim gli lanciò un'occhiata che lui ignorò.

Keats fece un sorrisetto. «Oh, ecco come si saluta...».

«Scusate, ma non si era detto che c'era un cadavere qui da qualche parte?», domandò Kim guardandosi intorno in modo plateale.

«Certo che c'è, ispettore, e la povera anima non è stata toccata se non per rilevare eventuali segni vitali».

«Okay, allora mostrami da che parte...».

«Ragazzi», chiamò Keats facendo un cenno al gruppo di agenti in uniforme.

Di colpo tutte le torce vennero puntate insieme rischiarando la zona alla sinistra di Kim, quasi dovessero illuminare la performance di un solista su un palcoscenico buio.

I suoi occhi ci misero qualche istante ad abituarsi alla luce. Bryant le fu subito accanto.

Inspirarono all'unisono.

«Che diamine è successo qui?», esclamò lui, togliendole le parole di bocca.

2

A una prima occhiata Kim vide una donna di mezza età seduta sull'altalena più a destra. La sua borsetta era sistemata con cura accanto alla struttura di metallo. Non era aperta, non c'era nulla di sparpagliato a terra, era posata con la tracolla arrotolata a sinistra.

Kim cominciò il secondo e più dettagliato esame della macabra scena che aveva di fronte.

La donna aveva i capelli folti e grigi, ma ben acconciati. Anche alla luce della torcia, poteva scorgere i riflessi del rossetto sul viso attraente, che mostrava i segni dell'età ma non aveva ancora ceduto alle rughe più profonde.

I lobi erano ornati da piccoli orecchini di perle abbinati al filo intorno a un collo che non era sfuggito bene quanto il viso ai segni del tempo.

Il filo di perle spariva sotto il colletto bianco di una camicetta coperta da un leggero cardigan estivo con le maniche a tre quarti.

La gonna svasata, con un motivo blu a fiorellini gialli, le arrivava appena sotto il ginocchio, ma probabilmente se fosse stata in piedi si sarebbe rivelata più lunga. Le gambe erano fasciate da calze di nylon e ai piedi portava un paio di décolleté blu con tacco cinque.

Sembrava una signora di mezza età che aveva interrotto una passeggiata al parco per sedersi un momento su un'altalena. Per rivivere qualche ricordo d'infanzia, o semplicemente perché non era riuscita a resistere alla tentazione. Una scena innocua.

Tranne che per due elementi: la macchia color rosso acceso sulla camicetta e il filo spinato che le legava i polsi.

Il corpo pendeva in avanti, ma era trattenuto da quel filo spietato, avvolto intorno alle catene dell'altalena. Le gambe erano appena piegate, le punte delle scarpe sfregavano il terreno.

«Un gioco erotico finito male?», domandò Bryant.

«Ancora non lo so», rispose Kim, distogliendo a fatica lo sguardo.

Escludendo il filo spinato, alla luce del giorno l'immagine di quella donna che rideva e dondolava avanti e indietro sull'altalena accanto a un nipotino intento a lanciare gridolini estatici avrebbe suscitato sorrisi e risate. A quell'ora tarda della sera, perfino senza il sangue e il filo spinato, la stessa scena risultava ben più sinistra e inquietante.

«Chi l'ha trovata?», domandò Kim a nessuno in particolare.

«Un tizio che stava sulla struttura per arrampicarsi, e vi consiglio di evitare la pozzanghera che c'è vicino alla ghiaia. Quella è roba sua», disse uno degli agenti.

Bryant si voltò e gli rivolse un cenno del capo. Poi tornò a girarsi verso Kim. «Vuoi che vada lì a...?»

«No», disse lei. «Tu guarda nella borsetta. È meno probabile che Keats faccia una scenata a te».

Il medico legale non gradiva che gli oggetti venissero toccati prima che i tecnici avessero avuto modo di esaminarli, ma l'amicizia che legava i due uomini dava a Bryant un maggior margine di tolleranza. Inimicarsi Keats all'inizio di un'indagine non si era mai rivelata una mossa vincente per Kim.

Sapeva bene che l'affetto di Keats nei confronti di Bryant derivava in gran parte dalla compassione che provava all'idea che fosse costretto a passare le giornate a contatto con lei. Keats pensava che quel pover'uomo avesse già abbastanza guai. E Kim non poteva dargli torto, si disse, mentre aggirava la pozza di vomito per raggiungere l'uomo dai capelli biondi seduto a terra.

Aveva la schiena appoggiata alla struttura metallica, le braccia posate sulle ginocchia e piegate a sostenere la testa, lo sguardo puntato a terra.

Doveva avere sui venticinque anni, indossava un paio di jeans scuri e una felpa.

«Ehi», lo salutò mostrandogli il tesserino.

L'uomo si alzò in piedi.

«Non si preoccupi, può restare a...».

«Voglio solo andare a casa, agente. Mi hanno detto che non appena avessi parlato con un detective avrei potuto...».

«Okay, okay», fece lei, guardando la poliziotta accanto all'uomo.

«Eric», intervenne la donna. «Eric Hanson di...».

«Grazie», la interruppe Kim, supponendo che il giovane non avesse perso la facoltà di parola.

Istintivamente l'uomo aveva di nuovo alzato lo sguardo verso le altalene. Cominciò a scuotere il capo.

Kim gli si parò davanti per bloccargli la visuale e indicò con un cenno la bottiglietta di plastica che il giovane stringeva tra le mani. «Beva un sorso».

«Sono a posto, grazie», ribatté lui, continuando a scrollare la testa.

«Allora, Eric, cos'è successo?», gli chiese.

«Lei era... ho guardato, e...».

I suoi occhi sembravano trapassarla, fissi sull'immagine che si era trovato di fronte. Kim non voleva che continuasse a concentrarsi sull'orrore. Aveva bisogno dei fatti.

«Okay, partiamo dall'inizio, Eric», gli disse, riportandolo al presente. «A che ora è entrato nel parco?»

«Più o meno alle dieci e mezza», rispose lui, spostando l'attenzione sul suo viso. «Volevo solo fare una passeggiata per smaltire l'ultima birra che avevo bevuto al club. Tanto per sgranchirmi un po' le gambe».

«Quindi è arrivato da quella direzione?», chiese, puntando la testa verso il sentiero che conduceva al club.

Anche se non faceva parte del parco, c'era un viottolo che andava dall'Old Hill Cricket Club all'ingresso dove lei aveva appena parcheggiato.

«Sì, avevo bevuto qualche birra coi miei amici e...».

«E non ha incrociato nessuno durante il tragitto?».

Scosse di nuovo il capo.

«Ha sentito qualche suono particolare mentre arrivava?»

«Niente. Un silenzio di tom...». Si interruppe nell'attimo in cui quella parola lo ricondusse ancora una volta a ciò che aveva visto.

«Quindi non ha sentito né visto nulla, e ha chiamato subito la polizia?».

Lui annuì.

«Poi che cosa ha fatto?».

Un'espressione colpevole gli passò sul volto. «Che cosa intende?»

«Non l'ha toccata?».

L'uomo esitò, poi scosse ancora la testa.

«È sicuro, Eric?», insisté Kim. Era un'informazione fondamentale.

«Mi dispiace, non ho controllato niente. Non ce l'ho fatta a...».

Kim capì da cosa dipendevano il senso di colpa e l'evasività. Si sentiva in difetto perché non aveva avuto il coraggio di avvicinarsi e verificare se fosse ancora viva.

«Non si preoccupi, non penso ci fosse molto che avrebbe potuto fare per aiutarla».

Lui le rivolse un sorriso grato, e proprio in quel momento Bryant li raggiunse.

«Okay, Eric, ci metteremo in contatto con lei se avremo bisogno di altre informazioni, e se dovesse tornarle in mente qualcos'altro, ci chiami».

Hanson annuì per confermare che aveva capito, mentre Kim incrociava lo sguardo dell'agente che era ancora accanto al giovane. «Fallo accompagnare a casa».

«Subito, signora».

«Trovato qualcosa?», domandò Kim rivolta al collega.

«È arrivato Mitch, sta discutendo con Keats sul modo migliore per staccarla dall'altalena».

«Sappiamo come si chiama?»

«Belinda Evans, sessantuno anni, abita a Wombourne e guida una BMW Serie 5. Comprata meno di due anni fa».

Kim inarcò un sopracciglio. Bryant aveva ottenuto molte più informazioni utili di lei nello stesso lasso di tempo.

«Chiavi della macchina nella borsetta, con portafoglio – intatto – patente, una piccola trousse, una penna, occhiali e un pacchetto di mentine. Niente cellulare».

«E la sua auto è?»

«Parcheggiata in modo corretto a una cinquantina di metri dai cancelli del parco. Chiusa, e non presenta elementi riconducibili a un reato».

«Bel lavoro, Bryant», disse lei, avviandosi verso l'ingresso del parco. «Gran parte delle informazioni che mi hai dato è inutile, ma c'è un elemento di assoluto rilievo, oserei dire fondamentale».

«E cioè?»

«Che Belinda Evans è venuta al parco di sua spontanea volontà».

3

Kim entrò nella sala operativa e capì all'istante che c'era qualcosa di strano. Non c'entrava nulla il fatto che la stanza era vuota quando era uscita di lì alle 7:30 per andare da Woody e aggiornarlo sugli eventi della sera prima, mentre ora era piena di persone. No, quello se lo aspettava. Il mutamento riguardava qualcosa di molto più sottile.

Ah, ecco cos'era.

«Bryant, perché Betty è sulla tua scrivania?».

La pianta non gli era mai stata assegnata in premio per i suoi sforzi lavorativi.

Stacey ridacchiò. «Te l'avevo detto».

«Devo solo prendermene cura al posto di Penn, visto che lui sarà via per quasi tutta la settimana, capo». Fece una pausa. «E poi volevo vedere che effetto faceva».

«Allora guadagnatela», disse lei rimettendola sul davanzale. Poi si rivolse all'intera sala. «E tu che cavolo hai ai piedi, Penn?», domandò incrociando le braccia.

«Scarpe da ginnastica, capo».

A differenza dell'uomo che aveva occupato il suo posto in squadra prima di lui, Penn non era un grande amante dell'eleganza. Il suo abbigliamento tipico, che prevedeva semplici pantaloni neri e camicia bianca, era accettabile e rientrava appena negli standard di Kim; ma se per caso doveva mettersi un completo, come per magia i suoi abiti assumevano la stessa aria incazzata che aveva lui al pensiero di doverli indossare.

Kim non poteva dire di saperne granché della moda maschile del momento, ma quel gessato grigio a righe spesse, scelto per presentarsi in tribunale, sembrava un relitto scampato agli anni Novanta. I riccioli biondi e ribelli non aiutavano granché, anche se notò con un certo sollievo che la bandana era scomparsa e la capigliatura era stata domata con l'aiuto di un qualche prodotto per capelli maschile.

Ma quelle scarpe…

«Senti, Penn, non so cosa ti abbia detto Travis, ma se devi andare in tribunale, anche se si tratta di un tuo vecchio caso, adesso che fai parte di questa squadra rappresenti sia…».

«Sono sotto il tavolo, capo», disse Bryant alle sue spalle.

«Eh?»

«Le sue scarpe… sono sotto il tavolo. Non potevo lasciarti continuare, ci eri cascata troppo facilmente».

Penn fece un sorrisetto, poi si chinò per slacciarsi le scarpe.

«Oh, siete proprio dei gran burloni», commentò Kim scuotendo la testa.

«Posso tornare appena ho finito, capo, vero?», le chiese speranzoso. «L'udienza termina intorno alle quattro».

Anche Bryant e Stacey attendevano trepidanti la sua risposta.

La tentazione di dirgli di sì era davvero forte.

«No, Penn, puoi andare dritto a casa. Woody non si sposterà di un millimetro».

Un lamento collettivo si levò intorno a lei.

«Non sono regole mie, ragazzi», fece Kim sollevando le mani per difendersi.

Aveva visto il promemoria inviato un mese prima a tutto il personale di sorveglianza del corpo di polizia delle West Midlands, e all'inizio l'aveva ignorato serenamente. Poi però era stata convocata nell'ufficio di Woody e il suo capo gliene aveva consegnata una copia di persona.

L'arma era in crisi. I numeri delle nuove leve erano in caduta libera, i crimini violenti aumentavano sempre di più e il tasso di burnout era più elevato che mai.

«Li fate lavorare troppo», le aveva detto, sventolandole sotto il naso il promemoria.

«E sarebbe colpa mia?», aveva risposto lei. Aveva una squadra di tre persone, e se anche le avesse condotte tutte e tre all'esaurimento di certo non avrebbe influenzato più di tanto la statistica generale.

«Hai capito benissimo cosa intendo», aveva ringhiato lui.

«Li tengo d'occhio», si era difesa.

«Sono come i cani, Stone».

«Prego?»

«Nascondono il malessere», aveva chiarito. «Gli agenti di polizia detestano ammettere che qualcosa non va. Combattono, vanno avanti a testa bassa. E tu non lo capisci finché non è troppo tardi».

«Quindi, cosa dovrei fare?»

«Falli riposare, Stone. Devi gestire le loro presenze e assicurarti che abbiano abbastanza pause. Cerca di rispettare gli orari dei turni e sta' attenta ai segnali rivelatori, come i cambiamenti emotivi».

Lei aveva inarcato un sopracciglio.

«Okay, forse nel tuo caso potresti badare a cambiamenti nel comportamento e segnali fisici, come l'essere chiusi in sé stessi, irritabili, aggressivi. È tutto qui», aveva ribadito mostrandole di nuovo il promemoria.

«Prendo nota, signore, ma ho una domanda», aveva detto Kim lanciando uno sguardo al foglio che il suo capo aveva in mano.

«Sentiamo».

«Quel documento è stato mandato anche ai criminali?».

Se la memoria non la ingannava, era stato proprio quello il momento in cui lui le aveva lanciato contro il foglio intimandole di andarsene.

Il procedimento giudiziario di Penn non sarebbe potuto arrivare in un momento peggiore. Qualsiasi giorno delle ultime settimane non le avrebbe creato alcun problema, visto che avevano lavorato a casi ordinari dopo l'indagine sullo psicopatico che si era divertito a ricreare gli eventi più traumatici della sua vita.

Purtroppo, però, il Crown Prosecution Service non consultava la sua agenda quando doveva fissare i processi per omicidio, e oltretutto si trattava dell'ultima indagine importante di Penn con la West Mercia, quindi non aveva avuto altra scelta se non quella di tenerlo libero per le udienze. Soprattutto perché era stato lui a eseguire l'arresto.

«Okay, diamoci da fare», disse Kim, appollaiandosi sul bordo della scrivania di fronte alla lavagna cancellabile. «Belinda Evans, sessantuno anni, trovata legata a un'altalena a notte fonda all'interno di Haden Hill Park. Ben vestita, curata, giunta lì con mezzi propri, ma senza un cellulare con sé. Abita in un bel quartiere di Wombourne e non ha precedenti. Stace, trova tutto ciò che puoi sulla nostra vittima. Bryant e io andremo a casa sua prima di incontrare Keats per l'autopsia alle dieci».

«Ricevuto, capo», rispose l'agente mettendosi al computer.

«Woody ha incaricato l'ispettore Plant e la sua squadra di raccogliere dichiarazioni, visto che Penn questa settimana è in vacanza».

I follow-up in genere erano compito di Penn, che scosse il capo. «Chi mai potrebbe fare del male a una vecchina…»

«Ehi, a sessantuno anni non si è vecchi, amico», intervenne Bryant, che era il più vicino a quell'età tra i presenti. «E io punto tutto su Eleanor».

«Eleanor chi?», chiese Kim, perplessa.

«Non so il cognome, ma si dice che si aggiri per il parco alla ricerca del suo amore perduto, un monaco che venne murato vivo in una galleria e…».

«Oppure potrebbe essere stata Annie Eliza», disse Stacey sgranando gli occhi. «Viveva lì *tuuuutta* sola, non si è mai sposata, non aveva figli e…».

«O forse Yvette?», aggiunse Bryant.

«Un altro fantasma del cavolo?», chiese Kim dirigendosi verso la Conca.

«No, è tutto vero. Ne hanno parlato durante il programma televisivo sul paranormale *Most Haunted*, e c'è stata un'indagine su…».

«Ragazzi, basta», disse lei afferrando la giacca.

Lo sguardo di Kim si posò per un attimo sulla lavagna bianca che conteneva ancora pochissimi dettagli. In quel momento Belinda Evans era solo un elenco puntato, una serie di fatti estrapolati unicamente dalla scena del crimine, eppure lei aveva la sensazione che presto sarebbe diventata molto di più.

4

Wombourne era un paese del South Staffordshire di origini anglosassoni nel quale era ancora vivo il senso di comunità, nonostante i numerosi complessi residenziali spuntati come funghi per venire incontro alle sconfinate esigenze abitative della vicina città di Wolverhampton.

Bryant parcheggiò dietro un'autopattuglia su Trident Road, a qualche isolato dai giardini pubblici.

Scendendo dalla macchina, Kim si accorse che il villino indipendente a doppia facciata era stato riverniciato da poco. Una recinzione a doghe che arrivava all'altezza della vita proteggeva il giardino anteriore e spariva dietro la casa. Ai lati della porta d'ingresso erano appesi due cestini con fiori identici di colore bianco e rosa. La proprietà era ordinata, gradevole, e sembrava progettata per non richiedere grandi sforzi di manutenzione.

«Quanto vorrei che mia moglie scegliesse una soluzione come questa», si lamentò Bryant mentre mostrava il tesserino all'agente di guardia al cancello. «Quei maledetti fiori a casa nostra mi fanno starnutire tutto il...».

«Aspetta», lo interruppe Kim tornando dal poliziotto appena oltrepassato. «Qualcuno è venuto a curiosare?», domandò guardandosi intorno.

«Un sacco di gente», rispose lui. «La signora che abita al civico diciassette ha guardato dalla finestra della camera da letto per più di un'ora, se n'è andata solo venti minuti fa. L'abitante del ventuno non sa che abbiamo visto la sua sagoma dietro quella tendina per tre quarti d'ora, e il signor Blenkinsop del numero quattordici, un po' più avanti lungo la strada, fa un ottimo tè».

Kim sorrise. L'esperienza le aveva insegnato che esistono quattro tipi di vicini di casa. I primi, che erano anche i suoi preferiti, erano quelli a cui non fregava assolutamente nulla di ciò che accadeva oltre la porta di casa loro. I secondi erano quelli che volevano sapere cosa succedeva, ma senza farsi notare. I terzi erano i curiosi dichiarati, che però si annoiavano presto, e infine c'erano quelli che più le interessavano dal punto di vista professionale: i Blenkinsop. Erano i curiosi dichiarati pronti a interagire con la polizia pur di scoprire cosa stava succedendo.

«Grazie», disse raggiungendo Bryant che nel frattempo era già all'ingresso. «Ottimo osservatore», commentò poi, lanciando un ultimo sguardo all'agente.

«Dagli una pianta», replicò Bryant svoltando a sinistra.

La sua incapacità di guadagnarsi Betty era diventata un tormentone per la squadra, e lui stesso non si sottraeva all'ironia.

«Una struttura ordinaria, a quanto pare», sottolineò lui. «Soggiorno a sinistra, camere da letto a destra. Dimensioni buone».

Alle pareti del corridoio c'era una carta da parati in rilievo ricoperta con una finitura opaca di un tenue color magnolia. Anche per le altre stanze la scelta cromatica era simile, dando un'idea generale di freschezza e pulizia ma anche di una sorta di impersonale distacco.

«Quanto?», chiese Kim, osservando il salotto. I villini di quella zona erano piuttosto costosi.

«Direi intorno ai trecentomila», rispose Bryant, serio.

«Mi sarei aspettata una casa più grande», disse lei con sincerità, basando il giudizio solo sul modello e l'immatricolazione dell'auto guidata dalla vittima.

«Idem», fece lui sfiorando il ripiano di una credenza. «È una bella casa, ma...». Si interruppe aprendo il primo cassetto del mobile. «Vuoto», commentò guardando verso di lei.

Kim si strinse nelle spalle e continuò a girare per la stanza. Il televisore era a schermo piatto, ma non più grande di un monitor da computer. Un impianto stereo componibile retrò era sistemato su una cassettiera a due scomparti all'angolo opposto della stanza.

Non sembrava collegato a delle casse, dunque doveva essere lì solo per bellezza.

Kim aprì i cassetti. «Sono vuoti anche questi».

Si spostarono in cucina. Il cuore della casa, in teoria, ma sembrava che lì avesse subìto un arresto cardiaco. Si trovarono davanti una stanza funzionale, fatta di scatole, bordi duri e spigoli vivi. Nulla addolciva o dava vita all'ambiente. Niente tagliere, tovagliette, barattoli per le bustine del tè, cestino del pane, teiera. Tutte quelle cose che la gente possiede ma non usa mai davvero.

Anche qui Bryant cominciò ad aprire sportelli e cassetti.

«Qualcosa c'è, ma poco più di quel che abbiamo trovato in salotto. Non so se scopriremo prove utili a spiegare la sua morte, considerando che non c'è quasi nulla che testimoni la sua vita».

Kim si voltò a guardare il collega.

«Santo cielo, Bryant, hai ricominciato a leggere?»

«In effetti Carl Jung dice che…».

Le sue parole furono interrotte da un colpo di tosse alle loro spalle.

Kim si voltò e il respiro le si incastrò nel petto.

«Gesù», mormorò Bryant. Entrambi avevano lo sguardo fisso sulla persona appena arrivata.

A Kim sembrò di avere di fronte un fantasma.

5

«Signora, mi dispiace, lei è...».

Kim zittì l'agente con un cenno. A giudicare dall'espressione della donna, non sarebbe bastata l'intera squadra antisommossa per trattenerla.

Si concesse un istante per esaminare la figura che aveva di fronte. Gonna a fiori, camicetta semplice, orecchini di perle e collana abbinata. Il viso era quello di una donna leggermente più vecchia, ma la somiglianza con Belinda Evans era straordinaria.

«Posso chiedere cosa ci fate in casa di mia sorella?», domandò in tono secco e deciso, la voce priva di accento.

Kim fece un passo avanti. «Signora...?»

«*Signorina* Evans, come mia sorella, e mi chiamo Veronica», dichiarò la donna, e proprio in quel momento il telefono di Kim cominciò a squillare. «Può ignorare la telefonata e spiegarmi perché siete in casa di mia sorella», proseguì, con voce ed espressione d'acciaio.

«Non credo proprio che lo farò», rispose Kim voltandosi dall'altra parte. Neanche Woody le parlava mai così, ma in quel momento si sforzò di tenere a mente che quella persona stava per scoprire di aver perso un familiare.

«Stace», rispose.

«Il parente più prossimo, capo, ha sessantacinque anni, si chiama Veronica Evans e abita a...».

«Grazie, Stace, ti richiamo», disse lei e chiuse la chiamata, rammaricandosi di non averla ricevuta due minuti prima.

«Signorina Evans, penso sia meglio che si sieda», disse poi indicando il salotto.

La donna ignorò il consiglio.

«È morta?»

«Signorina Evans», intervenne Bryant, facendosi carico della parte più delicata del loro lavoro. «Se potesse venire...».

«Devo prenderlo per un sì, vero?», ribatté lei, guardando prima Kim e poi il suo collega.

Okay, Bryant poteva mettere via i guanti bianchi, per una volta.

«Sì, signorina Evans, purtroppo...».

«Chiamatemi Veronica, per favore, o rischiamo di confonderci. Com'è successo? Avrà avuto un incidente con quel macchinone, immagino. Correva troppo. Erano mesi che le dicevo che doveva cominciare a comportarsi come una della sua età, invece lei...».

Bryant la interruppe. «Signorina... Veronica, penso proprio che dovrebbe venire in salotto e...».

La donna lo trafisse con un'occhiataccia. «Agente, pensa che se mi siederò mia sorella sarà meno morta?»

«Certo che no», rispose Kim per lui, che era sopraffatto dai modi della nuova arrivata.

Le era già capitato in passato. A volte i parenti resistevano per giorni, settimane, anche mesi, e poi crollavano di colpo, per un'inezia, o per un ricordo particolare. Il perché non le interessava: voleva sfruttare il momento al massimo.

«No, Veronica, sua sorella non sarà meno morta, ma la situazione è più complessa di quel che immagina, ed è meglio parlarne da seduti».

«Complessa? E perché?».

Kim prese in mano la situazione, oltrepassò la donna e si diresse in salotto. Si fermò davanti al divano, indirizzando di conseguenza Veronica verso la poltrona.

Dopo tanti sforzi per far sedere la donna, Bryant restò in piedi sulla soglia.

«Veronica, mi duole informarla che sua sorella è stata assassinata».

Kim aspettò di scorgere un'emozione sul suo volto, una qualsiasi, ma non certo quella che vide comparire.

Fastidio.

Non riuscì a capire se fosse seccata per la morte di sua sorella o perché la dipartita non si fosse realizzata come Veronica aveva predetto.

«No, mi scusi ma deve esserci un errore. È uno scambio di persona o un'errata interpretazione delle cause della morte, non è possibile che Belinda...».

«Nessun errore», dichiarò Kim. «Sua sorella è stata assassinata a Haden Hill Park con una coltellata dritta al cuore».

Veronica si portò una mano alla gola, ma fu il gesto di una persona a cui avevano detto che aveva una mosca nel piatto. La mancanza di reazioni emotive indusse Kim a chiedersi quanto fossero legate le due sorelle. Si poteva dedurre che Veronica abitasse molto vicino, visto che era venuta a trovare la sorella a quell'ora del mattino. Avevano gusti molto simili, nell'abbigliamento e nei gioielli, ed entrambe usavano ancora il nome da nubile.

«Veronica, mi dispiace, deve essere uno shock terribile, ma ha idea di quale motivo possa aver portato sua sorella al parco ieri sera?».

Kim aveva controllato e non c'erano stati eventi particolari, né al parco né in casa sua.

«Non saprei proprio».

«Era uno dei suoi posti preferiti?», insisté lei. «Magari le ricordava l'infanzia?».

Col trascorrere degli anni, le persone amano ripensare al passato, rivivere i ricordi più felici.

«Belinda è stata trovata seduta su un'altalena», proseguì Kim, lasciando da parte il dettaglio del filo spinato.

«È stata uccisa mentre sedeva su un'altalena a tarda sera?», domandò Veronica, con uno sguardo minaccioso. «Cos'è, uno scherzo di cattivo gusto?»

«Temo proprio di no. I vostri genitori non vi hanno mai portate a Haden Hill Park?», chiese Kim, ripetendo la domanda alla quale non aveva ancora ricevuto risposta.

«No. I nostri genitori non erano tipi da parco, e a Belinda non interessavano le altalene», disse la donna, esasperata, come se Kim stesse sragionando.

«Trascorreva molto tempo al parco oppure a Haden Hill in generale?»

«Non che io sappia».

«C'è il club del cricket; magari di tanto in tanto lo frequentava?»

«Belinda non beveva. Assolutamente», rimarcò. «E non mi viene in mente alcun motivo per cui possa essere andata lì, a meno che non ce l'abbiano portata con la forza».

«L'auto di Belinda era parcheggiata e chiusa regolarmente, non ci sono segni di lotta».

«Mi spiace, ma quel posto non ha alcun significato per me», fece lei, sprezzante.

«Esiste un marito, o...».

«Non si è mai sposata. Come me, del resto», rispose Veronica. «Anche se aveva un amico del college con cui a volte si intratteneva».

Kim sentì Bryant aprire il blocco per gli appunti.

«Nome?»

«Charles. Charles Blunt. È nel dipartimento di Educazione fisica all'Halesowen College, dove mia sorella ha lavorato fino a sette mesi fa, quando è andata in pensione».

«Cosa faceva?»

«Era docente di Psicologia infantile».

Kim si chiese se avrebbero ottenuto più informazioni sulla vittima dai suoi colleghi che da sua sorella.

«E Belinda aveva un telefono?»

«Certo che aveva un telefono».

«Non era nella sua borsetta né in auto», intervenne Bryant.

Veronica si strinse nelle spalle. «Gliel'avranno rubato. Era un coso ingombrante, pieno di quelle app. Le piaceva lo schermo grande, così non doveva mettere gli occhiali per fare una telefonata. Purtroppo è sempre stata un tipo vanitoso».

«Potremmo avere il suo numero?», domandò Kim. «Così possiamo contattare il suo gestore telefonico...».

«È Vodafone», disse Veronica estraendo un vecchio Nokia dalla borsa. «L'ha cambiato quando le ho detto che avevo trovato una tariffa più vantaggiosa».

Kim colse una nota trionfante nella voce della donna quando lesse il numero a Bryant.

«Okay, signorina Evans, grazie per il suo aiuto. Posso chiederle ancora solo una cosa che ci sembra strana?»

«Certo», rispose lei lisciandosi la gonna con le mani.

Kim si guardò intorno. «In questa casa non ci sono molte cose che ci permettano di ricostruire la vita di sua sorella. I cassetti e gli armadi sono quasi tutti vuoti».

«Oh, ha ragione, agente. Credevo lo sapeste già. Mia sorella è proprietaria anche della casa accanto. Se volete saperne di più su di lei, vi consiglio di andare lì».

6

Penn arrivò all'entrata del tribunale di Birmingham quando mancavano tre minuti alle nove. La corsa dalla stazione sarebbe stata molto più veloce, se solo il suo capo gli avesse permesso di tenere ai piedi le scarpe da ginnastica.

«Accidenti a te, Penn», disse Lynne sorridendo. «Quando si dice appena in tempo, eh?»

«Maledetti treni», fece lui, non sapendo come salutarla.

Un abbraccio gli sembrava fuori luogo, ma evitare il contatto era troppo impersonale. Le tese la mano.

Lynne lo guardò perplessa, ma la strinse comunque.

«Ehi, amico», disse Doug, gettando a terra la sigaretta e porgendogli a sua volta la mano.

Penn la strinse e osservò velocemente entrambi.

Nei quattro mesi trascorsi da quando aveva lasciato la West Mercia, sembrava che Lynne avesse perso qualche chilo e che fosse stato Doug a trovarlo. Era sicurissimo che la sergente avesse cambiato qualcosa nei capelli castano chiaro, forse li aveva lasciati crescere di cinque o sei centimetri. I suoi tipici stivali alti erano stati sostituiti da un paio di scarpe col tacco dall'aria costosa che sparivano sotto i pantaloni del completo blu scuro. Gli sembrava perfino che fosse truccata. Rispetto a lui, aveva investito molto più tempo, denaro e attenzione nel suo outfit da tribunale.

L'agente investigativo Doug Johnson indossava la stessa tenuta che usava per il lavoro ogni giorno. Abito nero e camicia azzurra. Nella squadra, tutti lo prendevano in giro dicendo che aveva l'armadio pieno di completi neri e camicie azzurre, e lui rispondeva che così nessuno poteva sapere se i vestiti che indossava fossero sporchi.

«È un piacere vedervi», disse Penn mentre salivano le scale. Era sincero. Aveva lavorato al loro fianco per oltre quattro anni e si era chiesto cosa avrebbe provato nel rivederli. Mentre li seguiva all'interno dell'edificio si sentì pervadere da un piacevole senso di familiarità.

Era colpito dalla fredda efficienza dell'Elizabeth II Law Courts, il palazzo di giustizia che comprendeva il Birmingham Crown Court. Si era sempre ritrovato a sperare di dover andare nell'altro. Quando aveva aperto, nel 1987, il nuovo tribunale aveva preso in carico i casi più importanti dal Victoria Law Courts in Corporation Street. Il palazzo di giustizia più antico, in mattoni e terracotta, ora era sede del giudice di pace ed era stato classificato come monumento di livello I, un pezzo di storia dal giorno in cui la regina Vittoria ne aveva posto la prima pietra, nel 1887.

Quello sì che sembrava un tribunale, si disse Penn, con il grande atrio e i lampadari che ricordavano la corona della regina Vittoria. Un luogo che incuteva reverenza e rispetto.

Il nuovo edificio, invece, ricordava una serie di scatoloni rettangolari disposti in modo razionale. Lì venivano usati i registratori al posto degli stenografi, e i computer portatili sostituivano i fascicoli cartacei.

Superò i normali controlli di sicurezza ripensando al motivo per cui si trovava lì. Avrebbe visto Gregor Nuryef ricevere la condanna che meritava, finalmente.

Gregor Nuryef aveva pugnalato a morte un benzinaio che si era rifiutato di consegnargli gli incassi della serata.

Penn era stato costretto ad ammettere di essersi sbagliato nella prima valutazione del delitto.

All'inizio aveva sospettato che dietro il crimine ci fosse una banda locale guidata da due fratelli, Alan e Alec Reed. Arrivati in zona a metà degli anni Ottanta dopo alcuni guai con il Metropolitan Police Service, i due avevano infine assunto il controllo del crimine organizzato nella città di Worcester e delle aree limitrofe.

La loro strategia consisteva nell'individuare piccole attività con videosorveglianza scarsa o nulla, per poi sferrare violenti attacchi armati a scopo di rapina; nonostante ormai avessero diversificato i loro interessi tra prostituzione, droga, estorsioni e furgoni per la vendita di cibo, le rapine a mano armata erano rimaste il cardine dell'impresa.

Col passare degli anni, per i fratelli era diventato sempre più difficile identificare attività vulnerabili, perché tutti avevano imparato ad apprezzare i benefici di un sistema di sicurezza, ma c'erano ancora commercianti convinti che potesse bastare una videocamera falsa, o altri i cui impianti erano rotti e non si erano mai presi la briga di farli riparare.

Due anni prima, la polizia della West Mercia aveva introdotto un'iniziativa che prevedeva di contattare gli esercenti più a rischio per informarli sulle misure di sicurezza che si potevano realizzare a basso costo. A volte i negozianti accettavano i consigli, a volte no.

Il signor Kapoor aveva ascoltato tutto con attenzione, ma a causa dei pochi mezzi a disposizione non aveva provveduto a installare nessun sistema di sorveglianza, e la conseguenza era stata la perdita del figlio di ventitré anni.

Penn rabbrividì al ricordo di ciò che aveva trovato quando era arrivato sulla scena del crimine.

Certo, il detective assegnato al caso era Travis, ma essendo stato il primo ad arrivare, Penn l'aveva sempre considerato un caso suo. Anche perché il giovane Devlin Kapoor era tornato a fargli visita nei sogni per settimane.

Sperava che il processo lo avrebbe aiutato a dimenticare una volta per tutte. Quella storia lo teneva ancora sveglio la notte, la sua mente non riusciva ad accantonarla; ora sperava che il suo cervello accettasse l'idea che era finita, un po' come un funerale aiuta i parenti ad accettare la morte di una persona cara. Quel caso era come una frase scritta e poi cancellata, che però aveva lasciato dietro di sé i solchi delle lettere.

Mentre seguiva i colleghi in una delle sedici aule, si sentì pervadere da una sensazione di malessere.

E non riusciva a capire perché.

7

Kim aspettò che Veronica estraesse dalla borsa la chiave di riserva e aprisse la porta della casa fatiscente lì vicino.

Quando aveva chiesto alla donna perché Belinda avesse una seconda abitazione, lei le aveva rivolto un sorriso enigmatico e le aveva detto: «Lo vedrà».

Veronica aprì la porta, ma non provò a entrare.

«Benvenute nella vera casa di mia sorella», dichiarò, aspettando la loro reazione.

Kim spalancò gli occhi osservando l'ambiente di fronte a sé. Ciò che un tempo era stato un ingresso, identico a quello della porta accanto, era un passaggio stretto tra pile di libri e giornali su entrambi i lati. Il passaggio però era rialzato di alcuni centimetri rispetto al pavimento, dato che era anch'esso cosparso di giornali caduti.

Si rivolse a Veronica. «Entrava e usciva da qui?».

Lei annuì e fece strada. Kim la seguì, camminando sulla scia della donna e allargando le braccia per tenersi in equilibrio. Due passi all'interno e fu investita dal forte odore dell'abitazione, che le ricordò Barney quando si gettava nelle pozzanghere di fango.

«Ci sono animali?», chiese Kim.

«No», rispose Veronica senza voltarsi.

Kim non osava immaginare l'origine di quella puzza o cosa potesse nascondersi sotto le cataste di pattume.

Mentre avanzava, notò che tutte le stanze si presentavano allo stesso modo. C'era un passaggio sopraelevato tra cumuli di oggetti di ogni tipo che arrivavano fino al soffitto, tra cui scatoloni vuoti, pezzi di bicicletta, arazzi. Al centro del salotto c'era una poltrona dallo schienale avvolgente, intonsa.

Era impossibile capire se le pareti fossero dello stesso color magnolia dell'appartamento accanto, dato che erano completamente nascoste.

Kim non riusciva a collegare la donna che avevano trovato la sera prima, così in ordine, così curata, con qualcuno che viveva in condizioni del genere.

«Non capisco», disse entrando in cucina. Non era visibile un solo centimetro dei piani di lavoro. Dallo scolapiatti sul lavello sbucava appena una teiera elettrica. Bryant starnutì due volte alle sue spalle, e Kim sentì la polvere che le si depositava sulle labbra, proprio come si era attaccata alle ragnatele tese tra gli angoli del soffitto e i lampadari.

«È cominciata quando sono morti i nostri genitori, trentaquattro anni fa», spiegò Veronica. «Questo villino era loro. Lei è venuta a vivere qui e non voleva buttare via nulla che fosse appartenuto a loro, poi ha cominciato a collezionare oggetti che le sembrava potessero avere un valore. Ogni volta che passavo di qui notavo che una nuova zona della casa era diventata inutilizzabile, un altro angolo era stato riempito di immondizia. Lei però sostiene che sono tutti oggetti necessari».

"Parla ancora della sorella come se fosse viva", notò Kim.

«E la casa accanto?», chiese Bryant.

«È stata messa in vendita proprio nel periodo in cui minacciavo di denunciarla se non avesse fatto qualcosa. Lei ha comprato quella villetta per due soldi e ha giurato che si sarebbe disfatta di tutta questa roba abitando qui a fianco, poi avremmo venduto la casa e ci saremmo divise i proventi».

«Ma...?»

«Ma secondo me veniva di nascosto a dormire qui tutte le sere», ammise Veronica.

«E come ha fatto a mantenere un lavoro di grande responsabilità fino a pochi mesi fa?», domandò Bryant.

«Perché non avrebbe dovuto?», esclamò Veronica. «Non era pazza, né una sciocca. Si stava solo aggrappando a qualcosa che non esisteva. Era comunque una persona lucida, e trovo il suo commento un tantino offensivo».

Incredibile, pensò Kim. Bryant era riuscito a far incazzare qualcuno più di lei. Forse stava per guadagnarsi la tanto agognata pianta, dopotutto.

Non le capitava quasi mai di assumere il ruolo dei Caschi Blu. «È solo che siamo rimasti spiazzati, considerando il suo aspetto e la pulizia dell'auto che...».

«Era molto brava a salvare le apparenze, agente. Come me».

Kim aveva già percepito una strana dinamica tra le sorelle, ma in quel momento decise di volerne sapere di più.

«Lei è più grande di Belinda?», chiese.

«Oh, sì, agente, senza dubbio. Ho sempre pensato che se fosse nata prima lei, i miei genitori non avrebbero voluto altri figli».

Kim aspettò che spiegasse meglio un'osservazione tanto particolare, ma Veronica si limitò a guardarla negli occhi in silenzio, in attesa di eventuali altre domande.

«E così era lei a prendersi cura di sua sorella?».

La donna inarcò un sopracciglio. «Cosa glielo fa pensare?»

«Abita qui vicino. Sembra avere gli stessi gusti in fatto di abbigliamento e gioielli. Passa a vedere come sta. È evidente che si preoccupa...».

«Agente, mi spiace deluderla, ma mia sorella e io non ci sopportavamo».

8

«Lo sai che Keats si incazzerà, vero?», chiese Bryant avvicinandosi al Russells Hall Hospital.

«Sai che novità», ribatté Kim. «E poi non capisco di cosa ti preoccupi. Non se la prenderà certo con te, che sei il suo detective preferito».

«Non ci posso fare niente se piaccio alla gente», rispose lui con aria compiaciuta.

«Non a Veronica Evans. Non si può dire che tu sia entrato nelle sue grazie. Per fortuna sono stata pronta a intervenire dopo quel passo falso su come Belinda fosse riuscita a mantenere il posto di lavoro».

«L'hai pensato anche tu».

«Irrilevante, mio caro Watson. Ma se hai deciso di cominciare a far incazzare la gente pure tu, siamo nei guai fino al collo. Woody potrebbe anche decidere di dividerci».

«Sul serio? Sarebbe così semplice?», le chiese.

«Allora, che ne pensi delle nostre sorelle?», riprese lei, sperando di sentirgli dire qualcosa che scacciasse la sensazione angosciante che le serrava lo stomaco.

«Vuoi la verità? Sono proprio due tipe strane».

"Oppure no", pensò lei.

«Le somiglianze tra di loro sono inquietanti. E poi c'è l'assoluta mancanza di reazioni emotive di fronte alla morte della sorella. Non ci ha fatto nessuna domanda sulle circostanze, non ha voluto sapere se sospettiamo di qualcuno, non ci ha implorati di scoprire il colpevole», proseguì lui.

«Ha ammesso di non andare d'accordo con lei nonostante abiti vicino e l'andasse a trovare piuttosto spesso, a quanto pare», aggiunse Kim.

«Già, e nessuna delle due si è sposata, cosa che risale a ben prima che Belinda iniziasse ad accumulare cose».

Si guardarono.

«Davvero strane», dissero in coro mentre Bryant parcheggiava.

«Ci sono stati anche un paio di riferimenti all'infanzia che Veronica non ha voluto approfondire», commentò Kim guardandolo da sopra il tettuccio dell'auto.

Si avviarono fianco a fianco, diretti verso l'ingresso principale.

«E la cosa che ha detto a proposito di salvare le apparenze», fece Bryant.

«E quel commento sui genitori, che non avrebbero voluto altri figli se la primogenita fosse stata Belinda... Pensi che sia stata una bambina problematica?».

Bryant si strinse nelle spalle e proseguì con lei nel corridoio che conduceva all'obitorio. «Non lo so, ma una cosa è certa: quell'informazione non ci aiuterà a stabilire che cosa ci faceva Belinda Evans legata a un'altalena a Haden Hill Park ieri sera».

«Avrai anche ragione, Bryant, ma io vorrei saperlo comunque». Poi, entrando nell'obitorio, disse: «Ehi, Keats».

«Siete in ritardo», fece lui scrutandoli da sopra gli occhiali.

«Sì, Bryant si è voluto fermare a fare una colazione all'inglese completa anche se sapeva che ti saresti incazzato. Gli vuoi ancora bene, adesso?»

«Sicuramente più che a te, ora che posso aggiungere "bugiarda" all'elenco delle tue caratteristiche più sgradevoli».

Kim scrollò le spalle. A quanto pareva non c'era modo di spezzare l'incantesimo amoroso tra i due.

«Posso?», domandò avvicinandosi al tavolo.

Keats annuì, continuando a prendere appunti sulla sua cartellina.

Kim scostò con delicatezza il lenzuolo bianco per scoprire il volto di Belinda. Cercò di ignorare il colorito, che le faceva venire sempre in mente la carne di maiale cruda, e si concentrò sui lineamenti.

In quella posizione, supina, con il viso rivolto verso il soffitto e i capelli che ricadevano all'indietro, la somiglianza con la donna che avevano appena salutato era meno evidente.

C'era in lei una sorta di gentilezza, di delicatezza. Belinda pesava qualche chilo in più rispetto alla sorella maggiore, il che contribuiva a addolcire gli zigomi alti e il naso dritto. Le labbra erano piene, non una linea netta e determinata. Ciò che le accomunava di più erano i capelli, gli abiti e i gioielli, le cui corrispondenze continuavano a tornarle in mente.

«La sorella di Belinda passerà più tardi per identificare il corpo in via ufficiale», dichiarò Kim coprendo di nuovo il volto.

«Non ho ancora completato gli esami», ammise Keats controllando qualcosa sulla cartellina prima di tornare a chinarsi sul piano di lavoro in acciaio inossidabile. «Ma vi riferirò ciò che ho scoperto finora. Questa signora era in condizioni di salute eccellenti, ha il corpo di una persona di dieci anni più giovane. Non ha mai fumato né bevuto in modo eccessivo e gli organi principali funzionavano bene, ancora intatti. Ci sono tracce di artrite nelle giunture di gomiti e ginocchia, ma niente che potesse infastidirla o anche solo rallentarla, per il momento. Forse nei prossimi dieci anni avrebbe potuto richiedere un trattamento chirurgico».

Kim gli rivolse uno sguardo che significava "Tutto questo è inutile", e lui la ignorò.

«Non ho trovato segni di fratture o di gravi lesioni che, stranamente...».

«Perché stranamente?», chiese Kim. Era pronta a qualsiasi rivelazione straordinaria potesse spiegare il motivo per cui quella donna così colta, una studiosa, avesse ricevuto una pugnalata al petto.

«È strano perché non capita quasi mai che i miei clienti, soprattutto di questa età, non presentino nemmeno un osso rotto né una ferita. Io stesso mi sono fratturato un osso del polso per non aver tenuto la mazza da cricket nel modo giusto da bambino».

Bryant si fece avanti. «Io mi sono rotto un dito del piede dando un calcio a un pallone quando avevo sei anni».

«Ah, già», rispose Keats. «Be', io mi sono rotto il pollice cadendo da un albero».

«Mandibola spaccata sul campo da rugby», ribatté Bryant.

«Femore fratturato precipitando da un edificio di due piani mentre cercavo di acciuffare un assassino», intervenne Kim.

Si voltarono entrambi a guardarla.

«Giusto», disse Bryant.

«È proprio questo il punto, ispettore. Tutti e tre abbiamo avuto lesioni importanti».

«Forse lei non ha mai giocato a cricket, calcio o rugby e non ha mai inseguito assassini sui tetti», suggerì Kim.

«Non ho detto che è una prova inconfutabile, solo che è inconsueto», rispose Keats. «Dunque, lo stato di salute generale era buono e la causa della morte è stata un'unica coltellata al petto che ha centrato il cuore. L'arma del delitto è senza dubbio una lama tra i diciotto e i venti centimetri dal bordo liscio e regolare. Il colpo è stato sferrato con sicurezza e determinazione. L'assassino non ha avuto alcuna esitazione ed è stato molto preciso. La morte deve essere stata quasi immediata».

Quindi lo scopo del killer non era causare la massima sofferenza possibile alla vittima.

«E il filo spinato?», chiese Kim,

«Le è stato messo intorno ai polsi poco prima della morte», rispose Keats. «A giudicare dal sangue fuoriuscito dalle ferite».

«Okay Keats, come sempre sei stato…».

«La tua impazienza è pari solo alla tua maleducazione, ispettore», fece lui, andando verso il vassoio con gli strumenti. «Ormai dovresti sapere che mi piace lasciare alcune informazioni per ultime. Amo il finale a effetto, per così dire».

«Si tratta di qualcosa di utile?».

Keats la ignorò. «Bryant, potresti metterti dall'altra parte, per favore?».

Il collega obbedì e si ritrovarono faccia a faccia davanti alla parte superiore del corpo di Belinda.

Keats arrotolò il lenzuolo fino allo sterno e posò la mano destra sulla spalla della donna per evitare che si scoprisse di più.

«Tira piano verso di te», disse a Bryant dall'altra parte del cadavere.

Lui eseguì, e Kim li osservò girare Belinda su un fianco.

«Sollevale i capelli dietro la testa», ordinò Keats.

Fu Kim a eseguire, e restò senza fiato di fronte a ciò che vide.

Nella pelle era stata incisa una X.

9

Penn si guardò intorno nell'aula giudiziaria mentre accusa e difesa si preparavano a cominciare.

I suoi occhi vagarono sul legno chiaro e sulla vernice color crema che rendeva l'ambiente più simile a una sala conferenze che a un tribunale.

Posò lo sguardo sul signor Kapoor, che se ne stava seduto con la schiena dritta e lo sguardo fisso davanti a sé, circondato da persone che mormoravano e si spintonavano, ignare del fatto che la sua vita era cambiata per sempre.

Mentre lo osservava con gli occhi persi nel vuoto, Penn non poté fare a meno di chiedersi se Kapoor stesse ripensando alla prima parola, ai primi passi, al primo giorno di scuola di Devlin. Forse stava rivivendo un risultato sportivo durante gli anni di scuola, oppure la sua festa per i diciotto anni. Sperava che fosse qualcosa del genere a occupargli la mente, e non la visione di suo figlio steso a terra in un lago di sangue nel negozio di famiglia.

Il signor Kapoor non aveva trovato la forza di assistere al processo, proprio come non era riuscito a mettere piede nella stazione di polizia dopo la morte del figlio. In realtà avrebbe voluto chiudere l'attività, ma con due figlie ancora adolescenti da sfamare e vestire, non aveva avuto molta scelta. Era intervenuto suo fratello maggiore e insieme stavano riuscendo a tenere aperto.

Penn aveva ricordi molto nitidi del signor Kapoor. Aveva appreso la notizia della morte del figlio con un silenzio dignitoso, e non perché non fosse devastato dalla perdita. Penn aveva visto bene il vuoto improvviso che si era fatto largo nei suoi occhi. E mentre ascoltava lo sfogo isterico della signora Kapoor, aveva notato la determinazione che imbrigliava le emozioni dell'uomo.

Si era fatto avanti e aveva abbracciato la moglie tremante, offrendosi come roccia cui poteva aggrapparsi.

Durante tutta l'indagine, l'uomo aveva fatto domande in tono calmo e rispettoso sui progressi nelle ricerche dell'assassino di suo figlio. Non aveva mai alzato la voce, urlato, né accusato nessuno, e questo aveva spinto più che mai Penn a desiderare di trovare il bastardo responsabile.

«Sembra sperduto, vero?», mormorò Lynne al suo fianco.

Penn annuì, continuando a osservare il pubblico. Doug sedeva all'altro fianco di Lynne e guardava dritto davanti a sé.

Penn notò un'altra figura solitaria dallo sguardo fisso. Irina Nuryef, la moglie di Gregor.

Cercò di interpretare la sua espressione, come aveva già fatto altre due volte in passato. La prima era stata quando la donna aveva fornito un alibi al marito, la seconda quando aveva ammesso di aver mentito e si era rimangiata l'alibi.

Quell'ammissione aveva riaperto il caso.

Penn la fissò con insistenza, sforzandosi di comprendere cosa fosse cambiato di preciso dall'ultima volta in cui l'aveva vista.

La seconda volta, Irina aveva i capelli sporchi e flosci che le pendevano sulle spalle come una coperta. Il viso era pallido e smunto, ed era comprensibile, considerando che stava ammettendo che suo marito era un assassino.

In quel momento, però, gli si affacciò alla mente una frase che non usava spesso: sembrava una donna a posto. Aveva un taglio di capelli elegante, la pelle liscia di una persona in salute.

Come se avesse percepito la sua attenzione, Irina puntò il freddo sguardo verso di lui. Non diede segno di averlo riconosciuto né di provare alcuna emozione mentre lo osservava per un attimo prima di continuare a esaminare la fila di persone sedute.

Penn non riuscì a spiegare il brivido che lo attraversò nell'istante in cui il cancelliere annunciò l'inizio dell'udienza e ordinò a tutti di alzarsi in piedi.

10

«Allora, cosa ne pensi della X sulla nuca, e perché stiamo tornando subito a Wombourne?», chiese Bryant.

«Sulla X sto ancora riflettendo, ma stiamo tornando indietro perché voglio dare un'altra occhiata alle case senza la presenza invadente della sorella. Anche Mitch è diretto lì in questo momento».

«Ah, non penso che ti ringrazierà per averlo mandato in mezzo a quel casino», notò Bryant. «Hai letto la circolare sul tizio che lavorava su un caso a York?».

Kim scosse il capo.

«Era un tecnico. È morto nel crollo del pavimento di un magazzino sulla scena di un tentato omicidio. Lascia la moglie e due figli».

«Ma cosa c'entra con Mitch?», fece lei.

«Il capo del tizio è stato accusato di non aver saputo valutare i rischi del luogo. Sai come vanno queste cose. Mitch sarà più prudente che mai, quindi ci metterà un sacco di tempo. La merda rotola sempre a valle, come si dice, ma l'esperienza mi ha insegnato che finisce anche ai lati. Un po' come questa storia che noi tutti saremmo stressati o sull'orlo di un esaurimento per colpa di qualche sbirro di città che si è fatto venire una crisi isterica».

«Bryant, credo che le statistiche dimostrino ben più…».

«Sto solo dicendo che adesso Mitch ci andrà con i piedi di piombo».

«Peccato», rispose lei. Non sapeva dire se avessero scelta. Quella donna era stata assassinata e loro dovevano cercare degli indizi.

Kim non era ancora riuscita a togliersi dalla mente l'immagine della donna legata all'altalena con il filo spinato. Il contrasto fra quei due elementi: l'innocenza di un'altalena per bambini e il filo spinato, così tagliente, appuntito, che lacerava la carne.

Keats aveva riscontrato che la ferita intagliata dietro il collo era stata inferta dopo la morte. Il suo scopo non era stato procurare dolore o un trauma ulteriore. Kim sapeva per esperienza che i simboli non venivano lasciati per le vittime. Erano un atto di purificazione dell'assassino, oppure un messaggio. Una dichiarazione. Qualcosa di personale.

«Oh-oh», fece Bryant svoltando nella strada silenziosa.

Mitch indossava la divisa, gli stivali, ed era appoggiato al cofano del suo furgone.

«È uno scherzo?», chiese a Kim quando scese dall'auto.

Doveva aver dato un'occhiata all'ingresso decidendo di non procedere oltre.

«Va fatto, Mitch», disse guidandolo lungo il vialetto. «Quella donna è morta, e anche se vorrei tanto che prima avesse riordinato...».

«E dai», la interruppe Mitch. «Non stiamo parlando di una casa un po' in disordine. Questa è opera di un accumulatore della peggior specie. Non posso lasciar entrare i miei uomini, non è sicuro. Devo stimare i rischi...».

«Cristo santo, Mitch. Ti ho visto lavorare in quota, sotto terra e in spazi ristretti. Sei entrato in stanze che puzzavano come il frigo sbrinato di Keats, quindi fai l'uomo e ricava un passaggio per la tua squadra in mezzo ai ninnoli. Gesù santo».

«Ninnoli?»

«Esatto. Mi fa piacere che la vediamo allo stesso modo».

Lui scrollò il capo con un sospiro. «Considerando che ci troviamo a diversi chilometri dalla scena del crimine, puoi dirmi cosa speri di trovare qui, di preciso?»

«Tanto per cominciare, il pavimento», dichiarò Bryant dietro di lei.

«Non voglio certo insegnarti a fare il tuo lavoro, Mitch, ma questa donna aveva poco più di sessant'anni, è stata brutalmente assassinata in un parco per bambini e dobbiamo trovare il bastardo responsabile. E subito».

Lui inarcò un sopracciglio.

«Sai bene che non ti chiederei mai di fare qualcosa che non sarei pronta a fare io stessa».

Mitch emise un rantolo, alzò gli occhi al cielo e richiamò la squadra.

«Sei in debito con me».

«Grazie, Mitch», gli disse, e gli uomini lo seguirono all'interno.

«Noi entriamo, capo?», chiese Bryant.

«Neanche per sogno», gli rispose tornando indietro sul viottolo. «C'è un posto molto più importante in cui dobbiamo andare».

11

Per una volta Stacey era felice di poter stare in ufficio da sola, anche se il rumore che sperava di non sentire più continuava a risuonare potente nella sua testa.

In un certo senso (che il Cielo la perdonasse) le faceva piacere che ci fosse un nuovo caso importante a distrarla. Le ultime settimane passate ad arrancare nell'ordinario le avevano dato troppo tempo per riflettere. Troppo spazio per i dubbi, per i pensieri negativi che si rincorrevano nella sua mente. Le avevano fatto una domanda, e in quel momento sentiva di non avere la risposta. Era pronta a rivoluzionare la sua vita, ad abbandonare la sicurezza del noto, per uscire dalla sua zona di comfort? In tutta sincerità, non lo sapeva.

Scacciò quei pensieri dalla mente e cercò di concentrarsi sul tabulato telefonico del cellulare di Belinda Evans, ignorando il fatto che il suo telefono, intanto, le aveva appena segnalato l'arrivo di un messaggio. Non lo aveva nemmeno tirato fuori dalla borsetta. Non voleva che la fissasse con aria accusatoria dalla scrivania, intimandole di rispondere. Era molto più facile ignorarlo, se non lo aveva sotto gli occhi. E in quel momento, era proprio ciò di cui aveva bisogno.

Conoscere il numero e il gestore telefonico di Belinda le aveva semplificato molto il lavoro. Susie, della Vodafone, le aveva già confermato che ogni attività sulla linea era cessata alle 23 della sera precedente.

Stacey immaginava che il cellulare fosse stato distrutto e questo significava che era un elemento importante, che in qualche modo era collegato al killer. Altrimenti glielo avrebbero trovato addosso.

La volenterosa Susie di Vodafone era ancora alla ricerca delle informazioni di tracciamento e stava estraendo i dati dai ripetitori, ma nel frattempo Stacey doveva concentrarsi sull'attività del telefono.

Distribuì davanti a sé le quattro pagine inviate da Susie, che contenevano il registro dei ventotto giorni precedenti.

Quando cominciò a esaminare i dati, sentì di nuovo una notifica sul cellulare.

Scrollò il capo rivolta alla borsa, come se potesse comprenderla.

Poi si rimise al lavoro.

12

«Capo, mi spieghi cosa speri di trovare qui?», domandò Bryant mentre entravano nella seconda abitazione di proprietà di Belinda Evans. «Sappiamo già che passava le giornate nella casa accanto, quindi gli indizi devono trovarsi tutti lì».

Kim si voltò verso di lui. «Perfino nella morte, Belinda Evans ti è sembrata una persona sporca, trascurata?».

Lui scosse il capo.

«Avresti mai immaginato lo squallore in cui viveva, qui accanto?»

«No».

«L'interno dell'auto lo rispecchia?»

«Avrei gradito una semplice risposta, non altre venti domande da parte tua», bofonchiò lui.

«C'era un conflitto, Bryant. Una parte di lei aveva bisogno del caos della casa accanto. Non so ancora perché, ma lei desiderava anche ordine e semplicità, organizzazione».

«Ancora non...».

«Ci sto arrivando», rispose superando l'ingresso spoglio ed entrando nel salotto. Guardò nei cassetti, sotto i cuscini cui passava accanto.

«Dove tenevi le tue cose quando eri piccolo?», chiese.

«Dappertutto. I vestiti sul letto, negli angoli, le scarpe da ginnastica sparse per la mia stanza, i libri di scuola in una pila sul comodino, insomma ovunque, a dire il vero».

«E le cose importanti? Quelle che volevi avere sotto mano, o che volevi sapere sempre dove si trovavano, le lettere d'amore, le tue automobiline preferite, le foto di ragazze seminu...».

«Nel primo cassetto del comodino», rispose, trovando finalmente una logica nelle sue parole. «Sei convinta che Belinda usasse questa casa come un cassetto. È qui che tiene le cose importanti, al riparo dal caos della villetta accanto?».

Lei annuì e aprì il primo cassetto della credenza.

«Ah-ah», esclamò prendendo un fascio di documenti.

«E cosa stiamo cercando, di preciso?», chiese lui.

«Non ne ho idea», rispose Kim porgendogli i fogli. «Ma ti affido il compito di esaminare questi mentre io do un'occhiata in giro».

Fece una rapida ispezione della cucina, ma passò oltre quasi subito. C'erano ben poche prove del fatto che alla donna piacesse cucinare, e in fondo non poteva darle torto.

Eppure non stava scoprendo quasi nient'altro sulla vittima. Di solito riusciva a farsi un'idea abbastanza precisa su una persona aggirandosi per la sua casa. Stavolta le abitazioni erano due, ciononostante la donna legata all'altalena restava un mistero.

In genere trovava elementi che testimoniavano la vita, gli interessi della vittima. Diede uno sguardo a libri, riviste, al tipo di arredamento, ai soprammobili e ai gingilli sparsi in giro, ma Belinda Evans era e restava un'accademica di sessantuno anni, ex professoressa universitaria di Psicologia infantile. Dov'era la donna? Quali erano le sue passioni, i suoi timori, le sue aspirazioni? Kim voleva il succo, non le ossa, la carne che la rendeva un individuo, un essere unico. Voleva sapere com'era stato crescere con una sorella come Veronica e quale storia c'era dietro tutto questo.

Non si aspettava certo di trovare album di foto e oggetti di valore sentimentale. Belinda non si era mai sposata. Non c'erano foto di figli o nipoti a riempire la mensola sopra il caminetto, eppure Kim sentiva che le stava sfuggendo qualcosa. Perfino a casa sua c'era una foto, una sola, di lei e Mikey quando avevano sei anni, e nonostante il suo appartamento non fosse molto decorato, c'erano ovunque tracce di lei. Ciotole del cane, parti di moto, riviste, studi psicologici sui serial killer, una pianta morta sul davanzale. Una macchia d'olio sul tappeto che non voleva saperne di venir via.

Lì invece non c'era nulla, e per una donna che doveva per forza essere una persona complicata, tutto ciò non aveva alcun senso.

Ignorò la stanza degli ospiti, dove non c'era un solo mobile, e puntò verso la camera da letto in fondo.

C'erano un letto matrimoniale, un comodino con una lampada, un comò, un armadio e uno specchio a figura intera.

Andò subito al comodino. I primi due cassetti erano vuoti, ma nell'ultimo trovò una copia di *Cinquanta sfumature di grigio* e un paio di occhiali.

Un lieve sorriso le comparve sulle labbra. Finalmente un barlume di luce nella nebbia.

Si diresse verso l'armadio e trovò una piccola selezione di abiti stirati simili a quelli che la vittima aveva indosso la sera prima, più due paia di pantaloni. Su un ripiano c'erano dell'intimo e calze color carne.

Gli occhi di Kim puntarono veloci oltre i vestiti, attratti dall'oggetto a destra.

Prese la borsa da viaggio e la posò sul letto proprio nel momento in cui Bryant entrò nella stanza.

«Trovato qualcosa nei documenti?».

Lui scosse il capo. «Qualche fattura recente, un paio di lettere di avvocati risalenti alla conclusione dell'atto di compravendita della casa e qualche estratto conto. Tu?».

Kim aprì la zip e cominciò a estrarre il contenuto della borsa. Due gonne, un paio di pantaloni. Due camicie, una confezione di lingerie di pizzo bianco ancora sigillata, un paio di scarpe, della biancheria basica, un piccolo portapillole già pieno e un altro oggetto di modeste dimensioni infilato nella tasca laterale.

«Allora, dove stava andando Belinda Evans?», chiese Bryant.

Kim gli mostrò la confezione da tre preservativi. «Ma soprattutto, con chi?»

13

Penn spinse da parte la seconda metà del suo sandwich.

«Non lo mangi?», chiese Doug, appallottolando la confezione della seconda busta di patatine formaggio e cipolla.

Penn scosse il capo, e Lynne fece un sorrisetto tollerante.

«Doug, sei un pozzo senza fondo».

«Non sopporto gli sprechi», rispose lui allungandosi sul tavolo.

Per Penn non era un problema. Era un insipido panino integrale con uova e maionese. Se fosse stato a casa sua e avesse preparato il pranzo con suo fratello, ci sarebbe andato più pesante con la maionese, avrebbe aggiunto un pizzico di sale e poi avrebbe spalmato il tutto su due spesse fette di pane bianco. In quel momento, però, nulla poteva migliorare il suo appetito.

Odiava le giornate in tribunale. Comprendeva il bisogno di deporre per concludere il lavoro e chiudere il caso, e aveva fatto la sua parte. Essendo l'agente che aveva eseguito l'arresto, era stato chiamato al banco a leggere la sua testimonianza per primo. Erano seguite alcune domande da parte della difesa, e le aveva affrontate con coraggio, anche se si erano rivelate piuttosto innocue.

«Quell'avvocato ci è andato così leggero con te che ho pensato volesse proporti anche un massaggio ai piedi, già che c'era», notò Lynne, pulendosi la bocca con un tovagliolo.

Era proprio di questo che aveva paura Penn. Nella sua esperienza, la squadra della difesa si accaniva o sulla polizia oppure sui testimoni. Se decideva di prendersela con la polizia, metteva in dubbio ogni segmento della procedura seguita. Recitavano parola per parola interi paragrafi del Police and Criminal Evidence Act, la legge sulle prove giudiziarie, analizzando ogni azione compiuta, i mandati di perquisizione, le procedure di arresto, mettendo in dubbio ogni elemento e presentando accuse di ogni tipo, dall'abuso di potere da parte della polizia all'eventualità che al sospettato non fosse stato servito il pranzo.

Penn sapeva che ogni procedura era stata seguita alla lettera, ma si era aspettato che l'avvocato provasse a lottare.

Dunque, se non ce l'avevano con la polizia, che cosa potevano aver scoperto sui testimoni?

«Sì, ci è mancato poco che quel tizio ti facesse le trecce», convenne Doug.

«Ehi, non mi lamenterei troppo», disse Lynne dandogli una gomitata. «Adesso tocca a noi, e non sono dell'umore per farmi strapazzare».

Lui le fece l'occhiolino. «Ti strapazzo io, se proprio...».

«Doug», lo ammonì Penn.

«Tu provaci, amico», ribatté lei, la voce dura come acciaio.

Penn sapeva che Lynne non aveva bisogno di un difensore. Metà squadra era spaventata a morte da lei, ma a volte Doug tendeva a spingersi pericolosamente vicino al limite.

Doug alzò gli occhi al cielo di fronte a quella che gli sembrava una reazione esagerata da parte di Penn, e mise mano al cellulare.

«Frustrante, vero, dover restare comunque», disse Lynne.

Penn annuì. Aveva già testimoniato, ma doveva fermarsi per il resto del processo mentre la sua squadra era al lavoro su un caso di omicidio.

«Però è bello rivederti», aggiunse lei, con una leggera gomitata.

«Già», le rispose, e si diede un'occhiata intorno. Tutti cominciavano a controllare l'orologio, sapendo che la pausa pranzo era quasi finita.

«Esco a fumare», disse Doug, spingendo indietro la sedia.

«Amico, hai meno di...».

«Piantala di preoccuparti», rispose lui divertito. «Puoi dire che comincino senza di me», concluse dando a Penn una manata sulla schiena.

«Conta fino a dieci», gli consigliò Lynne.

«Non basta».

«E non pensare che non abbia notato lo scarso entusiasmo con cui hai reagito al mio commento su quanto fosse bello aver riunito la vecchia squadra».

«È bello essere di nuovo insieme, certo», fece lui con uno sguardo all'orologio.

«Come no, e adesso hai deciso di insultare la mia intelligenza o di dimenticarti quanto ti conosco bene. Ne riparleremo».

Se non fossero stati in un tribunale, Penn avrebbe riso di fronte alla sua espressione carica di sottintesi.

Quella mattina, mentre si preparava, una parte di lui non vedeva l'ora di ritrovare i suoi vecchi colleghi, di stare con le persone che conosceva così bene, con le quali aveva costruito una forte amicizia col passare degli anni.

Aveva dimenticato che spesso era stato costretto a fare da balia a un agente che aveva quasi quindici anni più di lui.

Ma c'era anche qualcos'altro di cui si era reso conto. La sua vecchia squadra non aveva un equilibrio. Era più grande e comprendeva diversi agenti e sergenti, ma nonostante le loro abilità individuali, quando si trattava di suddividere gli incarichi era il caos a regnare sovrano. E in un certo senso gli era chiaro come mai ciò avesse rafforzato la squadra, a lungo andare. Renderli tutti intercambiabili aveva fatto sì che nessuna assenza in particolare potesse ostacolare la squadra.

Tuttavia, non c'era coesione tra colleghi, non esisteva più il senso di appartenenza, di unità.

Nel suo nuovo posto, i ruoli erano definiti in modo netto a causa delle dimensioni della squadra. Il capo e Bryant correvano avanti, non erano mai in ufficio abbastanza a lungo da scaldare le sedie. Stacey si gettava a capofitto sull'estrazione di dati e sulle indagini online, e lui si occupava di una o delle altre a seconda della tipologia del reato. A volte lavorava al data mining insieme a Stacey, altre era sul campo per raccogliere informazioni, per indagini porta a porta, per verificare alibi o per seguire il suo istinto. Era proprio quest'ultima attività quella a cui si sarebbe dedicato molto volentieri, in quel momento.

«Ehi, come sta Jasper?», chiese Lynne interrompendo il flusso dei suoi pensieri.

«Bene», rispose sorridendo. «Parla sempre di come ti ha battuta sui go-kart».

Lynne gettò indietro la testa e rise.

I due si erano conosciuti in occasione di una giornata di team building organizzata da Travis presso il circuito di go-kart dopo un caso di infanticidio particolarmente angoscioso, e lui aveva portato con sé anche Jasper. La gara finale era stata disputata da suo fratello e Lynne, che aveva appena finito il corso avanzato di guida per conducenti di polizia.

Sapeva che lei l'aveva lasciato vincere e aveva apprezzato il gesto. La guardò negli occhi e si rese conto di quanto gli fosse mancata. Era lei la persona che non vedeva l'ora di ritrovare.

«Già, be', grazie per avergli lasciato prendere…».

«Non l'ho fatto, sai. Mi ha battuta in modo onesto e leale».

Il sorriso di Penn gli morì sulle labbra insieme alla risposta che stava per darle quando vide Philip Maynard correre verso di loro con un'espressione meditabonda sotto la parrucca da pubblico ministero.

«È sparito uno dei testimoni», disse Philip, preoccupato.

«Nostro o loro?», chiese lui.

«Loro», rispose, anche se non aveva alcuna importanza. La scomparsa di qualsiasi persona poteva interrompere e sviare il processo, evitando che un uomo colpevole andasse incontro alla condanna che meritava.

«Chi?», domandò Penn. L'ultima volta che aveva controllato, erano tutti presenti e al loro posto.

La campanella suonò dietro di loro.

«Dexter McCann. È uscito venti minuti fa e non si è più visto».

Il vicino di casa di Gregor, che sosteneva che l'accusato si trovasse in casa la notte in cui Devlin Kapoor era stato assassinato.

Quell'uomo non costituiva una minaccia per l'accusa, e l'alibi che forniva a Gregor Nuryef era impalpabile come un foglio di carta igienica a un solo velo, ma la strana sensazione che Penn sentiva nelle viscere non voleva saperne di svanire.

Anzi, a dire il vero, cominciava a peggiorare.

14

«Capo, sono pronto a scommettere la mia auto che la distanza tra quelle piante di lobelia è calcolata al millimetro», disse Bryant attraversando il sentiero lastricato del signor Blenkinsop, delimitato da entrambi i lati da un solco largo una trentina di centimetri in cui erano piantate solo e unicamente piante in fiore di lobelia viola.

«Non scommetterei mai con te, nemmeno se ti giocassi qualcosa di decente», gli rispose lei, osservando la simmetria delle piante nei vasi appesi ai due lati della porta.

Le finestre del piano inferiore e superiore erano adornate da veneziane verticali. Un modo per mantenere la privacy ma che permetteva al tempo stesso al proprietario di vedere fuori. Perfetto per i vicini ficcanaso.

«Il signor Blenkinsop?», disse Kim quando la porta venne aperta da un uomo sulla sessantina.

Un odore di limone le assalì le narici, e non riuscì a capire se provenisse dalla casa o da lui.

Indossava un paio di jeans con la riga stirata e una maglietta bianca a maniche corte immacolata. Aveva un paio di occhiali appesi a una cordicella intorno al collo.

L'uomo annuì.

«Possiamo entrare?».

Lui non si fece da parte ma assentì di nuovo, abbassando lo sguardo. «Certo, ma dovreste togliervi le scarpe».

Kim guardò Bryant, poi di nuovo l'uomo.

«Sono sicura che le nostre calzature sono abbastanza pulite, signor…».

«Per favore, toglietele», insisté lui.

In tanti anni nella polizia non le era mai stato chiesto di togliere le scarpe prima di entrare in una casa.

«Non fa niente, signore, speravamo potesse darci una mano a ricostruire i fatti avvenuti in questa via, ma andremo a chiedere agli altri vicini».

«Okay, okay», fece lui aprendo del tutto la porta. Il bisogno di essere coinvolto nell'indagine doveva essere più pressante della pulizia della moquette. «Parleremo in cucina, se non vi spiace», riprese indicando il corridoio.

Stava limitando i danni. Non li avrebbe ammessi nella zona di ricevimento, con le scarpe ai piedi.

Lei lo superò, dirigendosi verso quello che sembrava essere l'epicentro dell'odore acidulo.

La cucina era sorprendentemente moderna, ampia e luminosa, con le mattonelle in pietra. Un tavolo da bistrò era sistemato davanti alla finestra del patio che dava sul giardino. Un piccolo stagno era circondato da fiori variopinti.

«Allora, signor Blenkinsop, cosa può dirci di Belinda Evans?»

«Be', non la conoscevo molto bene. Insomma, ci salutavamo quando ci incontravamo, ci scambiavamo gli auguri di Natale e cose del genere, ma...».

«Capisco», disse Kim. Era molto più di quanto faceva lei con i suoi vicini, a parte Charlie, il migliore amico di Barney. «E sa dirci qualcosa delle sue abitudini? Ha mai notato niente?»

«Era tutto un po' strano, se posso dire la mia. Mai sposata, niente figli, nessun compagno, ha comprato la casa accanto alla sua per Dio sa quale motivo».

Dunque non era mai entrato in casa sua e, a giudicare dallo stato di immacolata pulizia in cui viveva, era probabile che se l'avesse fatto gli sarebbe venuto un colpo.

«Ha mai visto visitatori, qualche sconosciuto che veniva a casa sua o si tratteneva nelle vicinanze?».

L'uomo scosse il capo. «Mi sembrava che uscisse spesso, la sera tardi. A volte rientrava alle prime ore del mattino, di tanto in tanto stava via tutta la notte».

«Ha idea di dove andasse?», chiese Kim, pensando alla valigetta pronta.

Lui fece cenno di no.

«Oppure con chi? Magari con sua sorella?», tentò Bryant.

«No, non penso», disse serio. «Due tipe davvero strane. Era difficile distinguerle. Stessi capelli, stessi vestiti, auto simile. Sembrava che cercassero di essere gemelle».

Invece, a quanto pareva, non si sopportavano.

«Due o tre volte al giorno l'altra sorella andava da lei, a volte solo per pochi minuti, al massimo mezz'ora, ma era come se non sopportassero di stare separate per più di qualche ora. Era davvero assurdo, per due donne di...».

Si interruppe perché il cellulare di Kim cominciò a suonare. Le osservazioni dell'uomo non sembravano molto coerenti con la descrizione che Veronica aveva fatto del rapporto con la sorella.

«Scusatemi», disse e tornò nell'ingresso. «Dimmi, Stace», rispose quando non fu più a portata d'orecchio.

«Capo, so che hai detto che le sorelle non andavano d'accordo, ma penso varrebbe la pena scoprire perché si sentissero al telefono almeno dieci volte al giorno».

15

Penn osservò Ricky Drake andare al banco dei testimoni e mettere la mano sulla Bibbia. Anche se non era religioso, aveva una gran voglia di strappargliela da sotto il palmo.

Non riusciva ancora a liberarsi dell'antipatia che aveva provato per l'uomo fin dal primo istante e che aveva dovuto nascondere bene per tutta l'indagine, visto che era il loro testimone chiave.

Non era la prima volta in cui gli capitava di conoscere una persona come Ricky Drake, feccia della peggior specie con le mani perennemente sporche, arrestato per furti in appartamento due anni prima. Purtroppo non era possibile scegliere i propri testimoni, ma ormai aveva visto quel che aveva visto.

Fu una piacevole sorpresa per lui scoprire che aveva tentato di apparire al meglio. I pantaloni della tuta grigi e sudici erano stati sostituiti da un paio di calzoni neri, al posto della felpa blu scuro indossava una camicia bianca a maniche lunghe che copriva quasi tutti i tatuaggi che gli decoravano il corpo.

Penn non poté fare a meno di chiedersi se i membri della giuria si facessero ancora ingannare dai giochetti messi in atto da entrambe le parti che si affrontavano in tribunale. Ripulisci una persona e sembrerà più rispettabile, fagli rasare la barba in modo che appaia più giovane. In televisione giravano così tante serie giudiziarie che i giurati non potevano credere davvero a ogni stronzata che vedevano.

Eppure, quando Ricky Drake aveva fatto il suo ingresso in tribunale nessun volto della giuria aveva tradito la minima emozione. Penn sapeva benissimo che senza una bella ripulita quell'uomo avrebbe suscitato numerose reazioni disgustate. Il suo aspetto innocuo, però, non aveva offeso nessuno, dunque la giuria si mostrava pronta ad ascoltarlo senza pregiudizi.

In effetti, la squadra dell'accusa aveva fatto un ottimo lavoro nel trasformarlo in un testimone credibile, e vide anche Doug che annuiva con aria di approvazione guardando verso di lui.

Tutti e tre erano rimasti sorpresi quando Ricky Drake aveva offerto loro informazioni su una rapina a mano armata in cambio di uno sconto di pena su una sciocca accusa di taccheggio, Penn era sicuro che fosse abbastanza esperto da sapere che quel genere di cose esistevano solo nei film. E dopo un panino e una tazza di tè della mensa della stazione di polizia, aveva parlato comunque.

Aveva raccontato loro di essere andato via dal pub The Crying Dog intorno alle dieci e venti per non trovare troppa ressa al fish and chips. Era arrivato dal marciapiede opposto, aveva dato uno sguardo all'interno del negozio ben illuminato e aveva visto l'uomo impegnato in quella che gli era sembrata una transazione normale. Si era fermato per accendersi una sigaretta, aveva dato un altro sguardo e si era reso conto di conoscere di sfuggita quel tizio, poi aveva deciso di andare a prendere la cena.

Penn e Doug erano rimasti sorpresi – se la stavano prendendo con la famiglia Reed, sicuri che l'incidente presentasse tutte le caratteristiche di uno dei loro sporchi lavori – ma non potevano ignorare un testimone che era passato accanto al luogo del crimine proprio mentre si stava svolgendo. La sua dichiarazione aveva cambiato le sorti dell'intera indagine e alla fine aveva condotto alla cattura dell'assassino.

Ricky Drake era stato fondamentale per aver rivelato una quantità sufficiente di elementi sull'indiziato, Gregor Nuryef, da permettere di rintracciarlo e interrogarlo. All'inizio la moglie gli aveva fornito un alibi, e non era stato possibile ottenere un mandato di perquisizione.

Tuttavia, il senso di colpa aveva spinto Irina Nuryef a ritrattare la sua testimonianza e ad ammettere di aver mentito quando aveva detto che suo marito si trovava in casa la sera dell'omicidio.

Quell'ammissione aveva sbloccato il mandato per la casa dei Nuryef.

All'interno dell'abitazione Doug non aveva trovato nulla, ma Penn aveva fatto bingo nel capanno in giardino, dove aveva rinvenuto una maglietta macchiata di sangue arrotolata in un sacchetto. Le analisi avevano poi confermato che il sangue apparteneva a Devlin Kapoor.

Eppure, nonostante il fatto che Ricky Drake avesse fornito loro la chiave per riaprire il caso, in quell'uomo c'era qualcosa che gli faceva risalire la bile in gola.

Tornò a concentrarsi sul presente proprio quando l'accusa portò l'attenzione del testimone al momento chiave della sua dichiarazione.

«Dunque ha rivolto lo sguardo una volta verso il negozio illuminato e ha continuato a camminare lungo la strada?»

«Sì, esatto», rispose Ricky, che sembrava divertirsi. Guardava la giuria come se fosse il suo pubblico, corso ad assistere alla sua performance da solista. Era preso dall'attimo, distratto dall'esibizione.

«Poi però si è fermato per accendere una sigaretta...».

«No, il fish and chips è proprio lì in fondo, e poi mica ci puoi entrare con una sigaretta...».

Penn restò senza fiato e tutte le teste dal lato della difesa si sollevarono di colpo. Il motivo era più che comprensibile.

Ricky aveva sostenuto fin dal primo minuto di aver avuto tutto il tempo per vedere il killer perché si era fermato ad accendersi una sigaretta.

L'avvocato dell'accusa cercò disperatamente di fargli fare marcia indietro e ricordare con precisione gli eventi così come erano stati registrati nella testimonianza che aveva davanti.

La squadra della difesa prendeva appunti furiosamente.

E Penn cercò di mandar giù la bile che gli era davvero arrivata fino in gola.

16

La casa di Veronica non era affatto come Kim si era aspettata, eppure in un certo senso era perfettamente adatta a lei.

Era un'abitazione a schiera, disposta su quattro piani, incluso un garage che si trovava al piano terra, e non avrebbe potuto essere più diversa dai villini su un unico livello della sorella. Eppure l'altezza e l'imponenza dell'edificio rispecchiavano in modo impeccabile la donna.

«Cristo, quanto odio le case strutturate così», gemette Bryant mentre andavano verso la porta d'ingresso. «Una mia zia stava in un'abitazione del genere, ci sono troppe scale e la disposizione degli ambienti non ha senso».

Kim lo ignorò e bussò alla porta.

«Dai, chi può volere la camera da letto sotto la cucina o un…».

«Buonasera, agenti», li salutò Veronica aprendo la porta. Il suo tono di voce non tradì la minima sorpresa nel vederli.

Si era cambiata, ora indossava un paio di jeans e una maglietta con lo scollo a V con una rosa ricamata su un taschino. Si era sciolta i capelli e ai piedi portava scarpe da barca piatte.

A differenza di quanto avvenuto in entrambe le case di Belinda, furono accolti da un profumo caldo e avvolgente, muschiato ma non stucchevole.

«Prego, salite», disse la donna indicando la scala che correva accanto al doppio garage. «Il mio ufficio è al primo piano».

Solo Kim sentì Bryant schioccare la lingua infastidito quando imboccarono le scale.

Il primo pianerottolo si apriva in quello che a Kim sembrava molto più di uno studio. L'ambiente era un'invitante commistione di mobili d'epoca. C'era una scrivania antica, in mogano, che riceveva la luce dalla finestra rivolta a sud. Davanti al caminetto c'erano due poltrone, con cuscini spaiati dall'aria consunta ma invitante. Un'intera parete era dedicata a libri rilegati in pelle, un'altra era piena di locandine di vecchi film incorniciate. In diversi punti della stanza c'erano vasetti di vetro con all'interno un liquido e bastoncini di legno. Per rinfrescare l'aria di casa sua, Kim ricorreva a qualche spruzzata di Neutradol e a un profumatore elettrico alla mela.

Quella stanza, invece, era stata pensata con il preciso scopo di essere un ambiente confortevole in cui trascorrere il tempo.

«È la zona della casa che preferisco», dichiarò Veronica raggiungendoli. «Sono quasi sempre qui», aggiunse attraversando la stanza per andare ad aprire una porta che conduceva in una cucina luminosa e moderna, completamente diversa.

«Posso offrirvi...?»

«Grazie, siamo a posto», rispose Kim.

Veronica chiuse la porta e indicò le poltrone davanti al caminetto. Si accomodò su quella di sinistra, lasciando solo a uno di loro la possibilità di sedersi. Occupare l'unica altra sedia rimasta, quella dietro la scrivania, sarebbe stato un gesto di confidenza eccessiva, un'intrusione.

Bryant si spostò verso la libreria mentre Kim cominciò a chiedersi se le due sorelle trascorressero il tempo insieme lì, davanti al fuoco del caminetto, sorseggiando un bicchiere di vino.

«Come posso aiutarvi, agente?», chiese Veronica, incrociando le gambe all'altezza delle caviglie e sistemandosi le mani in grembo.

Kim sospettava che le sorelle non si sedessero mai una accanto all'altra a godere di quell'ambiente, considerando ciò che Veronica aveva già detto loro del loro rapporto, e fu proprio quella considerazione a suggerirle la prima domanda.

«Signorina Evans...».

«Veronica», la corresse subito lei.

«Chiedo scusa. Prima ci ha detto che il rapporto tra...».

«Agente, la prego, faccia attenzione. Molti di quei volumi sono prime edizioni», disse Veronica senza voltare il capo verso il sergente.

Bryant si allontanò dalla libreria come un bambino che ha appena ricevuto una sgridata. Ancora una volta, Kim restò sorpresa: a quanto pareva avevano di fronte una persona che apprezzava più lei del suo collega.

«Ci ha detto che non eravate molto unite».

Le labbra di Veronica s'incurvarono in una specie di sorrisetto. «Non è proprio ciò che ho detto, ma ci va abbastanza vicino».

In effetti, Veronica aveva dichiarato che non si sopportavano.

«Eppure parlavate moltissime volte al giorno, a giudicare dai tabulati telefonici».

«Certo», ribatté lei. «Siamo sorelle».

«Ma non andavate d'accordo?»

«Esatto, agente, però non riesco a capire quale sia il punto».

Era davvero incredibile per una donna intelligente e istruita.

«Il punto è, Veronica, che i fratelli tra cui ci sono problemi tendono a separarsi e a limitare al massimo i contatti», spiegò. Ma soprattutto non si vestono allo stesso modo, non guidano auto uguali, non abitano a pochi minuti di distanza uno dall'altro e non si sentono al telefono venti volte al giorno, avrebbe voluto aggiungere.

«Dopo la morte dei nostri genitori, non ci è rimasto nessun altro al mondo».

«Questo vi ha avvicinate?», chiese Kim sforzandosi di trovare un senso.

«Niente affatto. La nostra infanzia ha decretato l'impossibilità di essere legate, per sempre».

«Potrebbe spiegarci perché?»

«Assolutamente no, dato che non c'entra nulla con il caso e non vi servirebbe a nulla saperlo».

«Come fa a esserne sicura? Non è pronta a fare qualsiasi cosa per aiutarci a trovare la persona che ha ucciso sua sorella?», chiese Kim.

«Se fossi convinta che eventi accaduti mezzo secolo fa possono avere un collegamento con il suo omicidio ve ne parlerei, ma non è così».

La leggera curiosità che Kim sentiva dentro di sé cominciò a trasformarsi in un bisogno sfrenato di sapere cosa fosse accaduto tra le due donne, dal momento che era lei a dover stabilire quali elementi potessero essere utili alle indagini.

«Veronica, ho davvero...».

«Agente, tutto ciò che dovrebbe chiedermi è dove mi trovavo all'ora della morte di Belinda, e in effetti presumevo fosse questo il motivo della vostra visita: per questo vi ho lasciati entrare in casa mia. Ero qui, seduta alla scrivania, impegnata in una chiamata via Skype con l'editore del "Daily Telegraph". Potete verificarlo senza problemi, vi basterà fare una telefonata. Non appena avrete stabilito questo, non avremo più niente da dirci».

«Posso chiedere se la chiamata via Skype...».

«Tredici orizzontale e undici verticale».

«Prego?»

«Il cruciverba, agente. È il mio lavoro. Invento cruciverba per i giornali. Il mio editore pensava che due definizioni in particolare fossero troppo complicate, e io non ero d'accordo, ma lui ha voluto comunque che le cambiassi». Si alzò. «Se non c'è altro...».

«A dire il vero c'è», ribatté Kim senza muovere un muscolo. «Sua sorella aveva una valigetta pronta nell'armadio. Ha idea di dove volesse andare?».

Kim colse la sorpresa nella sua espressione. «Diamine, avevamo deciso...».

«Cosa avevate deciso, Veronica?»

«Niente, non ha importanza. Mi spiace, agente, ma non ho idea di dove volesse andare mia sorella».

Kim detestava le bugie spudorate, e quella donna gliene aveva appena detta una.

«E sa perché portava con sé una scorta di preservativi?», insisté.

«Ispettore, mi spiace ma non risponderò ad altre domande e vi invito caldamente ad andarvene. E subito».

Kim maledisse l'ostinazione della donna, ma in quel momento non aveva motivo per insistere più di quanto non avesse già fatto. Sapere che stava mentendo non bastava, non dal punto di vista della legge.

Si alzò, la salutò in poche parole e scese le scale. Veronica non li seguì, e fu Bryant a chiudere la porta.

«Accidenti, non si può dire che fosse entusiasta di vederci, e non è stata di grande aiuto», notò lui dirigendosi verso la macchina.

Era l'esatto contrario, pensò Kim, ricordando le parole della donna a proposito del cruciverba e della propria intelligenza.

Aveva la netta sensazione che avessero trovato la sorella che amava mettersi in mostra.

17

Penn, seduto al tavolo, fece un gran sospiro, cercando di scacciare il senso di affaticamento che gli si era diffuso fin nelle ossa e che non aveva niente a che fare con il duro lavoro.

Stare in un'aula di tribunale tutto il giorno lo aveva stancato molto più di un turno completo di dodici ore. L'inattività lo devastava, perché un'energia irrequieta gli scorreva nelle vene e non riusciva a trovare sfogo.

Aveva chiamato il capo, che gli aveva ribadito di tornarsene a casa. Aveva preso in considerazione l'idea di contraddirla, sostenendo che doveva pur esserci qualcosa che poteva fare per aiutare, ma lei aveva replicato di risparmiare le forze. Avrebbe voluto dirle che non aveva fatto altro tutto il giorno, ma Kim aveva riattaccato. Così, quando Lynn gli aveva proposto di fare un salto a bere qualcosa di caldo, aveva accettato volentieri. Anche Doug si era unito a loro, nonostante Penn non fosse sicuro che l'invito fosse aperto a tutti.

«Allora, che ne pensi?», chiese Doug allentandosi la cravatta ed estraendo il cellulare.

«Di cosa?».

Lui fece un cenno verso Lynne, che stava caricando tre cappuccini su un vassoio.

«Della sua nuova auto. Interni in pelle, navigatore satellitare di serie, cerchi in lega e…».

«Non è nuova, Doug», disse Penn sorridendo. «Solo non è vecchia come la precedente».

«Sì, be', a voi investigatori piace far vedere che siete pieni di soldi: offrite da bere, comprate macchine nuove».

Penn ebbe la tentazione di dirgli di tentare di farsi promuovere anche lui, poi si ricordò che aveva provato a sostenere l'esame, ma era stato bocciato. Non era tra gli argomenti preferiti di Doug. Non che l'aumento di stipendio fosse vertiginoso.

«Hai visto la merda che guido io?», disse prendendo le tazze dal vassoio quando Lynne lo posò sul tavolo.

«Ti stai lamentando di nuovo della mia macchina, Douglas?», chiese lei, chiamandolo col nome completo, ben sapendo quanto lo odiava.

«Vaffanculo», replicò lui irritato.

«Anch'io ti voglio bene», scherzò lei, sedendosi al suo fianco e dandogli una leggera gomitata nelle costole.

L'espressione di Doug si rilassò mentre posava il cellulare sul tavolo.

«Ci sono novità su Dexter McCann?», chiese Penn a proposito del testimone scomparso. Non era più nella mailing list della West Mercia.

Doug scosse il capo. «Non ci perderò il sonno», dichiarò mentre versava due bustine di dolcificante nel suo caffè. «È un loro testimone, non nostro. E poi tanto avrebbe mentito. Noi abbiamo il nostro uomo».

«Ma perché mentire?», chiese Penn. «È solo un vicino di casa, cosa ci guadagnerebbe?».

Doug socchiuse gli occhi con aria teatrale. «Che c'è, bello, stai passando dall'altra parte?».

Penn doveva ammettere che tra le cose che non gli mancavano affatto c'era la capacità di Doug di rendersi insopportabile.

Scosse la testa, ignorando l'appellativo "bello".

«Secondo te Dexter McCann mente?», domandò Doug a Lynne.

Lei ci pensò su, poi fece cenno di no. «Secondo me si è confuso. Sa che quel tizio chiama il cane per farlo entrare in casa ogni sera alle dieci e mezza. Come può distinguere tra una sera e l'altra?».

Era esattamente ciò che avevano detto tutti, all'epoca.

Lynne bevve qualche sorso, poi continuò: «Credo che abbiamo già abbastanza problemi con i nostri testimoni, non c'è bisogno di preoccuparsi anche per quelli dell'altra parte».

«Già, e che mi dici di quello stramaledetto errore?», chiese Penn.

Poi si rivolse a Lynne. «Lui ha sempre testimoniato la stessa cosa, giusto? Fin dall'inizio».

Lo sguardo che Lynne gli rivolse pareva irritato, ma c'era anche dell'altro che Penn non riuscì a cogliere. «No, me lo sono inventato perché non so raccogliere le testimonianze», scattò lei, sbattendo la tazza sul piattino.

«E dai, Penn», fece Doug, guardando prima la collega, poi lui. «Quell'idiota ha ripetuto sempre la stessa versione. Si è sbagliato».

«Sbagliato?», ripeté Penn. Quel tizio si era dimenticato di ciò che aveva fatto, cioè di aver visto in modo chiaro il colpevole sul luogo del delitto.

«Hai notato anche tu come si è presentato», riprese Doug. «Faceva il presuntuoso, tutto tronfio perché lui era dalla parte della legge. È diventato troppo spavaldo e ha preso un abbaglio».

Penn non riusciva a spiegarsi come l'essere uno stronzo arrogante potesse influire sulla capacità di ricordare, ma non aveva voglia di discutere con il suo collega e amico. A giudicare dall'espressione meditabonda di Lynne, aveva già esagerato.

«Comunque niente di così grave», aggiunse Doug riprendendo in mano il cellulare. «La giuria non ci ha fatto caso e sembrava credergli».

Penn restò in silenzio e bevve un sorso del suo caffè.

A quanto pareva la giuria credeva a Ricky Drake, certo, ma Penn non poteva dire altrettanto.

18

Stacey spense il computer alle 17:45 e si appoggiò allo schienale della sedia. Il capo le aveva detto di andare a casa, e ormai aveva imparato a riconoscere certi segnali.

Si guardò intorno nella stanza vuota, e un ricordo le tornò alla mente.

Era appena stata nominata agente investigativo e assegnata da pochissimo alla squadra. Il primo giorno, il capo l'aveva chiamata e le aveva detto di andare a casa.

Mentre radunava le sue cose, il suo nuovo collega, Kevin Dawson, l'aveva guardata sgomento.

«Che fai?»

«Vado a casa», aveva risposto lei, indicando il telefono. «Il capo mi ha appena detto...».

«Dimentica ciò che ha detto lei. Abbiamo un cadavere e tre piste aperte. Sul serio credi che voglia mandarti a casa?».

Stacey era confusa. «Ma allora perché me l'ha detto?»

«Perché il turno sta finendo. Non ti pagheranno gli straordinari».

Stacey si era alzata, cappotto e borsa in mano, sentendosi una sciocca: non sapeva cosa doveva fare.

Dawson l'aveva osservata per un paio di secondi prima di parlare. «È qui che decidi che genere di poliziotto vuoi essere. Puoi impegnarti, oppure no, ma d'ora in poi rispetta la tua scelta».

Stacey sorrise a quel ricordo dolceamaro. Quel giorno aveva pensato di avere di fronte un gran presuntuoso, ma quando erano diventati amici la sua opinione era cambiata.

Aveva ragione lui, ovviamente. Due ore dopo, quando il capo e

Bryant erano rientrati nella sala operativa, c'era stato un silenzioso cenno di conferma verso di lei.

Il consiglio di impegnarsi – o non farlo – le era stato molto utile, e così aveva imparato a interpretare i segnali. Se il capo andava a casa, andavano a casa tutti.

Solo che lei non aveva nessuna voglia di andarsene, si rese conto mentre scendeva le scale e si mescolava agli agenti del cambio turno.

Camminò in fretta tra amici e colleghi che si passavano le consegne, dando informazioni generali o riferendo un avvenimento particolare della giornata. Un arresto, un ordine restrittivo, una rissa.

Alla fine si ritrovò all'ingresso e alle porte automatiche proprio mentre arrivavano altre due autopattuglie.

Una volta arrivata in fondo al parcheggio, esitò.

Svoltando a sinistra, su quello stesso lato della strada, l'autobus l'avrebbe portata al suo piccolo appartamento a Dudley, a meno di un chilometro da casa di sua madre.

Se invece fosse andata a destra e avesse attraversato la strada, avrebbe potuto prendere un autobus che portava a casa di Devon, dove trascorreva quasi tutto il tempo.

Pensò al messaggio sul cellulare, cui non aveva ancora risposto.

"Puoi impegnarti, oppure no, ma scegli", le parve di sentire di nuovo.

Avanzò di un passo poi svoltò a sinistra.

19

Kim premette il tasto play dell'iPod e *L'anello del Nibelungo* riempì il garage. Il suono della tuba di Wagner l'avvolse, unendo gli elementi timbrici del corno da caccia e del trombone.

Da quando era tornata a casa aveva lavato, stirato, dato da mangiare al cane e passato l'aspirapolvere. Fosse stato per lei sarebbe stata ancora al lavoro, a immergersi più a fondo nella vita di Belinda Evans, ma aveva ricevuto quella circolare.

E così era a casa prima che fosse buio, a rilassarsi.

Mentre una lite silenziosa le infuriava nella testa, Barney si mise al suo solito posto, accanto alla porta della cucina.

C'è un cadavere in obitorio.

C'è sempre un cadavere in obitorio.

Hai delle responsabilità.

I miei agenti sono tutti adulti.

Ma potrebbero cercare di nasconderlo.

«Ah, che cazzo», gridò, lanciando una chiave inglese sul pavimento. Come diamine faceva a sapere cosa doveva fare? Maledizione, non aveva mai voluto figli e non aveva problemi ad ammetterlo. Non aveva mai voluto che la vita di qualcuno dipendesse da lei, ed era abbastanza consapevole da sapere che nemmeno l'eventuale bambino se la sarebbe passata bene. Non era tanto sicura che Charlie, in fondo alla strada, sarebbe venuto ogni giorno a portarlo fuori per una passeggiata come faceva con Barney. E il cane era già una fonte di preoccupazioni sufficiente. No, avere un figlio non faceva proprio per lei, eppure in qualche modo alla fine se ne ritrovava tre. E belli grandi.

Barney sollevò la testa e la guardò.
«Mi sto rilassando, giuro», disse Kim strisciando sulle ginocchia per andare a recuperare la chiave inglese.
Lui si alzò e la superò. Agitò la coda due secondi prima che qualcuno bussasse alla porta del garage.
«Ci sei?»
«Fuori dai piedi, mi sto rilassando», rispose al suo collega.
«Sì, ho sentito».
«Vieni all'ingresso», gli disse mentre si rialzava. Non vedeva l'ora di andarsene dal garage.
Di solito adorava passare un po' di tempo nel suo ambiente preferito di casa, concentrarsi sul puzzle di pezzi di moto che prima o poi ne avrebbero composta una intera. Ma solo quando sentiva di esserselo guadagnato, di meritarlo davvero.
Afferrò la caffettiera a filtro proprio mentre Bryant entrava dalla porta di casa.
Barney gli sbarrò la strada con grande determinazione, scodinzolando a più non posso.
«Ecco, tieni», disse Bryant pagando il biglietto d'ingresso con una mela. Era il modo più sicuro per entrare nelle grazie del cane. «Non riuscivo a dormire», continuò poi, sistemandosi sullo sgabello dall'altra parte del bancone per la colazione.
«Ma se non sono nemmeno le nove», fece lei sorridendo.
«Ah, ecco perché».
«Devi rilassarti», gli consigliò.
«Ci ho provato», replicò lui con una scrollata di spalle. «Una noia mortale».
«Come?», chiese lei voltandosi. «Come hai fatto a provare a rilassarti, e perché Jenny non ti sta tenendo occupato?».
Di solito le mogli apprezzavano un po' di aiuto dai mariti.
«Ho cominciato a togliere le erbacce dal giardino sul davanti. Fa davvero schifo come attività».
Sapendo quanto odiava il giardinaggio, era più o meno il fondo del barile.
«E?»
«E a quanto pare paghiamo un ragazzino che si mantiene al college facendo proprio questo».

Kim sorrise. Era proprio da Jenny.

«Ho fatto una lavatrice, ma poi ho scoperto che non era il giorno giusto perché adesso il bucato resterà in giro steso fino al giorno dedicato alla stiratura. Insomma, chi poteva immaginare che lavatrici e ferri da stiro funzionassero solo in certi giorni della settimana?»

«Bryant, ci stai ricamando un po' troppo sopra».

«Sì, è quel che ha detto anche Jen prima di spedirmi qui».

Kim scoppiò a ridere. Se doveva essere sincera, amava Jenny quasi quanto l'amava Bryant. Sua moglie non si era mai impensierita per l'amicizia che si era consolidata tra loro negli anni. Le tante ore insieme, le nottate di lavoro, la concentrazione che escludeva qualsiasi altra cosa quando lavoravano a un caso importante. Jenny lo capiva ed era assolutamente sicura dell'affetto del marito.

«Fa un po' di fatica a adattarsi», disse lui, mettendo in verticale un sottobicchiere e provando a farlo girare come una trottola.

«Davvero?», chiese Kim sinceramente interessata.

Bryant posò il sottobicchiere e iniziò a tamburellarci sopra. «Sai, spesso sento gli altri parlare di quello che fanno tra un turno e l'altro. Vanno a trovare i genitori, escono con gli amici. Cene fuori, roba così. Puliscono, cucinano, giocano con i bambini, così ho pensato, sarebbe bello essere capaci di fare altrettanto. Avere una vita vera, insomma».

«Sì, be', ora hai l'opportunità di...».

«Solo che non voglio, capo... Scusa, Kim», si corresse ricordando la regola per cui in casa doveva chiamarla per nome. «E non aiuta il matrimonio».

Kim gli avvicinò il caffè. «Stai scherzando?».

Lui scosse la testa. «Non siamo mai stati quel genere di coppia. Non abbiamo bisogno di stare insieme ogni momento. Jenny ha i suoi colleghi, il club del libro, qualche vecchia amicizia di scuola, mentre io ho il rugby e... il lavoro».

«Cristo santo, Bryant, considerando che il rugby l'hai quasi mollato, direi che non te la stai passando per niente bene».

«Vero?»

«Non mi hai mai spiegato perché hai rallentato con il rugby. Insomma, so che prendevi un sacco di legnate, ma è sempre stato così. Da anni».

«Non c'è un motivo particolare», rispose, e un'ombra gli passò sul viso. Se ricordava bene, era successo durante il loro ultimo caso importante, quello del killer che ricostruiva tutti gli eventi traumatici del passato di Kim.

Rabbrividì, scacciando il ricordo.

«In ogni caso, il punto è che alcune coppie passano fin troppo tempo insieme, e può essere dannoso per la loro salute psicologica e fisica...».

«Jenny ti ha picchiato?», gli chiese trattenendo un sorriso.

«Mi ha tirato il telecomando quando ho spento *Valle di luna* e le ho chiesto se volesse andare a fare una passeggiata».

Kim rise forte. «Mi sa che ti devi trovare qualche amico maschio».

«Oppure potrei sempre fare il mio lavoro, come ho sempre...».

«Mi spiace, ma gli ordini sono ordini. Sai benissimo che Woody ha il pepe al culo per questa storia dell'esaurimento». Esitò. «Voglio dire, sappiamo entrambi che non sei abbastanza veloce da esaurire un bel niente, ma...».

«Grazie mille, Kim», fece lui passandosi una mano tra i capelli.

«Abbiamo le mani legate».

«Non è necessario che Woody lo sappia. Potremmo lavorare da qui alla fine del turno e...».

«Non ci pensare neanche».

Durante l'ultima indagine aveva avuto la squadra in casa a lavorare ventiquattro ore al giorno e non aveva intenzione di ricreare una situazione del genere.

«È solo che non riesco a levarmi dalla testa Belinda Evans. Continuo a rivederla seduta su quell'altalena con il filo spinato intorno ai polsi, i piedi puntati verso il basso, accasciata sulla catena come una bambola di pezza».

«Già, ti capisco benissimo», gli rispose bevendo un lungo sorso. Quella visione la perseguitava da quando era rientrata.

«E poi sua sorella. Insomma, tra quelle due c'era davvero qualcosa di strano».

«Eppure Veronica si rifiuta di parlare della loro infanzia. Mi domando se Stace...». Non concluse la frase, inarcò un sopracciglio e fissò il collega. «Molto astuto, Bryant, ma non ne parleremo più. Sono quasi sicura che conti come lavoro, e siamo fuori orario».

«Maledizione», esclamò lui dopo un gran sospiro. «Sai, alla mia età devo sfruttare al massimo le poche cellule cerebrali ancora attive, perché arriverà un giorno in cui...».

«Parliamo del tempo o levati dalle palle», lo ammonì lei.

«Cristo santo, Kim. Sul serio vuoi seguire le regole?»

In effetti, era sorpresa perfino lei. Si poteva dire che fosse molto selettiva nella scelta delle regole a cui sottostare, ma c'era in gioco il benessere della squadra.

«Quell'acquazzone improvviso di poco fa...».

«Non ci provare», disse Bryant spostandosi verso il bordo dello sgabello. «Non me ne starò qui a parlare del tempo. Me ne vado».

Kim sorrise vedendolo battere in ritirata.

«Bravo, va' a casa e rilassati».

«Sono rilassatissimo, che cazzo», gridò lui a pieni polmoni, poi sbatté la porta.

Kim ebbe la netta sensazione che sarebbe stata una settimana molto lunga.

20

«Okay, ragazzi, datevi una mossa, d'accordo?», disse Kim, passando in rassegna la squadra con lo sguardo. Penn stava guardando qualcosa sul cellulare, Stacey fissava fuori dalla finestra, sopra la testa di lui, e Bryant aveva la stessa espressione corrucciata della sera prima.

Eh già, la squadra sprizzava energie da tutti i pori, dopo il riposo extra.

Quanto a lei, si sentiva come se non li vedesse da giorni.

Anche lei aveva rispettato le regole, tanto per dare l'esempio, e non era entrata in ufficio prima delle 7:45, pronta per la riunione obbligatoria delle 8. La mezz'ora passata in auto ad aspettare non rientrava nel conteggio.

«Penn, c'è qualcosa che vorresti dire prima di andare in tribunale?».

Lui mise via il telefono. «Stavo controllando se è necessario che vada, capo. La situazione non è chiara».

«Credevo fosse un processo senza sorprese. Sbaglio?».

Kim non vedeva l'ora che quella storia finisse e che Penn potesse tornare a tempo pieno da lei, entro la fine della settimana. Non le piaceva l'idea di affidarsi all'ispettore Plant e ai suoi uomini per gli interrogatori.

«Un testimone della difesa è assente ingiustificato da ieri. La polizia lo sta cercando, ma non ci sono novità».

«Il resto è a posto?».

Esitò. «Sì, capo, ma ieri sera sarei potuto venire senza problemi per qualche ora».

«Hai letto la circolare», gli ricordò.

«Sul serio ci dobbiamo attenere agli ordini?», le chiese, facendo sollevare due teste speranzose.

Gesù, pensò Kim, era come cercare di costringere un bambino a mangiare la verdura. Sai che è per il loro bene, ma ogni boccone è una lotta.

«Sì, ci atterremo agli ordini», ribadì lei, e in quel momento a Penn arrivò la notifica di un messaggio.

Lo lesse. «Del vicino ancora nessuna traccia, ma la difesa chiamerà il suo unico altro testimone, cioè la moglie, quindi dovrebbe essere divertente assistere, visto che si tratta di un testimone ostile».

Kim annuì mentre lui spingeva indietro la sedia per alzarsi. A volte succedeva: i testimoni venivano riorganizzati per garantire continuità e limitare al massimo le interruzioni nel lavoro della giuria. Una volta avviato un procedimento, nessuno voleva che venisse interrotto, il programma era ormai stato fissato, le riunioni erano state rimandate, gli esperti prenotati, i membri delle famiglie erano pronti a ricevere un verdetto. Si faceva il possibile affinché il processo continuasse.

«E rimasero in tre», commentò Kim una volta che Penn fu sparito oltre la porta.

Andò alla lavagna.

«Okay, allora, Stace, ottimo il lavoro di ieri sulle telefonate tra Belinda e la sorella. Non abbiamo ancora una spiegazione dello strano rapporto tra le due e voglio che continui a scavare in tal senso. Voglio sapere tutto ciò che riesci a trovare sulle due signore: genitori, amici d'infanzia, vicini di casa, fidanzati, tutto». Con la coda dell'occhio notò l'espressione di Bryant che metteva in dubbio gli ordini. «Avanti, spara», disse senza voltarsi.

«Veronica ha un alibi e non puoi pensare davvero…».

«E già che ci sei, controlla l'alibi, Stace», aggiunse Kim. «Un collegamento Skype con un editor del "Telegraph" non dovrebbe essere troppo difficile da dimostrare, e così potremo eliminarla dalla lista una volta per tutte».

«Certo, capo», disse Stacey prendendo appunti.

Sollevata, Kim vide la tensione svanire dal suo volto. Si rivolse a Bryant. «E perché dovremmo eliminarla dalla lista dei sospetti senza verificare l'alibi, brontolone?»

«Non sembra proprio...».

«Non provare nemmeno a dire che non ha la faccia dell'assassina. Dimmi quando è stata l'ultima volta in cui abbiamo arrestato qualcuno che l'avesse. E poi, non hai mai sentito parlare di sororicidio?»

«Ehm... no», rispose Bryant. «Ma se ce l'hai, puoi dirmi se è contagioso?»

«È l'omicidio della propria sorella», spiegò Kim. «Sono casi che si verificano quando la rivalità tra fratelli va fuori controllo. Ronald DeFeo sparò a entrambe le sue sorelle nel 1974. Gli omicidi ispirarono la serie di libri e film *Orrore ad Amityville*. Nel 1990 Karla Homolka e Paul Bernardo violentarono e uccisero la sorella di Karla, Tammy, e Yuki Muto assassinò sua sorella nel...».

«A quanto pare qualcuno ha passato il tempo libero facendo ricerche, ieri sera», notò Bryant, tamburellando sulla scrivania.

«Sì, ho aperto il portatile e ho trovato per caso un articolo», mentì lei.

In realtà erano passati appena venti minuti da quando Bryant era andato via da casa sua quando non era più riuscita a resistere all'impulso di dare un'occhiata.

«Ahh, ho capito», intervenne Stacey. «Se ci capita di accendere il computer e troviamo qualcosa che...».

«Come ho già detto, è stato un caso».

«Certo, è inciampata ed è caduta su Wikipedia», commentò Bryant mentre Kim passava fra i due colleghi.

«Capo, nei tabulati ci sono altri numeri di telefono su cui fare ricerche, quindi...».

Che diamine, in quel momento l'assenza di Penn era un bel problema. Il carico di lavoro di Stacey sarebbe aumentato parecchio.

«Prima finisci quello, poi puoi dedicarti al resto».

Stacey annuì. L'aspettava una giornata davvero piena, eppure Kim aveva la sensazione che non sarebbe stato un problema per lei.

«Bryant e io ci concentreremo sull'ultimo luogo di lavoro, sull'uomo che doveva vedere e cercheremo di scoprire dove era diretta».

«Aveva dei preservativi nella valigia?», chiese Stacey sgranando gli occhi.

«Un comportamento responsabile», rispose Kim.
«Ma…».
Bryant incrociò le braccia. «Stace, se ti riferisci alla sua età, sappi che la gente ha ancora normali desideri anche dopo la pensione. E avere sessant'anni non ti impedisce di contrarre malattie sessualmente trasmissibili».
«Certo, lo capisco, solo che è…».
«Stacey Woods», sbottò lui. «Non puoi avere pregiudizi su una persona solo perché ha raggiunto…».
«Ignoralo, Stace. Se la prende tanto solo perché anche lui è vicino a quell'età».
Stacey ridacchiò, mentre Bryant apriva la bocca per rispondere.
Kim sollevò una mano per zittirlo, perché il suo cellulare stava squillando.
«Keats», rispose.
«Devi venire qui».
«Buongiorno anche a te».
«Devo mostrarti una cosa. Ho trovato la risposta».
Attaccò il telefono.
Kim non sapeva nemmeno che ci fosse una domanda.

21

Penn arrivò al palazzo di giustizia qualche minuto prima del giorno precedente.

Entrò nell'edificio e trovò Lynne e Doug che facevano la fila per la caffetteria sulla sinistra. Esitò un istante quando scorse il signor Kapoor proprio davanti a sé, in fondo alla fila in attesa di entrare nella parte dell'aula riservata al pubblico.

Si diresse verso di lui. Non era un testimone, quindi non c'erano problemi se comunicavano.

«Come sta?», chiese tendendogli la mano.

«Le dico la verità, signore, vorrei solo che fosse tutto finito. Voglio ricordare mio figlio per altri motivi».

Penn lo capiva bene. Quell'uomo aveva vissuto ventitré anni di feste di Natale, compleanno, scuola, college, traguardi, e l'unica cosa a cui riusciva a pensare erano gli ultimi minuti di vita del figlio. E non sarebbe riuscito a fare altro, almeno finché il bastardo che l'aveva ucciso non avesse ricevuto la sua pena. Anche Penn desiderava che potesse trovare un po' di pace.

«E sua moglie?».

Lui abbassò lo sguardo. «Continua a dare la colpa a me, e la capisco. Sono stato uno stupido. Avrei dovuto ascoltarvi», disse, sollevando il capo e facendo un cenno verso gli altri, ancora in fila fuori dalla caffetteria. «Avrei dovuto installare delle telecamere di sorveglianza. Eravamo un bersaglio facile per chiunque, solo che non me le potevo permettere. I guadagni erano in continuo calo, ma avrei dovuto trovare lo stesso i soldi».

Penn era davvero dispiaciuto per lui. L'apertura di un minimarket in fondo alla stessa strada lo aveva danneggiato. Il suo negozietto di alimentari non poteva competere con la nuova attività, uno spazio accogliente e luminoso a pochi isolati dal suo, e se le voci che aveva sentito a proposito della prossima apertura di un Tesco a due chilometri da lì erano vere, ben presto avrebbe faticato anche a vendere benzina.

Penn percepiva il pentimento dell'uomo: se avesse saputo ciò che stava per perdere, avrebbe elemosinato, chiesto in prestito o perfino rubato il denaro necessario a ottenere maggiore sicurezza. Ma non lo aveva fatto, e suo figlio era morto. Penn voleva che l'assassino la pagasse, così che quel poveretto potesse pian piano ricostruire la sua vita.

«È tutto a posto con il processo, signore?». Gli aveva chiesto tante volte di chiamarlo per nome, ma lui si rifiutava. «Ieri ho notato un po' di scompiglio. C'è stato qualche problema?».

Penn capì che si riferiva alla scomparsa di un testimone.

«Nulla che riguardi la nostra parte, signor Kapoor», lo rassicurò toccandogli un braccio. «Se succederà qualcosa che deve sapere, glielo riferirò», aggiunse, prima di andarsene.

«Novità?», chiese Penn dopo aver raggiunto Lynne e Doug.

Lei scosse la testa, e Doug si strinse nelle spalle con un'espressione disinteressata.

«La difesa chiamerà la moglie di Gregor, per dare alla polizia più tempo per rintracciare McCann», spiegò Lynne.

«Be', a quanto pare ci sarà da divertirsi», dichiarò Doug sfregandosi le mani mentre si mettevano in coda per accedere all'aula.

Penn era sicuro che si aspettassero una testimone ostile, ma dovevano ancora conoscere Irina Nuryef. Lui l'aveva incontrata due volte, e in nessuna delle due poteva dire di essersi divertito.

22

Kim sapeva cosa stava per dire Bryant ben prima che aprisse bocca. Fu solo sorpresa dal fatto che fosse riuscito a trattenersi fino a quando non si furono avviati verso l'obitorio.

«L'hai vista Stacey, vero? Sai che questa storia di tornare a casa tutti i giorni alle cinque l'ha depressa?».

Certo che se n'era accorta. «È solo una fase di assestamento. Si abituerà. Con tanto tempo libero a disposizione, anche tu ti farai nuovi amici, o ti darai al cake design. Adesso smettila con questa storia, non posso farci nulla».

«Vi sembra questa l'ora di arrivare?», domandò Keats quando entrarono nella sala fredda e sterile.

«Non cominciare», lo ammonì lei.

«Cos'è, lavorate mezza giornata, adesso?».

Come al solito, chiedergli di smettere di fare qualcosa era un ottimo modo per spingerlo a insistere ancora di più.

«Allora, cos'hai trovato?», gli chiese Kim posando le mani sulla lastra metallica.

«Non toccare», le disse e le colpì le nocche col righello che aveva in mano.

«Ahi!», fece lei massaggiandosi le dita.

«L'ho appena pulito», dichiarò Keats, e prese la cartellina.

Con lo sguardo Kim chiese silenziosamente a Bryant il permesso di afferrare il medico per il bavero e sbatterlo sul ripiano, ma il collega rispose con un rapido cenno di diniego.

Keats stringeva ancora il righello nelle mani, e Kim mise le proprie in tasca, non solo per proteggerle da quell'arma impropria, ma anche per impedire a sé stessa di usarle per strangolare il medico legale.

«Allora, io e Belinda abbiamo scambiato qualche parola e a quanto pare aveva ancora qualcosa da dire. Posso confermare che era attiva sessualmente e…».

«Che cavolo, Keats, come diamine fai a dedurre una cosa del genere?», domandò lei, interrogandosi sui segni fisici legati a quella scoperta.

«Grazie a questi», disse lui posando una foto sul ripiano metallico che li divideva.

Kim abbassò lo sguardo e vide della pelle costellata di bollicine arrossate.

«Condilomi genitali, ispettore», spiegò il medico. «HPV, papilloma virus umano. Queste piccole pesti provocano prurito, dolore e si trasmettono molto facilmente con il contatto sessuale».

Kim ebbe bisogno di un attimo per digerire l'informazione, sforzandosi di associare l'immagine di quella signora di mezza età, colta e professionale, ben vestita e dall'aspetto impeccabile, con una persona che sembrava avere un'intensa vita sessuale.

«E non è tutto», riprese lui posando altre due foto sul tavolo.

Kim le prese, le mise una accanto all'altra, poi le scambiò, non capendo di preciso cosa avesse davanti agli occhi.

«Giù le mani», fece Keats colpendole di nuovo le dita col righello.

«Keats, giuro che se lo fai di nuovo…».

«Quella che vedete è un'immagine ingrandita degli angoli della bocca di Belinda. Qui», aggiunse indicando la propria bocca, nel punto di unione tra labbro inferiore e superiore, «ci sono lacerazioni minuscole della pelle, su entrambi i lati. E questo», continuò voltando la seconda foto in modo da posizionarla davanti a lei, «è un segno circolare che si trova vicino alle orecchie, su entrambi i lati, ben nascosto dal trucco».

Kim scosse la testa.

«Una ball gag, ispettore. In genere si associa al sadomasochismo. La sfera si mette in bocca, e una cinghia di cuoio viene legata dietro la testa.

«Non ho la minima idea…».

«Bryant, potresti cercarla su Google per spiegarglielo?».

Il collega prese il cellulare, digitò la parola e voltò il display verso di lei.

«Ah, okay», commentò Kim, domandandosi come fosse possibile che un oggetto del genere potesse provocare piacere sessuale.

«Keats, si può sapere come fai a…».

«Sapere queste cose è il mio lavoro, ispettore».

«Dunque, sembra che alla nostra vittima non piacesse solo il sesso, ma anche i giochi erotici».

«Credo che dovremmo scoprire con chi li faceva», aggiunse Bryant. «Così forse potremmo trovare il nostro…».

«Non è una questione sessuale», dichiarò Kim facendo il giro del tavolo, le mani al sicuro nelle tasche.

«E dai, capo», esclamò Bryant, incredulo. «Portava con sé preservativi ovunque andasse, aveva una malattia a trasmissione sessuale e le piacevano i giochi erotici».

«Esatto. Lei era attiva, ma l'assassino no».

«Forse si è trattato di un gioco erotico finito male», insisté lui.

Lei scosse la testa, irremovibile. «Non c'è il minimo segnale tipico degli omicidi a sfondo sessuale. Non ci sono stati contatti…».

«Non deve per forza esserci un rapporto prima di un omicidio a sfondo sessuale, capo», obiettò Bryant.

«Certo, ma i suoi abiti non sono stati toccati, non c'è stata mutilazione degli organi sessuali. Nulla è stato rimosso o manomesso, e il segno sul collo è stato fatto in una zona in cui non era necessario toccare i vestiti».

«E se avesse trasmesso la malattia a qualcuno che non ha gradito il dono?»

«Non sarebbe comunque una questione di sesso, non trovi?», sottolineò Kim. «Sarebbe una vendetta».

Bryant si rivolse a Keats. «Aiutami tu».

Lui si toccò il mento con il righello. «Mi spiace, ma per quanto io stesso ne sia sorpreso, devo convenire con il tuo capo, che Dio mi perdoni», rispose lui, lo sguardo al soffitto. Poi proseguì: «So per esperienza che i delitti a sfondo sessuale sono inconfondibili: i vestiti delle vittime vengono tolti e distrutti, i genitali esposti e spesso mutilati, feriti o completamente rimossi. È una dichiarazione. È la prima cosa che l'assassino vuole far notare, per feticismo o per qualunque altro motivo. Di solito c'è qualcosa di simbolico in bella vista, perché deve essere colto all'istante. È il loro messaggio».

Bryant continuava a non essere convinto, e Kim pensava di sapere perché.

«Ti stai lasciando influenzare dalla sua età», gli disse guardandolo dall'altra parte del tavolo».

«Non dire…».

«Se avessi davanti agli occhi una vittima sui vent'anni, non daresti tanta importanza alla sua vita sessuale, ma visto che è più avanti con gli anni per te questo elemento è l'unica cosa importante. Avere sessant'anni e gusti sessuali particolari deve per forza essere il motivo per cui è morta».

«Keats, senti anche tu le assurdità che dice?», esclamò Bryant implorante.

Lui scosse il capo. «Starò zitto, perché non mi va giù di dover dare ragione all'ispettore ben due volte in un giorno. E anche se mi piacerebbe stare qui ad assistere mentre vi sbranate a morte, ho altri clienti che richiedono la mia attenzione, quindi…».

«Grazie, Keats», disse Kim andando verso la porta, le nuove informazioni che le frullavano nella mente.

«Non così in fretta, ispettore. Non vedo l'ora che tu te ne vada, certo, ma non vi ho ancora dato la risposta per cui vi ho chiamati».

«Quale sarebbe la domanda?»

«La causa delle quarantasette scalfitture nelle ossa della mano sinistra».

«E cioè?», chiese lei.

«Pensavo che ormai fosse più che evidente», replicò lui con un sorrisetto.

Kim fece due più due. «Il righello?», chiese, massaggiandosi la mano sinistra.

Keats annuì. «A un certo punto della sua vita, la vittima ha ricevuto numerosi colpi violenti sulle nocche con un affilato righello di metallo».

23

Penn trattenne il fiato quando Irina Nuryef si avviò al banco dei testimoni, lanciando a chiunque incrociasse uno sguardo di traverso che non prometteva nulla di buono.

Ancora una volta non poté fare a meno di notare la differenza nel suo aspetto dalle altre due volte in cui l'aveva vista.

Con il viso perennemente corrucciato, sembrava un animale selvatico pronto ad attaccare da un momento all'altro. Nonostante i capelli acconciati, il trucco applicato da una mano più esperta e i gioielli più eleganti, avrebbe riconosciuto ovunque quell'espressione ostile.

La osservò prestare giuramento e si rese conto che il suo sguardo non era mai andato verso suo marito, nemmeno una volta.

L'avvocato della difesa si alzò e rivolse un sorriso alla testimone, che reagì con un'occhiata torva.

«Signora Nuryef, la corte sa bene che lei è una testimone ostile alla difesa di suo marito, il quale al momento è sotto processo per omicidio».

Lei continuò a non guardarlo e riuscì a rimanere in silenzio: di certo era stata istruita a tenere la bocca chiusa fino a quando non le avessero fatto una domanda diretta. Conoscendola, Penn poteva solo domandarsi quanto a lungo avrebbe resistito.

«Conferma che suo marito non era in casa la sera del 26 ottobre dello scorso anno?»

«Sì».

«E che non ha idea di dove fosse stato suo marito nel pomeriggio di quello stesso giorno?»

«Esatto. Ho già…».

Un cenno di diniego del capo da parte dell'accusa la interruppe, ma la vera Irina Nuryef moriva dalla voglia di uscire dalla gabbia.

«E a sua memoria queste informazioni sono esatte e veritiere?».

Penn cominciò a rilassarsi. L'interrogatorio non li stava danneggiando in nessun modo. Ogni volta che la donna ripeteva la risposta, la giuria ascoltava.

«Ho già detto…».

«Risponda alla domanda, signora Nuryef», disse il difensore in tono brusco, facendo nascere una scintilla di collera nei suoi occhi. «Ha detto che è uscito intorno alle 21 ed è tornato verso le 23?»

«È quel che ho detto, giusto?»

«Sì, alla fine, sì», rispose la difesa. «Ci arriveremo, comunque».

Penn capì subito cosa voleva dimostrare, ma non aveva idea di quanto fosse pericoloso per loro. Aveva la sensazione che la questione riguardasse solo la credibilità della testimone, e che fosse questo a preoccuparlo. Lo stesso valeva per i suoi colleghi, a giudicare dal livello della tensione sui loro volti.

«E ha detto di ricordare che non è entrato subito in casa. Prima è andato in giardino?»

«Sì, quel bastardo era…».

Maledizione, il genio era uscito dalla lampada.

«Non sa di preciso cosa stesse facendo suo marito in giardino, vero?»

«Stava nascondendo quel cazzo di…».

«Ha visto suo marito nascondere qualcosa in giardino, signora Nuryef?», la interruppe il difensore.

Penn vedeva l'accusa fare un sospiro di sollievo ogni volta che l'avvocato difensore le toglieva la parola o la interrompeva. Erano sollevati che l'avvocato la zittisse, ma non si rendevano conto che la difesa lo stava facendo apposta: la provocava, non le permetteva di finire le frasi, innervosendola sempre di più. Apriva la gabbia abbastanza a lungo da farle mettere fuori la testa, poi gliela chiudeva in faccia. Quando fosse arrivato il momento giusto, quando lei avesse tirato il guinzaglio come una pazza, morendo dalla voglia di dire la sua, lui avrebbe spalancato la porta. Agli occhi di Penn era evidente, ma non poteva fare niente per impedirlo.

«Dunque ha riferito alla polizia che è stato fuori a nascondere qualcosa in giardino, e poi è salito direttamente al piano di sopra per lavarsi? È corretto?»

«Sì, quel bastardo è andato a lavarsi il sangue...».

«E lei l'ha visto? Mi riferisco al sangue».

«Be'... no, ma...».

«Non potrebbe essere corso di sopra solo perché doveva andare al bagno con urgenza?»

«Niente affatto. Stava...».

«Ma potrebbe essere andata così».

«No, era...».

«Ed è sicura che fossero le 23?»

«Ho guardato il...».

«Non potevano essere le 22:45?»

«Che cazzo, ho detto a...».

«Oppure le 22:40?»

«So cosa ho...».

«Come fa a sapere che non erano le 22:35?»

«So leggere un cazzo di...».

«E tutto questo lei lo ricorda chiaramente?».

«Obiezione, vostro onore», intervenne l'accusa. Una quarantina di secondi troppo tardi, secondo Penn.

Capì che le stavano dando un momento per calmarsi, per frenare la collera. Per pensare, prima di dire qualcosa di cui potesse pentirsi.

«Accolta», disse il giudice lanciando un'occhiata di ammonimento all'avvocato della difesa, che diede segno di aver recepito.

«Dunque, è sicura dei suoi ricordi a proposito di tutti gli eventi della sera in questione?»

«Sì», ringhiò lei.

«E non ha dubbi di nessuna natura?»

«No», rispose seccata.

«Allora vorrebbe spiegare alla corte perché nella sua dichiarazione iniziale, quella più vicina nel tempo ai fatti accaduti, ha sostenuto che suo marito è rimasto in casa con lei tutta la sera, per favore?»

«Ero confusa», disse, arrossendo.

Quasi tutti i membri della giuria erano perplessi, ma molto attenti.

«Confusa sulla data, sull'orario, sulla posizione di suo marito, o su cosa, signora Nuryef?»

«Sì, no, cioè...».

«Quattro giorni dopo l'omicidio di Devlin Kapoor ha dichiarato che nell'ora del delitto suo marito era in casa con lei, giusto?»

«Avevo capito la data sbagliata. Non riuscivo a ricordare...».

«Ah, non aveva ricordi precisi, eppure ha fornito a suo marito un alibi per l'omicidio?»

«Ho dato per scontato che fosse a casa».

Il rossore del suo viso si era allargato fino al collo, scendendo verso lo sterno.

«Ah, l'ha dato per scontato. Dunque la sua memoria non è affidabile?»

«No, ora lo ricordo con precisione. Era...».

«Ricorda con maggiore precisione degli eventi ora, mesi dopo che sono accaduti, rispetto a quattro giorni dopo?»

«Sì, esatto», sbottò lei, e la collera con cui si mise sulla difensiva cancellò ogni chiazza rossa sulla sua pelle.

«Quindi non aveva nessun altro motivo per cambiare versione?»

«Perché avrei...».

«Non è successo nulla nel lasso di tempo trascorso prima che cambiasse la sua dichiarazione?».

Lei scosse il capo, come se parlare non le sembrasse una buona idea.

«Per favore, risponda alla domanda».

«Non è successo niente».

«Nessuna discussione?»

«Niente».

«Nessuno scontro fisico?»

«Ho già risposto».

«Mi spiace, signora Nuryef, ma devo farle presente che la memoria le ha giocato di nuovo un brutto scherzo, oppure che per ragioni note solo a lei sta dichiarando il falso sotto giuramento».

«Sto dicendo la verità. È stato lui. Sono sicura».

«Le faccio notare, signora Nuryef, che per qualche motivo sta mentendo spudoratamente alla corte».

«È lui il bugiardo di merda, non io», gridò lei, indicando il marito e guardando verso di lui per la prima volta. «È lui che ha mentito per anni, che sia maledetto».

Con gli occhi pieni di odio, la lingua che sputava veleno, aveva lo sguardo inchiodato su di lui.

«Ti odio, bastardo, devi marcire all'inferno, bugiardo, traditore!».

Penn soffiò fuori l'aria che aveva trattenuto per tutto lo scambio.

Era finita, l'aula era piombata nel silenzio.

Penn non aveva bisogno di guardare l'accusa, la difesa o la giuria per sapere quanto a fondo era andato quel colpo.

Era stato un potente calcio nelle palle.

24

L'Halesowen College era nato nel 1966 come un unico grande edificio. Nei primi anni Ottanta erano stati aggiunti altri otto corpi, e negli anni a seguire altri otto ancora, per inserire Studi sportivi, Media, Musica e Spettacolo, Informatica, Scienze veterinarie. L'ateneo contava inoltre un centro di scienza e tecnologia a Coombswood, e un salone da parrucchiere e centro estetico proprio accanto alla grande rotatoria di Shenstone.

«Anche tu ti senti come se avessimo fatto qualcosa di male?», chiese Bryant quando l'ennesimo membro del personale passò loro accanto con un'occhiata incuriosita.

Aspettare seduta fuori dalla porta del preside non era mai stata una delle attività preferite di Kim, e per fortuna al college non era ancora iniziato il semestre autunnale, nel quale il pubblico incuriosito sarebbe aumentato vertiginosamente grazie alla presenza di migliaia di studenti.

Erano arrivati cinque minuti prima dell'appuntamento fissato per le dieci del mattino con Felicity Astor, a capo del college. A quanto pareva, la donna aveva deciso di spaccare il minuto. In fondo, dovevano solo acciuffare un assassino.

Kim si alzò e iniziò a camminare avanti e indietro davanti alla vetrata da cui si vedeva all'interno dell'ufficio amministrativo. Non tutte le scrivanie erano occupate, proprio perché le lezioni non erano cominciate, ma le cinque donne presenti scambiavano qualche parola fissando lo schermo dei loro computer e digitavano alacremente.

Tutte, tranne una.

«Mi chiedo con chi stia parlando di più importante di noi», notò

Bryant. L'addetta alla reception aveva chiamato per informarla del loro arrivo.

Kim passò un'altra volta davanti alla vetrata, sforzandosi di non fissarla.

Un paio di teste si alzarono e guardarono nella sua direzione, ma lei era concentrata su una sola donna, sul fondo. Si distingueva dalle altre per diversi motivi. Tanto per cominciare, aveva una ventina d'anni in più; in secondo luogo, la sua camicetta con volant color prugna e il viso truccato in modo pesante creavano un netto contrasto con i jeans e le magliette indossate dalle altre. Infine, era l'unica a indossare gli auricolari.

Vecchia scuola, capì Kim. La pratica di dattilografare da un nastro registrato stava andando in disuso grazie ai software di riconoscimento vocale, e la capacità di stenografare era quasi estinta.

Ma non era quello il motivo principale per cui la donna aveva attirato l'attenzione di Kim. Era perché, nonostante avesse lo sguardo puntato sullo schermo e le dita sospese sulla tastiera, il suo piede non aveva toccato una sola volta il comando a pedale.

«Capo, che stai...?»

«Shh, sono in modalità stalker».

«Davanti a una vetrata?».

Kim si avvicinò alla superficie trasparente e bussò. La donna che si trovava più vicino quasi saltò sulla sedia, poi rivolse a Kim un'espressione laconica.

Lei la ignorò e indicò la collega in fondo alla stanza.

Alla fine la signora più anziana guardò verso di lei, e Kim le fece cenno di avvicinarsi. Lei si tolse gli auricolari e andò verso il vetro. Kim le indicò la porta.

«Capo, che diamine stai facendo?», chiese Bryant mentre la donna superava le ultime due scrivanie per uscire dalla stanza.

Davanti al suo sguardo interrogativo, Kim le mostrò il tesserino. Presentò sé stessa e il suo collega.

«Ida Lincoln», rispose lei, spostando il peso da un piede all'altro.

«Signora Lincoln, stiamo indagando sull'omicidio di Belinda Evans. La conosceva bene?», chiese Kim.

Le era sembrata l'unica persona in quell'ufficio incapace di concentrarsi sul lavoro.

Le si riempirono gli occhi di lacrime. «Ieri sera ci hanno chiamati tutti per avvisarci. Non sono ancora riuscita a metabolizzare. Anche se non lavorava più qui, sapere che non c'è più, voglio dire, che se n'è andata per sempre è...». Non riuscì a finire la frase, cercò qualcosa in una manica ed estrasse un fazzoletto. Kim le diede qualche istante.

«Eravate molto amiche?»

«Non proprio amiche, ma avevamo molte cose in comune», rispose lanciandosi un'occhiata alle spalle. «Tutte e due avevamo cominciato a sentirci delle vecchie rincoglionite in mezzo a tanti giovani».

Kim rimase sorpresa di sentire una parola del genere uscire dalla bocca di quella donna.

«A volte in sala professori non riuscivamo a capire di cosa parlassero gli altri. Non conosco bene le nuove tecnologie, e nemmeno lei. Non comprendevamo tutte quelle cose dei social media, io se voglio vedere un tenero gattino, ne adotto uno. Parlavamo molto di libri. Non so se lo sapete, ma era una donna molto intelligente. Non credo che vi sarebbe piaciuto litigare con lei».

«Perché?», domandò Kim, chiedendosi se fosse una persona che manifestava facilmente segni di aggressività o un carattere molto nervoso.

«Perché riusciva a sostenere le sue teorie con i fatti, in pochi secondi. Era davvero intelligente».

«Vi frequentavate anche fuori dal lavoro?», chiese Kim notando che Ida non aveva la fede al dito. Forse le due donne si tenevano compagnia.

«Ci siamo incontrate per bere qualcosa una sera, un drink analcolico, naturalmente, perché Belinda era astemia. Abbiamo cominciato a chiacchierare di un recente documentario su alcuni rituali di sepoltura africani, ma siamo state interrotte».

«Come mai?»

«Sua sorella avrà chiamato dieci volte, nel poco tempo trascorso insieme. Belinda era evidentemente infastidita per l'intrusione, ma non ha voluto spegnere il telefono. Alla fine me ne sono andata, pensando che avrei avuto un interlocutore più attento se avessi parlato col mio gatto. A dire il vero non ho gatti, ma avete capito cosa intendo. Però è stato strano», aggiunse, puntando lo sguardo in alto a sinistra.

«Strano?», chiese Kim. Le cose strane suscitavano sempre il suo interesse, perché in genere ciò che non rientrava nell'ordinario poteva recare con sé un indizio.

«Avrei giurato di aver visto sua sorella nel parcheggio fuori dal locale, ma non aveva senso, no?»

«Ne ha parlato con Belinda?», domandò Kim.

«No, niente affatto. La mattina dopo ero sicura di essermi sbagliata».

In quel momento Kim non ne era sicura proprio per niente. «La vostra amicizia non è andata oltre?», chiese.

Ida scosse il capo. «Una settimana dopo, più o meno, Belinda mi ha invitata a prendere un caffè dopo il lavoro, ma naturalmente sua sorella è caduta, o qualcosa del genere, poco prima che finissimo. Insomma, non ne sono certa, ma...».

«Agenti, sono pronta a ricevervi», disse una voce alle loro spalle.

Kim non aveva sentito la porta della preside aprirsi. «Sì, arriviamo tra un attimo», rispose senza voltarsi. «La prego, continui, Ida. Cosa stava per dire?»

«Oh, non molto, in realtà. Stavo per dire solo che ho avuto la sensazione che alla sorella non facesse piacere che Belinda trascorresse del tempo con qualcuno».

25

Kim bussò ed entrò dalla porta che si era appena chiusa dietro di lei.

Una donna in carne, con una zazzera di capelli biondi domata da un taglio aggressivo, le tese la mano. Bryant fece un passo avanti e la strinse, presentando entrambi.

Kim osservò la donna che tornava dall'altra parte della scrivania ed ebbe l'impressione che neanche gli otto centimetri di tacco le aggiungessero tutta l'altezza che avrebbe desiderato.

«Ci spiace molto per la perdita della sua collega», riprese Bryant sedendosi su una poltroncina con i cuscini blu dal lato della scrivania più vicino alla porta.

Sul tavolo impersonale era aperto un computer portatile, e Kim notò che per quanto fosse ampio e piacevole, l'ufficio non era affatto opulento. Il mobilio era scompagnato e sembrava provenire da qualche dipartimento cui erano stati assegnati i fondi per un restauro.

«Siamo sconvolti, come potete immaginare. Belinda è andata in pensione pochi mesi fa, anche se l'avevamo implorata di restare».

«Davvero?», chiese Bryant.

Kim era felice di lasciargli fare le domande mentre lei teneva a bada l'irritazione per essere stata tenuta in attesa. Ida aveva riempito quel tempo in modo più che interessante, rivelando poco su Belinda, a parte il fatto che cercava di mantenere la propria vita divisa in compartimenti stagni. Era evidente che Ida non sapesse nulla degli appetiti sessuali dell'amica, e forse, se glieli avessero rivelati, non ci avrebbe nemmeno creduto. Molto più interessante era ciò che avevano scoperto sulla sorella ancora in vita. Se si detestavano tanto, perché erano così coinvolte una nella vita dell'altra?

«Certo che le abbiamo chiesto di restare», dichiarò Felicity Astor, puntando tutta l'attenzione su Bryant. «Era uno dei nostri docenti più popolari. Alle sue lezioni c'erano solo posti in piedi».

«C'erano motivi particolari?», domandò Bryant.

«Psicologia infantile è un corso molto richiesto. Fornisce una qualifica richiesta in numerose professioni: counseling, insegnamento, servizi sociali e anche nel vostro corpo di polizia, ma erano le sue lezioni a essere particolarmente apprezzate».

Bryant non disse nulla, ma la invitò a proseguire con un cenno del capo.

«Non insegnava la materia, lei la viveva. Cerco di andare ad ascoltare una lezione di tutti i miei docenti almeno una volta l'anno, e le sue erano elettrizzanti. La sua conoscenza della psiche infantile era enciclopedica, soprattutto per quanto riguardava i maltrattamenti».

«Continui», disse Kim, protendendosi in avanti.

Felicity si voltò verso di lei. «Belinda era esperta soprattutto nelle conseguenze a lungo termine delle crudeltà mentali subite in tenera età». Guardò verso l'alto e fece un sorriso mesto. «Durante una delle sue lezioni sono rimasta ammaliata da un suo studio. Parlò di un bambino che aveva conosciuto quando aveva nove anni. Il poveretto era stato chiuso in un ripostiglio per quasi tutta la vita. Gli davano da mangiare una volta al giorno, era sempre al buio. Non riceveva interazioni né amore. Non era legato, la porta non era chiusa a chiave. Era stato addestrato, condizionato, a non uscire mai. Era figlio di due persone affette da dipendenza».

«Droghe?», chiese Bryant.

«Alcol?», domandò Kim.

Felicity scosse la testa.

«Videogiochi. Passavano tutta la giornata incollati alla Xbox, giocando insieme e con altre persone online. La donna non aveva nemmeno capito di essere incinta finché il bambino non era uscito dal suo grembo. Non sapendo cosa fare, lo avevano messo nello stanzino e avevano visto dei video su YouTube che spiegavano come nutrirlo».

«Era un caso vero?», domandò Bryant, anche se Kim ricordava di aver letto qualcosa del genere sul giornale.

«Oh, sì. La coppia continuò a vivere come se nulla fosse. Nutrivano il bambino una volta al giorno, gli mettevano il pannolino e sono stati scoperti solo quando il Comune ha ordinato di controllare lo scaldabagno dell'abitazione in seguito a un decesso avvenuto in una casa della stessa tipologia».

«E cosa accadde?»

«I vicini erano inorriditi, i genitori vennero arrestati, le autorità cominciarono a puntare il dito e il bambino fu messo sotto tutela».

«E?»

«E adesso sapete perché le lezioni di Belinda erano elettrizzanti, agenti. Sapeva come coinvolgere gli studenti. Raccontava storie vere di bambini, situazioni reali, parlava di persone che aveva conosciuto e con le quali aveva interagito».

«E il bambino?»

«È improbabile che possa mai uscire da una struttura. Belinda spiegò che il condizionamento avvenuto in quei nove anni aveva distrutto la sua capacità di provare amore e fiducia, oltre a quella di comunicare. Non sopportava di essere toccato. Bastava che qualcuno lo sfiorasse per generare reazioni isteriche. Non aveva imparato nulla, e di conseguenza era incatenato in un mondo impossibile da comprendere per chiunque altro».

«Terribile», mormorò Bryant.

Kim era d'accordo, ma conosceva bene i danni che i genitori potevano provocare. Poi le venne in mente un'altra cosa.

«Belinda però era un'insegnante, una professoressa, non una operatrice sanitaria. Come faceva a sapere di quei bambini?»

«Li studiava, ispettore. Per lei qualsiasi possibilità di interagire con un bambino problematico o tormentato era un vero dono. Il suo interesse per le conseguenze durature delle esperienze della prima infanzia era inarrestabile».

Sentì che in quella storia qualcosa stonava: l'idea che la donna avesse conosciuto bambini sofferenti o distrutti per studiarli e analizzare le loro afflizioni, ma senza la formazione clinica necessaria ad aiutarli.

«Sospettiamo che Belinda stesse per partire per un viaggio. Ha idea di dove potesse aver deciso di andare?», domandò Bryant.

Felicity si strinse nelle spalle. «Per quel che ne so io non andava mai in vacanza, non faceva nemmeno brevi viaggi, quindi se aveva deciso di andare da qualche parte immagino fosse per approfondire le sue conoscenze».

«Okay, grazie», disse Kim alzandosi. «E potrebbe dirci dove possiamo trovare Charles Blunt?»

«Certo, ma perché?»

«Crediamo sia stato l'ultimo amante noto di Belinda».

«Ne siete sicuri?», chiese lei, senza nemmeno provare a nascondere il proprio stupore.

«È nostra convinzione che sia così», ribadì Kim, e si accorse che Belinda era riuscita a tenere all'oscuro tutti della sua relazione. La sua amica non lo sapeva, così come il suo capo, mentre sua sorella, che detestava, sì. Il loro rapporto appariva sempre più strano.

«Penso che abbiate preso un abbaglio, ma vi accompagnerò io stessa dal signor Blunt».

Kim seguì la donna, curiosa di sapere cosa avrebbero scoperto.

26

«Che cazzo di storia è questa?», mormorò Lynne mentre uscivano dal tribunale. Il giudice aveva chiesto una pausa alla giuria e stava parlando con entrambi gli avvocati in privato.

Penn non aveva la minima idea di cosa stesse per succedere.

«E dai, Lynne, era ovvio che la difesa l'avrebbe provocata un po'», intervenne Doug tirando fuori il cellulare. «Quella donna ha cambiato la sua testimonianza da un giorno all'altro, e anche se secondo noi la seconda volta diceva la verità, è comprensibile che la giuria possa...».

«Non prendermi per il culo», esclamò Lynne, esasperata. «Certo, me l'aspettavo, ma perché urlava che è un bastardo traditore, e cosa c'entra questo con la modifica alla testimonianza?»

«Non è importante», fece Doug sorridendo. «La giuria non dimenticherà tanto in fretta la maglietta macchiata di sangue. Sono state le dichiarazioni di quella donna a farci avere il mandato, ed è così che abbiamo trovato la maglietta nel capanno. Il sangue di Dev Kapoor sui suoi vestiti è inconfutabile, non trovi?».

Non aveva tutti i torti. La perizia forense aveva collegato l'accusato al delitto, eppure Penn aveva già visto diverse giurie scartare le prove della scientifica se pensavano che le deposizioni dei testimoni fossero prive di fondamento oppure false. Ciò contribuiva a distruggere la loro fiducia nella polizia, nel caso e nel processo. Per condannare qualcuno per omicidio servivano uno stomaco d'acciaio e prove certe. I giurati si aggrappavano all'idea di "oltre ogni ragionevole dubbio" per non sentirsi responsabili del cambiamento irrevocabile della vita di una persona. E questo valeva soprattutto per chiunque avesse guardato *Making a Murderer.*

Purtroppo, tra le risposte da sbarrare nella comunicazione di convocazione come giurato non esisteva l'opzione "Non credo che potrei mai condannare qualcuno".

«Andrà tutto bene, comunque», disse Lynne torcendosi le mani. «Otterremo la condanna e potremo tornarcene tutti al lavoro».

Doug scrollò le spalle. «A me non dispiace farmi pagare per stare seduto in aula tutto il giorno. Soldi facili».

«Cristo santo, Doug», s'infuriò Lynne, ma c'era una nota divertita nella sua voce. Quell'uomo non cambiava mai.

«Signore, per caso ha...».

«Signor Kapoor, certo», rispose Penn staccandosi dal gruppo.

«Le cose stanno andando male?», chiese l'altro a bassa voce.

Penn scosse la testa. «No, è tutto a posto. Il giudice ha deciso che entrambi gli avvocati avevano bisogno di una ripassata. L'accusa avrebbe dovuto preparare meglio la testimone, e la difesa ha esagerato nel punzecchiarla, ma tra un minuto finiranno e il processo riprenderà», gli disse, e in quel momento vide Lynne portarsi il cellulare all'orecchio. «Vengo da lei al termine, così potremo parlare con più calma, va bene?».

L'uomo annuì e Penn tornò dai suoi vecchi colleghi. «Tutto okay?».

Lynne aveva l'aria preoccupata, ma si strinse nelle spalle. «Non saprei, ma il capo, cioè Travis, ci vuole subito alla centrale. E ha detto che devi venire anche tu».

27

Stacey si allontanò dai tabulati telefonici di Belinda, che avevano preso l'aspetto di un arcobaleno. Con evidenziatori di colori diversi aveva sottolineato quasi tutti i numeri sui fogli, con una predominanza netta del giallo a contrassegnare il numero di cellulare della sorella. Scosse il capo. Non aveva mai parlato tante volte in una sola giornata con una persona in vita sua. E meno che mai ogni giorno.

Il blu evidenziava le chiamate neutre. Erano promotori di polizze assicurative o altre telefonate commerciali. Il rosa rappresentava le chiamate di servizio, fatte e ricevute: capelli, unghie, un podologo contattato di recente, taxi e una telefonata di dodici minuti con il suo provider per l'accesso a Internet.

Restavano fuori solo tre numeri, due in uscita e uno in entrata.

Provò a chiamare il primo, un cellulare, ma scattò subito la segreteria. Un messaggio standard, senza alcuna indicazione su chi potesse esserci all'altro capo della linea. Ci disegnò accanto un segno con la matita e passò al successivo. Era una linea fissa che squillò all'infinito fino a interrompersi. Nessuna possibilità di lasciare un messaggio. Stacey fece un segno anche accanto a quello per indicare che non lo aveva ancora verificato.

Poi compose l'ultimo numero, anch'esso della rete fissa, da cui Belinda era stata chiamata presto il giorno della sua morte.

Stacey aspettò con pazienza che qualcuno prendesse il ricevitore, e rimase sorpresa dalla risposta che ricevette.

28

Kim capì per quale motivo Felicity non aveva creduto possibile una relazione tra Charles Blunt e Belinda Evans nell'attimo in cui la donna glielo indicò.

Dopo aver sgridato Bryant, sostenendo che era prevenuto, era caduta nella stessa trappola: l'uomo, infatti, non era per niente come se l'era aspettato.

Felicity attraversò la palestra vuota, dirigendosi verso un uomo atletico che poteva avere poco più di quarant'anni. Tra i capelli neri corti, all'altezza delle tempie, spuntava qualche filo argentato. Il suo viso era gradevole, sincero, e trasudava salute e forma fisica; indossava un paio di pantaloni della tuta color cachi e una maglietta bianca che scopriva la peluria scura delle braccia fino a un orologio sportivo che portava al polso.

«Lui è Charles Blunt, insegna Sport e Scienze motorie e anche molte altre cose», disse toccandogli un braccio.

Lui rivolse loro un sorriso, e Felicity proseguì: «Questi agenti di polizia vorrebbero parlare con te di Belinda».

L'uomo annuì, poi guardò la preside, che sembrava attendere l'inizio della conversazione.

E così a Felicity Astor piaceva sapere tutto ciò che succedeva nel college.

«Grazie, signora Astor, da adesso ci pensiamo noi», le disse Kim con gentilezza, e aspettò che se ne andasse. Notò un'espressione divertita sul volto dell'uomo mentre la osservava allontanarsi. «Una donna molto gentile», aggiunse.

«Come posso aiutarvi?», chiese lui senza replicare a quell'affermazione.

Lei lo scrutò per qualche istante. «Sto cercando di farmi venire in mente un modo più sottile di chiederlo, ma al diavolo. Andava a letto con Belinda Evans?».

La sua schiettezza lo fece sorridere. «Non di recente, ma in passato sì», rispose, senza provare neanche a nasconderlo.

«Mi spiace molto doverlo chiedere, ma...».

«Volete sapere perché?», le chiese, mettendo fine al suo imbarazzo.

Kim annuì. «Mi creda, non voglio sembrare scortese, ma nelle relazioni tra persone di età diverse in genere è l'uomo a essere più grande, e non voglio certo sottintendere che ci fosse qualcosa di male...».

«La prego, ispettore, si fermi», disse lui sollevando le mani. «Capisco cosa intende e non mi sento offeso dalla domanda».

«Era un segreto?», gli chiese. Si vergognava di quella relazione?

«Solo per lei», rispose indicando con un cenno del capo in direzione della porta da cui era uscita Felicity. «Le piace farsi gli affari di tutti. Crea e disfa le regole in base alle sue esigenze». Inclinò la testa. «Agente, non mi vergogno affatto di essere stato con lei, e mi dispiace davvero che sia morta», aggiunse con aria contrita.

Andò verso tre pile di tappetini all'angolo della sala e si mise a sedere.

«Com'è cominciata?», chiese Bryant mentre lui e Kim si accomodavano sui materassini davanti a lui. «Se possiamo chiedere».

«Be', visto che volete saperlo...», disse lui con un sorriso appena accennato rivolto a Kim. «Alla festa di Natale, l'anno scorso. Tutti e due cercavamo alimenti privi di frumento nel buffet. Abbiamo cominciato a parlare e non ci siamo più fermati. Ci siamo rivisti per un caffè durante una settimana di vacanza ed è successo di nuovo».

«E cosa l'ha attratta di lei?»

«La sua intelligenza, ispettore. Non tutte le relazioni cominciano con l'attrazione fisica, almeno per me non è mai stato così. Ho sempre apprezzato la compagnia delle donne più grandi, ma dovete sapere che Belinda non era come le altre. Era la persona più intelligente che abbia mai conosciuto. La sua genialità era al tempo stesso affascinante e attraente. Era sicura di sé, eppure al tempo stesso a tratti ingenua. Era una pianista eccezionale e le piaceva suonare per ore, ma non pezzi complicati: le piacevano i brani semplici e allegri, poi, quando finiva, batteva le mani per la felicità».

«Sembra un tantino strano», osservò Bryant in tono gentile, facendo eco ai pensieri di Kim.

Lui scosse la testa. «Non per me. Ho adorato ogni attimo che abbiamo trascorso insieme».

«Chi ha lasciato l'altro?», chiese Kim, sentendo nella sua voce affetto e pentimento fusi insieme.

«Io, ma non per i motivi che potreste immaginare».

«Ci spieghi», disse Kim.

«Il problema non era il sesso, non per me. Era solo una parte della nostra relazione, ma a me bastava poter stare con lei. Solo che per lei il sesso era diventato sempre più importante», continuò arrossendo.

Fino a quel momento Kim aveva apprezzato la sua assoluta sincerità, ma era evidente che la conversazione stava iniziando a metterlo a disagio. E non era ancora arrivata alle domande più difficili.

«Mi spiace doverlo chiedere, ma...».

«No, lo capisco. Belinda era sempre più esigente dal punto di vista sessuale. Voleva provare cose nuove, sex toy, posti pericolosi, giochi erotici, anche violenti, e io non provo alcuna attrazione per queste cose. Insisteva molto, per cui non ho avuto altra scelta se non troncare».

Kim capì che Belinda aveva avuto un colpo di fortuna con quell'uomo. Sembrava davvero una brava persona, un uomo affettuoso, che era stato attratto da lei per i motivi migliori.

Eppure non era bastato.

«Sembrava fosse una forma di evasione per lei, una compulsione che andava al di là del fare l'amore, ma per me non era lo stesso».

«Però la amava?»

«Oh, sì, agente. La amavo».

«Il che mi rende quasi impossibile fare la domanda successiva», disse lei ripensando alle foto che le aveva mostrato Keats.

«Considerando ciò che ho già rivelato sulla nostra vita privata, la cosa mi sorprende, ma mi chieda pure tutto ciò che deve».

«Belinda l'ha contagiata con qualche malattia sessualmente trasmissibile, o viceversa?».

L'improvviso stupore che comparve sul suo volto le bastò come risposta.

«Assolutamente no», dichiarò. «Mi sta dicendo...».

Kim annuì. «Temo di sì, e sembra fosse decisa a fare gli stessi giochi con qualcun altro».

Lui scosse il capo, lo sguardo puntato a terra.

A Kim sembrava che avessero già calpestato abbastanza la loro relazione, ma aveva altre domande.

«Ha mai incontrato sua sorella?»

«Solo poche volte, ma sono state sufficienti».

«Perché?», chiese Bryant, muovendosi sulla stuoia.

«Era strana, e quando erano insieme erano strane entrambe. Belinda si trasformava in una persona completamente diversa, quando c'era la sorella»

«Può spiegarsi meglio?», domandò Kim ripensando a ciò che aveva detto loro Ida.

«Era come se non potessero sopportarsi. Bisticciavano per tutto, erano in disaccordo su qualsiasi cosa, ma dovevano essere perennemente in contatto. Ricordo che una volta hanno cominciato a discutere sulla ricetta della cheesecake della loro madre. Alla fine Belinda ha buttato la sorella fuori di casa. Due minuti dopo camminava avanti e indietro per casa, tormentandosi, perché doveva assicurarsi che stesse bene. L'ha chiamata e hanno continuato a litigare finché Veronica non è arrivata a casa sua, e quando Belinda ha avuto la certezza che fosse tutto a posto, ha riattaccato. Le dinamiche tra loro erano assurde, eppure a loro sembrava tutto assolutamente normale».

«Veronica ha mai provato a ostacolare la vostra relazione?», chiese Kim.

Ci pensò su un momento. «Non di proposito, penso. Ho sempre percepito in qualche modo la sua presenza, per via della frequenza dei loro contatti, ma non ha mai cercato di mettersi tra di noi in modo evidente».

Possibile che in qualche modo Veronica si sentisse più minacciata da un'amicizia platonica con una donna come Ida che da una relazione sessuale con Charles?

«Belinda le ha mai parlato della sua infanzia?», chiese Bryant.

Charles scosse il capo. «Mai».

Di qualsiasi cosa si trattasse, doveva essere iniziata in quel periodo della loro vita.

«Ultima domanda, può dirmi dove si trovava lunedì sera? È una domanda obbligatoria».

«Certo. Ero al pub Cock Robin a Romsley per un pub quiz con la mia vecchia squadra di football. Sono andato via alle 22:45 e non ho problemi a darvi i nomi di tutti i presenti».

Bryant prese il blocco note mentre Charles leggeva dal cellulare nomi e numeri di telefono.

Kim si alzò e gli porse la mano. «Grazie», disse quando gliela strinse. Aveva il palmo fresco e asciutto. «La contatteremo se...».

Fu interrotta dallo squillo del cellulare. Stone si allontanò e ascoltò le ultime scoperte della sua agente investigativa.

Chiuse la telefonata e tornò indietro.

«Le chiedo scusa, signor Blunt, ma a quanto pare non abbiamo ancora finito con lei».

29

«Perché proprio qui?», chiese Penn quando svoltarono l'angolo per imboccare Curzon Street. Non avevano fatto in tempo a raggiungere la macchina quando le istruzioni erano cambiate con un SMS sul cellulare di Doug.

«Non ne ho idea. Il capo ha solo... Cristo santo, che storia è questa?».

Dall'altra parte della strada era stato teso un nastro fra due lampioni. Dietro c'erano tre autopattuglie, un'ambulanza e l'ispettore Travis al telefono. Era una via residenziale, fatta di case unifamiliari e bifamiliari di fascia media, a circa cinque chilometri a nord da Kidderminster.

Senza dire una parola, Lynne parcheggiò e i tre scesero di corsa dall'auto.

Doug si fece largo a forza tra la folla, seguito da Lynne che gridava «Permesso!», mentre Penn rivolgeva cenni di scuse alle persone che venivano spintonate via. Aveva capito che si trattava di una scena del crimine della West Mercia. Ciò che non capiva era il motivo per cui era stato convocato anche lui. E poi, cosa poteva esserci di più importante di un processo per omicidio?

«Capo?», dissero in coro, e gli parve davvero di essere tornato ai vecchi tempi.

Travis chiuse la chiamata, l'aria più torva che mai.

«Per il momento il processo è sospeso», dichiarò mostrando loro il cellulare a conferma di quanto stava dicendo.

«Capo?», ripeté Lynne.

Lui osservò l'espressione confusa sul volto di tutti e tre.

«Seguitemi», disse infine, avviandosi su un vicolo che divideva due villini. In fondo alla stradina c'era un ripido terrapieno con un sentiero tra le erbacce calpestate.

S'inerpicarono sull'altura in fila indiana e una volta raggiunta la sommità si misero fianco a fianco.

Penn scorse prima un braccio, tagliato appena sotto il gomito, a circa sei metri di distanza, lungo le rotaie. Il moncone era una poltiglia color carne, ricoperto di sangue rappreso rosso scuro. Sembrava che i tessuti stessero cercando di strisciare via. I tendini pendevano dal muscolo spappolato.

Oltre l'arto c'era un altro pezzo insanguinato, circondato da agenti della scientifica. Un altro gruppetto di agenti della scientifica era chino poco più avanti, segno che la povera vittima era stata fatta a pezzi e disseminata in un'area che si estendeva tra i venti e i venticinque metri.

«Porca miseria», esclamò Doug.

«Esatto, Doug. È stato diviso in sette parti e gettato lungo il sentiero».

Per quanto la scena fosse raccapricciante, Penn continuava a non comprendere perché fosse stato convocato lì anche lui. Se il processo di Gregor Nuryef era stato sospeso, doveva tornare dalla sua squadra.

«Guardate meglio», li esortò Travis.

Penn guardò il braccio staccato dal corpo. La camicia, l'abito. Si sentì pervadere da un'ondata di nausea.

«Oh, cazzo, ma è...?»

«Esatto, Penn. Davanti a noi c'è il corpo fatto a pezzi del signor Dexter McCann, testimone della difesa nel nostro processo». Si voltò verso di loro, la collera che gli chiazzava il volto. «Adesso ditemi, ragazzi, come diamine avete fatto a combinare un casino del genere?».

30

Charles Blunt li accompagnò nell'ufficio principale. Ida sollevò lo sguardo e Kim sorrise nella sua direzione.

«Lou saprà darvi più informazioni di me», disse lui incrociando le braccia.

Kim si accorse che tutte le impiegate avevano sollevato lo sguardo al suono della sua voce. Con la stessa rapidità capì che nessuna di loro aveva la minima possibilità con lui, eccetto Ida. Le altre erano tutte sotto i trentacinque anni.

«Posso chiedere cosa sta succedendo qui?», domandò Felicity Astor dalla porta di fronte all'ufficio.

«E se non c'è altro che possa fare per voi, torno al lavoro», aggiunse Charles indietreggiando.

Kim lo ringraziò mentre Bryant si dirigeva verso la preside che, nonostante il sorriso educato che aveva in volto, non sembrava affatto felice di vederli ancora lì.

«Il giorno in cui Belinda è morta è stata fatta una telefonata da qui, e abbiamo bisogno di sapere chi è stato a chiamarla», spiegò Kim.

Felicity puntò lo sguardo verso l'altra porta. «Considerando ciò che mi avete detto, direi che è più che ovvio».

«Non credo proprio», disse Kim. Charles aveva già dichiarato di non avere avuto contatti con Belinda da oltre un mese, e considerando la sua sincerità su tutto il resto, non aveva motivo di dubitare di lui. Il suo alibi sarebbe stato verificato, così come gli spostamenti di tutti gli altri. «Ma si senta pure libera di fornirci i fatti che dimostrano il contrario».

Sul tabulato di Belinda era registrato solo il numero del centralino del college, ma Kim immaginava che fossero centinaia le linee interne che potevano accedere a una esterna.

«Tutte le chiamate in entrata e in uscita sono smistate dal centralino computerizzato», disse Felicity, toccando il monitor su una scrivania vuota. «Qualsiasi telefonata in uscita da questi edifici appare con il numero generale, ma esistono almeno trecento interni».

«La prego, mi dica che avete un registro di tutte le chiamate», chiese Kim speranzosa.

La donna scosse il capo. «È un po' troppo invasivo, agente. Esiste un monitoraggio delle chiamate per l'ufficio commerciale e per le linee di assistenza telefonica».

«Quindi c'è un modo per scoprire chi ha fatto quella telefonata?»

«Non ho detto che non controlliamo del tutto, ispettore. Ci teniamo a sapere che i nostri dipendenti non passino le giornate al telefono».

«Quindi...?»

«Quindi esiste un database che registra tutte le informazioni delle chiamate verso l'esterno, l'orario, la durata eccetera».

«Ed è possibile fare una ricerca sul database?»

«Be', Louise è qui che aspetta di conoscere il numero chiamato».

«È quello di Belinda...».

«Non teniamo qui i dati sensibili dei dipendenti, per la privacy».

Bryant estrasse il blocco degli appunti e lesse il numero alla donna.

Lei lo inserì e attese che la risposta apparisse sullo schermo.

«Ecco», dichiarò Louise. «Il numero è stato chiamato dal college lunedì alle 9:55».

«È quello che cerchiamo», disse Kim.

«La telefonata è durata due minuti e trentatré secondi ed è stata fatta dall'interno 27, che è... oh». Louise prese il proprio telefono e premette il due e il sette. Attese qualche istante, poi scosse il capo.

«È una linea attiva, ma...».

«Ma cosa, Louise?», domandò Felicity, perplessa. A quella donna le sorprese non piacevano affatto.

«Non esiste. Non c'è un interno 27, sul registro».

«Non dire sciocchezze», replicò la preside facendo il giro della scrivania per mettersi accanto a lei. «Deve esserci».

La donna si strinse nelle spalle. «Non è nell'elenco», ribadì, tesa.

Felicity guardò da sopra la sua spalla. «Il 26 è la sede di Biologia, il 28 è il laboratorio di Fisica».

«Ma sono stati tutti trasferiti quando...».

«Chiedo scusa», disse Kim per ricordare loro la sua presenza.

«Seguitemi. Il dipartimento di Scienze è uno degli edifici più antichi del complesso», spiegò Felicity dirigendosi verso la porta da cui era entrata. Kim e Bryant la seguirono. «Per questo i numeri degli interni sono così bassi. Al momento stiamo organizzando il trasferimento dell'intero laboratorio nel nuovo complesso, ma non è ancora stato completato».

Kim seguì la donna, i cui tacchi sembravano non incidere sulla velocità a cui avanzava. Presero un corridoio dietro l'altro, scesero e salirono scale, passarono da un edificio all'altro.

«Abbiamo deciso di mantenere gli stessi numeri per gli interni, per evitare confusione, ma a quanto pare il 27 è stato saltato».

Felicity spinse una doppia porta pesante, e proprio in quel momento Kim ricevette un messaggio. Restò indietro e lo lesse velocemente.

Il testo, così come il mittente, la lasciarono perplessa.

Era un messaggio criptico, da parte del detective Tom Travis, che di sicuro non aggiungeva alcuna nota positiva alla sua giornata. Che diamine poteva volere da lei?

Mise via il cellulare e raggiunse gli altri due nel corridoio.

Felicity stava indicando qualcosa. «Quello è il vecchio ufficio di Biologia, la porta accanto è il laboratorio di Fisica. Non ci sono telefoni nel mezzo».

Kim guardò la porta dalla parte opposta del corridoio.

«Cosa c'è in...».

«È solo il ripostiglio delle pulizie», disse la preside mentre Kim apriva la porta.

Aveva ragione, pensò Kim trovando un lavapavimenti industriale, secchi, spazzoloni, scaffali, ma anche un telefono attaccato alla parete.

«Oh... non sapevo...».

Kim si rivolse a Bryant. «Non credo che scopriremo qualcosa, ma chiama Mitch per verificare eventuali impronte».

Bryant annuì, poi si voltò verso la preside. «Questa porta deve rimanere chiusa a chiave, signora Astor. Nessuno deve entrare qui fino a quando non saranno venuti gli agenti della scientifica».

Kim non aveva idea di quante volte potesse essere stato usato il telefono dopo la telefonata a Belinda, e nemmeno se quella chiamata fosse collegata alla sua morte, ma al momento era la pista migliore che avessero trovato.

«Chi ha accesso a questa parte dell'edificio?», chiese. L'elenco di persone non poteva essere infinito, e sarebbe stato comunque un punto di partenza.

«Studenti, insegnanti, inservienti, addetti alle pulizie. Praticamente chiunque».

«Mi servirà un elenco».

«Parliamo di migliaia di persone», disse Felicity.

«Certo, ma se hanno tutte accesso all'edificio, l'assassino deve essere una di loro. E non stiamo parlando del mondo intero».

Felicity cominciò a impallidire. «Ha detto che la telefonata è stata fatta lunedì mattina?».

Kim annuì, assalita dall'improvvisa sensazione che stesse per ricevere una pessima notizia.

«Mi dispiace, ispettore, ma forse la ricerca si allarga davvero al mondo intero».

«Non capisco, cosa...?»

«Lunedì qui abbiamo fatto l'open day. Sono entrate migliaia di persone».

Kim chiuse gli occhi, travolta dalla frustrazione.

Poteva essere stato chiunque.

31

«E non ha detto cosa voleva?», chiese Bryant, prendendo le loro bevande dal vassoio. Kim scosse il capo. Il messaggio diceva:

DOBBIAMO VEDERCI
SCEGLI TU DOVE.

Gli aveva risposto "Barnett Hill", un complesso che comprendeva un centro commerciale, un vivaio e una caffetteria, e non era troppo distante dal confine tra i due distretti di polizia. In verità, però, era più comodo per loro che per lui.

Era evidente che voleva qualcosa da lei, e poteva anche fare un po' di strada, se voleva ottenerlo.

«Ha detto che ci offre il pranzo», aggiunse Kim con un sorriso.

«Tu non pranzi mai».

«Se Travis mette mano al portafoglio, è un evento da celebrare».

Bryant rise, ma si ricompose subito. «È incredibile che fino a un paio d'anni fa tu e Travis non potevate stare nello stesso Paese senza litigare, e adesso ti invita perfino a pranzo».

Era vero, loro due avevano dei trascorsi notevoli. Dopo cinque anni di lavoro fianco a fianco, un giorno lei lo aveva contestato in privato per il trattamento troppo duro riservato a un sospettato. Per tutta risposta, lui le aveva sferrato un pugno in bocca. Kim aveva deciso di non denunciarlo. Aveva scoperto il vero motivo per cui era stato trasferito nella West Marcia solo quando erano stati costretti a lavorare di nuovo insieme a un crimine d'odio, un anno e mezzo prima.

«Che delusione, prima, al college», disse Bryant. «Credevo davvero che avessimo trovato qualcosa, ma con tutta la gente che è passata di lì siamo proprio fregati».

Kim annuì. «Ci vorrà un colpo di fortuna perché Mitch trovi qualcosa di utile sul telefono, ma Felicity ha detto che ci invierà i filmati delle telecamere di sorveglianza risalenti al giorno dell'evento. Non si sa mai, potrebbero tornarci utili».

«Solo che non abbiamo idea di chi o cosa stiamo cercando, quindi il nostro assassino potrebbe anche passare davanti alla telecamera con i pollici alzati e continueremmo a non sapere che è lui. Sappiamo già che le videocamere a circuito chiuso intorno al dipartimento di Scienze sono state scollegate».

«Sì, ma il killer come faceva a saperlo?»

«Ottima domanda», rispose Bryant, e proprio in quel momento un'autopattuglia si fermò davanti all'ingresso principale.

«È arrivato, e sembra abbia fretta», notò Kim vedendolo entrare dalla doppia porta. Sollevò la mano, e rimase sorpresa vedendolo con indosso una giacca catarifrangente.

L'espressione tesa con cui Travis passò tra i tavoli e li raggiunse dava a intendere che non era lì per fare due chiacchiere né per cercare di ottenere informazioni da lei in cambio di qualche promessa.

Si mise seduto accanto a Bryant, facendo frusciare il giaccone.

«Cosa bevi?», chiese lui.

«Io niente, grazie… sono di fretta e…».

«Ehi, mi avevi promesso il pranzo», intervenne Kim cercando di allentare la tensione sul suo volto.

«Vi lascio i soldi, ma ho appuntamento con il sovrintendente alle due».

«Che diamine, Tom, cosa succede?».

Da quando lo conosceva non lo aveva mai visto in quello stato, né durante gli anni in cui l'aveva odiato né durante quelli in cui erano stati amici.

Tom Travis era bravissimo a fare molte cose: guidare una squadra, risolvere delitti, seguire le regole, leccare culi, ma con lo stress se la cavava molto male. Kim ora era incuriosita.

«Il caso a giudizio questa settimana, la rapina a mano armata».

«Cos'è successo?», gli chiese, più fredda. Quella storia non riguardava più solo Tom Travis, ma coinvolgeva anche Penn. Uno dei suoi.

«È una tempesta di merda. Non so cosa ti abbia detto Penn…».

«Non molto», rispose con sincerità.

Lui esitò, poi prese un gran respiro. «A dirla tutta, il caso si sta sgretolando. Il nostro unico testimone ha fatto un casino al banco. La moglie dell'imputato non è stata di nessun aiuto, durante la testimonianza. Ha addirittura dato l'impressione di aver ritrattato la sua dichiarazione per vendicarsi di essere stata tradita».

«Ha cambiato la dichiarazione?».

Travis annuì. «Si è rimangiata l'alibi».

Kim era stupefatta. «Ha detto che lui era a casa e dopo ha detto che non era vero?».

Bryant fece fischio. «Cristo santo. E durante la testimonianza ha fatto intendere che era una ripicca?»

«Non proprio, ma era evidente».

«Ma è vero? Ha cambiato la dichiarazione per gelosia?»

«Spero proprio di no, o siamo nella merda più di quanto pensavo».

«C'è dell'altro?»

«Oh, sì, c'è molto altro. Il testimone della difesa, vicino di casa dell'imputato, che giura di aver visto e sentito il nostro uomo a casa la sera dell'omicidio, è sparito ieri all'ora di pranzo».

«Sì, Penn me l'ha detto», ricordò lei.

«Ed è stato trovato morto sui binari della ferrovia stamattina».

«Suicidio?».

Travis scosse il capo. «No, a meno che non sia riuscito a legarsi entrambi i polsi con un cavo metallico».

«Cazzo, Travis», esclamò Kim appoggiandosi allo schienale. «Mi sa che hai bisogno di aiuto per lasciare il Paese».

Le fece un rapido sorriso. «Non proprio».

«Una nuova identità?», chiese Bryant.

«Grazie, ragazzi. Apprezzo la vostra fiducia».

Kim aspettò, sapendo già che ciò che stava per sentire non le sarebbe piaciuto.

«Il processo è stato sospeso e dobbiamo ricominciare dall'inizio. Abbiamo bisogno di rivedere ogni singolo punto. Dobbiamo essere sicuri al cento percento di aver preso l'uomo giusto».

«Tu lo sei?», chiese Kim.

«Non quanto lo ero ieri», rispose lui con sincerità.

«Cavoli, Tom».

Avevano avuto le loro divergenze e i loro problemi in passato, ma nonostante il diverso modo di lavorare, Travis era la persona più onesta del mondo e non avrebbe mai voluto mandare in prigione un innocente.

«Ho bisogno di Penn. Per un paio di giorni almeno, fino a quando non avremo sistemato la situazione».

«Maledizione, Tom, anch'io ho un cadavere per le mani».

«Lo so, ne ho sentito parlare e mi dispiace, ma puoi chiedere aiuto a qualcun altro. Penn è l'agente che ha eseguito l'arresto in questo caso. Nessuno è in grado di riesaminarlo meglio di lui. Giuro che non te lo chiederei se non fossi disperato, ma sai bene quali sono i rischi».

Sapeva benissimo cosa sarebbe potuto succedere, certo, ed era proprio su questo che il sovrintendente l'avrebbe messo in guardia alle due. Se il caso andava a rotoli, non importava quale agente avesse combinato un casino: a conti fatti, il capo della squadra era Travis, e sarebbe stato lui a pagare il prezzo più alto.

E sapevano entrambi che la sua situazione personale non glielo avrebbe permesso.

Quando avevano lavorato al crimine d'odio, Kim aveva scoperto che il motivo per cui si era comportato in modo tanto anomalo era che a sua moglie era stata diagnosticata una forma di demenza precoce. La donna aveva circa quarantacinque anni, e la notizia lo aveva devastato. A lui mancavano solo pochi anni alla pensione, e non poteva permettersi di lasciare il corpo di polizia senza un po' di sicurezza economica.

«Solo pochi giorni, Tom. Se non risolvi entro il weekend, dovrai imparare a vederci al buio, siamo intesi?».

I loro sguardi si incrociarono, e quello di Travis era pieno di gratitudine.

«Grazie», disse frugandosi in tasca.

«Lascia perdere», fece Kim quando lui cercò di darle i soldi per il pranzo. «Non ho più fame», aggiunse, e il suo cellulare iniziò a squillare.

32

Kim entrò nel complesso residenziale di Timbertree e parcheggiò sul marciapiede davanti a una serie di piccole villette.

Keats li aveva convocati mentre erano al centro commerciale e aveva detto loro dove andare, ma non perché.

L'area di sosta davanti ai pochi negozi che servivano il complesso era già piena di autopattuglie. Il flusso del traffico veniva fatto svoltare e deviare, ed era stato innalzato un cordone che arrivava fino all'altro lato della strada.

Quasi tutte le finestre sopra i negozi erano spalancate, e gli abitanti gridavano verso le persone radunate oltre il cordone. Tutti volevano sapere cosa stesse succedendo. Anche Kim.

«Ehi, spero che il blocco venga rimosso al più presto. Devo andare a lavorare», urlò una donna da una finestra.

A Kim sembrava poco probabile che la cosa potesse accadere prima di qualche ora.

Keats le aveva detto solo di andare al più presto al pub Timbertree. Solo ora si accorgeva che il pub non esisteva più, la facciata sbarrata da assi di legno.

«Un'altra buona bettola chiusa», notò Bryant. «Quando avevo vent'anni venivo sempre qui a bere».

«Ci sei stato di recente?», gli chiese lei.

Lui scosse il capo.

«Allora piantala di lamentarti», lo ammonì.

Le ricordava le proteste pubbliche quando la casa automobilistica Rover aveva deciso di tagliare migliaia di posti di lavoro, eliminando chi possedeva auto straniere. Le compagnie di successo non chiudevano quasi mai.

Si avvicinò al varco fra le assi bianche alte tre metri messe lì per tenere alla larga i vandali. Si fermò un attimo e si guardò intorno.

«Chiedete agli agenti di controllare le telecamere di sorveglianza, cercate chiunque abbia guardato fuori dalla finestra o possa essere rimasto qui ad aspettare l'autobus a questa fermata».

«Cristo santo, quanto vorrei che Penn fosse in squadra con noi adesso», disse Bryant avvicinandosi a un agente di polizia che si trovava ai margini della folla.

Sì, il suo compito sarebbe stato proprio quello.

«Quanto tempo», disse Kim rivolgendosi a Keats, che si trovava in mezzo a un gruppo di tecnici in tuta bianca.

«E non mi sei mancata nemmeno un po', ispettore», rispose lui senza voltarsi. «Grazie per essere arrivata così in fretta. Immagino guidassi tu». Guardò le persone intorno a lei. «L'hai ucciso venendo qui?»

«Sopravvivrà», gli rispose.

Keats si spostò di lato. «Esami preliminari conclusi, ma abbiamo deciso di non spostarlo fino al tuo arrivo».

Kim passò accanto a un giornale arrotolato che era stato già numerato come prova.

Si avvicinò all'uomo, disteso a terra a faccia in giù, con la guancia destra appoggiata sulla ghiaia. Sotto di lui si allargava una pozza di sangue, e Kim scorse uno strappo nella sua giacca sportiva leggera. La vittima era stata pugnalata alle spalle.

«Una sola?», chiese, facendo il giro del corpo.

Keats scosse il capo. «Due, penso. La prima alla schiena per farlo cadere e un'altra davanti».

Era senza dubbio una persona del posto, che doveva abitare nei dintorni. La passeggiata quotidiana verso il giornalaio si era trasformata nel suo ultimo viaggio. C'era una tale tristezza nella banalità delle circostanze. Quell'uomo era solo andato a comprare il giornale. Che diamine aveva fatto per meritare questo?

Si fermò ai piedi del cadavere, osservando la posizione.

La gamba sinistra era dritta, mentre la destra era piegata in modo da toccare il ginocchio opposto. Le braccia erano lungo i fianchi, non distese come a volersi difendere dalla caduta. Non c'era alcuna possibilità di cadere in una posa del genere.

«È stato messo così di proposito?», domandò.

Keats annuì e si mise accanto a lei. «Guarda il bordo della pozza di sangue. È secco e sbavato, come se fosse stato spostato mentre sanguinava da davanti».

Kim fece un altro giro intorno al corpo mentre il fotografo scattava le ultime foto. Si fermò davanti alla testa e guardò giù, lo sguardo serio.

«Keats, è gesso, quello?», chiese osservando i leggeri segni bianchi che lo circondavano.

All'inizio le erano sembrate delle linee bianche scolorite, rimaste sull'asfalto dall'area di parcheggio di fronte al pub.

«Non ne sono sicuro. Ne sapremo di più quando lo sposteremo».

Kim annuì; aveva visto abbastanza.

I tecnici si fecero avanti e lo girarono a pancia in su.

La camicia con il colletto aperto era chiazzata di sangue, a dimostrazione che Keats aveva ragione sulla seconda coltellata.

Kim notò che l'uomo era di corporatura esile, doveva pesare all'incirca come lei, indossava un paio di pantaloni marroni e Skechers slip-on blu. La manica della giacca sportiva era arrotolata, scoprendo un orologio sportivo standard e il rigonfiamento di un portafoglio nella tasca davanti, il che faceva escludere una rapina finita male.

«Hai controllato se...».

«Sì, è stata incisa una X nella pelle della nuca, post mortem».

«Era evidente?», chiese Kim.

Keats scosse la testa e sollevò la penna. «No, ho dovuto spostare il colletto per trovarla».

«Un peccato che ti sia scordato di portare il righello», sottolineò lei.

Dunque il marchio a forma di X non era in piena vista nemmeno questa volta, ed era stato inciso nello stesso punto di Belinda Evans.

«Sembra un messaggio per loro, non per noi», notò Bryant, apparendo al suo fianco.

«Sono d'accordo», rispose Kim, e insieme continuarono a osservare la zona intorno al corpo, il terreno che era stato esposto girando il cadavere.

Bryant ruppe il silenzio mentre studiavano ciò che avevano davanti agli occhi.

«Capo, quei segni col gesso sono ciò che penso?»

«Sì, Bryant. Credo proprio di sì, maledizione».

Il cadavere non era disteso sulle righe del parcheggio del pub.

Era su una griglia del gioco della campana.

33

Penn posò l'ultima scatola di prove sul tavolo di legno e chiuse la porta. Lynne aveva portato del caffè appena fatto, e Doug sembrava irritato per l'interruzione della sua giornata di tutto riposo in tribunale.

Travis li aveva chiusi in una stanzetta della centrale di polizia con un tavolo rotondo, delle lavagne, ma niente finestra. L'ispettore li voleva il più lontano possibile dall'indagine del momento che riguardava l'omicidio del testimone della difesa, Dexter McCann. Non voleva influenze tra i due casi, il nuovo delitto doveva essere visto con sguardo oggettivo da agenti che non erano direttamente coinvolti.

Penn aveva cercato di spiegare che invece erano legati in modo indissolubile.

Travis aveva scosso il capo, irremovibile. «Chiunque abbia ucciso Dexter McCann ieri sera non può essere collegato con il dubbio se l'anno scorso abbiamo preso l'uomo giusto o meno. Dobbiamo tenere separati i due casi», aveva spiegato, relegandoli in un ufficio in Siberia.

Il lato positivo era la breve distanza dalla mensa.

«Okay, ragazzi, dobbiamo rivedere tutto dall'inizio, come ha chiesto il capo», iniziò Penn aprendo la prima scatola che conteneva le dichiarazioni. L'ispettore Travis aveva messo bene in chiaro che sarebbe stato lui a guidare la revisione, dopo avergli comunicato che il suo capo aveva dato il benestare per il distacco temporaneo.

Una parte di lui sperava che Kim avesse lottato, almeno un po'.

«Bene, per prima cosa voglio una sequenza temporale», disse, prendendo la bandana dalla tasca dell'abito. Era pomeriggio, e il gel che usava per appiattire i capelli stava cominciando a perdere la battaglia.

«È tornato il nostro uomo», commentò Doug sfogliando le dichiarazioni.

Lynne sorrise e distolse lo sguardo.

Penn afferrò il pennarello nero. «Okay, l'incidente è avvenuto il 26 ottobre», disse, segnandolo sulla lavagna.

«Ricky Drake ha identificato il nostro uomo il 29 ottobre», aggiunse Doug.

«Nuryef è stato interrogato il 30. Lo stesso giorno sua moglie ha dichiarato che era rimasto a casa tutta la notte».

Penn continuò a compilare la sequenza, annotando i fatti elencati dai colleghi.

«La signora Nuryef è venuta a ritrattare la testimonianza il 31», continuò Doug.

«Abbiamo avuto il mandato il 1° novembre e abbiamo trovato la maglietta macchiata di sangue nel capanno», disse Lynne.

«I risultati degli esami del DNA sono arrivati il 3 novembre. Lui è stato accusato il 4».

Penn fece un passo indietro e osservò la lavagna.

26/10 – Incidente
29/10 – Identificazione Ricky Drake
30/10 – Interrogatorio Nuryef
31/10 – Ritrattazione signora Nuryef
01/11 – Ritrovamento maglietta
03/11 – Risultati DNA
04/11 – Incriminazione di Nuryef per omicidio

«Dieci giorni», rifletté Penn, picchiettandosi il pennarello contro il labbro. «Abbiamo chiuso il caso in dieci giorni».

«Dieci giorni lunghissimi e maledetti», sottolineò Doug.

«Già dodici ore di turno al giorno», concordò Lynne.

«Da manuale», aggiunse Doug.

Penn era d'accordo. Il caso si era svolto proprio come dovrebbe andare sempre. Un testimone oculare fornisce un indizio, lo segui, interroghi della gente e trovi prove scientifiche che confermano i sospetti. Era così che dovevano andare le indagini, in teoria. Solo che non succedeva quasi mai.

«All'inizio abbiamo pensato tutti che fosse opera di una gang, giusto?», disse Penn.

Gli altri due annuirono.

«Tipologia di posto, strada tranquilla, niente telecamere, orario. Tutto sembrava indicare...»

«Tranne l'omicidio», intervenne Lynne. «La banda dei Reed non uccideva la gente. Facevano irruzione, spaventavano la persona alla cassa con un grosso coltello, prendevano i soldi e se ne andavano».

Penn conosceva bene il loro tipico modus operandi.

«A volte però le cose prendono la piega sbagliata. Forse Devlin Kapoor non aveva tanta voglia di consegnare il denaro. Forse non si è lasciato spaventare facilmente. Era giovane, sano, in forma. Forse era anche incazzato perché il negozio di suo padre non se la passava bene, e non ha obbedito».

Doug alzò la mano.

«Che c'è?»

«La maglietta nel capanno».

«Ignoriamola per un attimo», replicò Penn.

Doug e Lynne si scambiarono un'occhiata.

«Perché abbiamo smesso di indagare sulla gang?», chiese. L'istinto aveva spinto con forza Penn in quella direzione.

«Per Ricky Drake», disse Lynne. «Ci ha dato un nome e...».

«Perché?», domandò Penn. Era una domanda che aveva già fatto all'epoca, ma la scoperta della maglietta gli aveva fatto dimenticare di approfondire.

«È stata una dichiarazione spontanea mentre veniva interrogato per un altro caso», rispose Lynne.

Penn si voltò verso di lei. «Lo stavi interrogando sul furto con scasso, giusto?».

Lei annuì, e un'espressione circospetta si fece largo sul suo volto.

«Com'è venuto fuori il discorso?», chiese lui.

Lynne scrollò le spalle. «Non ricordo di preciso, ma sono sicura che ha chiesto se avrebbe ottenuto un minimo di clemenza se ci avesse aiutati su un'altra questione».

«Non è così ingenuo. Sa benissimo che non scendiamo a patti».

«È quel che gli ho detto», ribatté lei, tesa. «E l'ho convinto che doveva compiere il suo dovere di cittadino e dirci ciò che sapeva, punto e basta».

«Qualcuno sa se avesse mai collaborato con la polizia in passato?»

«Mai», intervenne Doug ottenendo un'occhiata ammonitrice da Lynne. «Ma se aveva delle informazioni, non aveva nulla da perdere provando a usarle per ottenere qualcosa in cambio», aggiunse per sostenere la collega.

«Non l'ho certo preso in parola», dichiarò Lynne, e un rossore si diffuse sulle sue guance. «Me l'ha detto e ripetuto più volte. Mi ha raccontato che stava camminando lungo la strada, si è fermato per accendersi una sigaretta e così ha avuto il tempo di vedere l'assassino. Cosa volevi che facessi, che lo costringessi a scriverlo col sangue?»

«Non ti sto accusando di nulla», chiarì Penn, sorpreso di vederla tanto in collera.

«No, stai solo dicendo che lavoro di merda?»

«Che diamine, Lynne, non c'è bisogno di essere così suscettibili», le disse, e l'espressione afflitta che le passò sul viso lo fece pentire. «So che lo hai interrogato a lungo su ciò che ha fatto e visto, e che la sua versione non è mai cambiata, ma il capo ci ha detto di ricominciare dall'inizio e cercare...».

«I punti in cui abbiamo fatto casino?», chiese Doug. «A me non sembra proprio che sia successo».

«Okay, lasciamo perdere Drake per il momento. L'affascinante signora Nuryef oggi ci ha offerto altre incongruenze».

Lynne si rilassò visibilmente mentre passavano a un argomento nel quale era assai poco coinvolta.

«Allora, dopo la sua scenata di oggi mettiamo in dubbio i motivi che l'hanno spinta a cambiare versione?». Penn si rivolse a Doug. «Quando l'hai interrogata sul 30 ottobre, hai avuto motivo di dubitare di lei quando ha giurato che suo marito si trovava in casa?», domandò, chiedendosi se fosse sfuggito loro qualcosa nel suo comportamento.

«Non lo so», fece Doug con un sorrisetto. «Io avevo il compito di “chiedere di andare al bagno”», disse mimando delle virgolette invisibili in aria.

Penn sorrise. «Già, nome in codice per dare un’occhiata in giro». Era una tattica usata in tutte le serie poliziesche: era davvero sorprendente che funzionasse ancora, eppure la signora Nuryef, per quanto incazzata e ostile fosse, era sembrata sincera. Non aveva fornito dettagli, per esempio non aveva spiegato perché fosse sicura che lui fosse in casa, ma aveva detto di saperlo con assoluta certezza.

«Sembrava sincera, quando ha ritrattato la dichiarazione il giorno seguente», notò Doug.

«Ed è stata quella ritrattazione a garantire il mandato che ci ha consentito di trovare la maglietta», sottolineò Penn osservando la linea temporale. «Quindi mi chiedo di nuovo: perché l’ha fatto?»

«Responsabilità morale?», tentò Lynne.

«Ma è suo marito», insisté Penn. «Ha tre figli, quindi se anche fosse vero, perché lo avrebbe accusato così in fretta?». Guardò Lynne. «Se si trattasse di Simon, diresti subito alla polizia che ti sei sbagliata, inchiodando l’uomo che ami per omicidio?»

«Dipende se quella mattina ha tirato giù la tavoletta del cesso», ribatté lei.

Risero tutti.

«Ma è un’ottima domanda», riprese, pensierosa. «E se devo essere sincera, non so come mi comporterei io, né quanto in fretta. Sono quasi sicura che non lo crederei capace di una cosa del genere».

«E sei un’agente di polizia».

Doug alzò la mano.

Penn gli fece cenno di abbassarla: sapeva già cosa stava per dire.

Ripensò ai tre elementi che avevano reso il caso a prova di bomba.

Il testimone oculare – ora imprecisa.
Nessun alibi – fatto discutibile, ma valido.
Maglietta macchiata di sangue – inconfutabile.

All’apparenza avevano preso l’uomo giusto. Era il modo in cui l’avevano trovato che non lo convinceva.

«Quindi, aspettate un minuto», disse Lynne, aggrottando la fronte. «Stiamo riesaminando il caso per capire se Gregor Nuryef è innocente o colpevole?»

«Quello che stiamo cercando», le rispose Penn, «è la verità».

34

«Allora, secondo te lo schema del gioco della campana era già presente?», chiese Bryant mentre sedevano davanti al numero 118 di Norwood Avenue. «E il caso ha voluto che lui ci cadesse sopra?»

«Hai mai visto qualcuno cadere in quella posizione?», gli domandò. «E poi forse riusciremmo a scoprire qualcosa di più se potessimo entrare là dentro», gemette.

Non era stato difficile identificare la casa della vittima, visto che aveva la patente nel portafoglio.

Erano stati mandati degli agenti a dare la notizia alla moglie, e loro due erano in attesa di sapere se si fosse calmata abbastanza da parlare. Avere troppi sconosciuti in casa sarebbe stato opprimente.

Ma ormai aspettavano da più di mezz'ora.

«Dalle un po' di tempo, capo. Ha appena scoperto che suo marito è stato assassinato».

«Sì, e mi piacerebbe tanto trovare il bastardo che l'ha fatto», scattò lei.

Lui si voltò e guardò fuori dal finestrino.

Kim lo imitò, osservando l'abitazione. Era evidente che fosse una casa di proprietà. Gli infissi delle finestre degli edifici accanto avevano visto giorni migliori, mentre quelli dei Nixon erano in UPVC, luminose e lucide, con scossaline e traverse in tinta. Il recinto era stato rinnovato con travi in legno e il giardino antistante trasformato in un viale. L'abitazione sembrava curata e recente, rispetto alle altre della stessa tipologia.

«Che diamine significa quella X?», chiese Kim.

«Non ne ho idea, capo», rispose Bryant, gli occhi fissi sulla porta.

«C'è anche un'altra cosa che mi disturba», riprese lei, cercando di sfruttare il tempo.

«Ovviamente».

«Perché incide il simbolo proprio lì? Li marchia dopo la morte, quindi loro non lo sentono, ma non è gratuito, né per forma né per posizione. Non ha senso», aggiunse.

«Mmm...», fece Bryant, distratto.

«Non assalirmi con tutte le tue ipotesi insieme, ti prego. Vacci piano».

Bryant non rispose.

«Cristo, per caso il gatto ti ha mangiato la lingua? Non...».

«Ci siamo», disse lui vedendo un agente che faceva un cenno dalla soglia.

«Aspetta», lo trattenne Kim. «Prima di entrare, spiegami perché hai questa faccia da funerale».

«Non lo prenderemo mai», rispose il collega con semplicità.

«Ma cosa dici?». Era pronta ad affibbiare nomignoli di ogni sorta a Bryant, ma mai gli avrebbe dato del disfattista.

«È evidente che i due omicidi sono collegati. Sono avvenuti un giorno dopo l'altro, quindi il nostro uomo è in piena compulsione. Uno di sera, l'altro in pieno giorno. Li voleva morti, e subito. Lui lavora a pieno regime, noi invece siamo inchiodati in turni di otto ore, e meno di un'ora fa ti hanno ridotto la squadra di un quarto. A dirla tutta, il nostro assassino non poteva scegliere un momento migliore neanche a farlo apposta».

35

Stacey mise da parte i tabulati telefonici di Belinda Evans. Ogni numero aveva un colore assegnato, tranne la chiamata fatta dall'università.

Il capo le aveva telefonato chiedendole di cercare qualsiasi cosa potesse avere un collegamento simbolico, in particolare con la lettera X.

In genere non cedeva allo stress facilmente, ma il suo carico di lavoro era in costante aumento. E in genere questo non l'avrebbe preoccupata. La cosa più frustrante era dover cercare di fare tutto entro un turno di otto ore. Col passare degli anni era riuscita a regolare le sue prassi operative in modo efficace. Aveva imparato ad assegnare una priorità ai vari incarichi, a riconoscere quando bisognava abbandonare un indizio e cambiare direzione, ma soprattutto a capire quando era troppo stanca e aveva bisogno di riposare.

La cosa più stressante, per lei, era essere costretta a tornare a casa lasciando un lavoro in sospeso.

Tamburellò con le dita sulla scrivania.

Aveva imparato anche a sfruttare le risorse a sua disposizione.

Cliccò sull'icona di Skype e selezionò il primo contatto nell'elenco.

Risposero dopo due squilli e un viso familiare riempì lo schermo.

«Come va, Stace?», disse Alison con un gran sorriso.

«Allontanati un po'», disse lei ricordandole che non era necessario mettersi così vicina alla web cam. La vedeva benissimo lo stesso.

Alison Lowe, profiler e comportamentalista, si appoggiò allo schienale.

«Meglio», commentò Stacey. «Sei occupata?».

Lei le fece una pernacchia.

Stacey si avvicinò per osservarla meglio. «Sono matite, quelle che hai tra i capelli?».

Alison sollevò una mano e si tastò la testa. «Oh, sì», disse, tirandole via.

«Quindi la scrittura procede bene?», domandò Stacey.

Dopo il caso a cui avevano lavorato insieme, durante il quale si era trovata appesa al tetto di un edificio di tredici piani, Alison aveva deciso di prendersi una pausa dalle indagini e scrivere un libro basato sulle sue esperienze lavorative. Com'era ovvio, certi giorni scrivere era più facile di altri.

Alison le fece un'altra pernacchia.

«Molto maturo da parte tua, comunque ho bisogno del tuo aiuto».

Nessuno era stato più sorpreso di lei dall'amicizia che si era instaurata tra loro dopo che avevano lavorato insieme. Era cominciata con qualche corsa mattutina, ma poi Stacey aveva iniziato a stancarsi di quell'attività, e le loro frequentazioni erano state dirottate verso un caffè o un pranzo veloce una volta a settimana.

«Spara», disse Alison mordendo una mela.

«Parlami di marchi, simboli e...».

«Aspetta, quale delle due? Sono cose molto diverse. Parliamo di marchio, o stigma, quando un simbolo oppure un disegno viene impresso sulla pelle di una persona in vita usando un ferro arroventato oppure portato a bassissima temperatura. Un po' come si fa con il bestiame. Hai una vittima che è stata marchiata?»

«No, ma ho due vittime con una X incisa dietro il collo».

«Aah, allora sembra più una firma, ed è molto più interessante», disse Alison posando la mela sulla scrivania.

«Continua», la spronò Stacey.

«La firma proviene dall'interno della mente dell'aggressore. Riflette una fantasia, un bisogno che l'assassino ha nei confronti delle vittime. Le fantasie si sviluppano lentamente e aumentano col tempo. Di solito includono mutilazioni, a volte lo smembramento del corpo della vittima. La firma di un killer è sempre uguale perché nasce dalla sua fantasia, ed è probabile che l'abbia già lasciata da qualche parte prima del primo omicidio». Prese di nuovo la mela, diede un altro morso e la posò. «Ha creato delle scene particolari con le vittime?»

«Ti prego, Alison, mastica con la bocca chiusa, per l'amor di Dio», esclamò Stacey trattenendo una risata. «Sì, la prima vittima era su un'altalena, la seconda su una griglia del gioco della campana».

«Wow», fece lei.

«Wow cosa?»

«Wow, quanto mi piacerebbe lavorare a questo caso con te».

«Spiegati meglio, Alison», le disse, protendendosi in avanti.

«Okay. Le alterazioni volontarie nella scena o nella posizione del corpo a volte possono essere attuate per confondere la polizia: si tratta di una messinscena. A volte lo scopo è mandare un messaggio alla polizia oppure al pubblico in generale. Jack lo Squartatore le sistemava a gambe aperte per sconvolgere le forze dell'ordine e i curiosi dell'Inghilterra vittoriana. Alcuni usano pose particolari, mordono le vittime, coprono loro il viso, gli lavano i capelli oppure creano legature con un nodo insolito. Un serial killer in India lasciava lattine di birra accanto alle sue prede».

«E cosa sta cercando di dirci con quella X?».

Alison si strinse nelle spalle, roteando tra le dita una matita che aveva nei capelli. «Le firme possono essere il risultato di una devianza mentale, ma in alcuni casi sono usate solo per fare effetto. Alcuni esperti pensano che le firme abbiano un collegamento più forte con i tratti della personalità che con il loro ruolo nell'esecuzione dell'omicidio. In Polonia la furbizia di un assassino gli si è ritorta contro. Sventrava giovani donne bionde e scriveva lettere criptiche agli agenti con inchiostro rosso, rivelando dove potevano rinvenire i corpi e sfidandoli a prenderlo. Ed è stato proprio ciò che hanno fatto dopo aver analizzato l'inchiostro».

«Quindi non ti risulta un uso comune della lettera X?».

Alison scosse la testa. «Qualsiasi simbolo lasciato su una vittima è qualcosa di estremamente personale per il killer. Il nocciolo della questione è tutto lì».

«Capito. Grazie per…».

«Ehi, guarda che faccio una vita da reclusa. Chiacchieriamo un po'. Come sta Devon, e…».

«Dopo, ora devo andare», disse Stacey interrompendo la conversazione per due motivi. Il primo era che non voleva parlare troppo di ciò che stava succedendo nella sua vita privata, e il secondo era la notifica che le era appena apparsa nell'angolo in alto a destra dello schermo.

«Bene, chiudimi pure la chiamata in faccia, perfetto. Ci sentiamo nei prossimi giorni, cara».

«Okay, a dopo», fece lei chiudendo il collegamento e cancellando l'immagine di Alison dallo schermo.

Cliccò subito sulla notifica ricevuta dalla segretaria del redattore del «Daily Telegraph». Era uno screenshot della registrazione della chiamata Skype tra Veronica e il suo capo.

E c'era qualcosa che attirò all'istante la sua attenzione.

36

La moglie di Barry Nixon non era come se l'era aspettata Kim.

Beth Nixon era alta più o meno come lei, un metro e settantacinque circa, aveva capelli e carnagione tanto chiari quanto Kim era scura.

I jeans aderenti e la canottiera che indossava mostravano la figura snella e tonica di una donna che doveva avere almeno vent'anni meno del marito. A quanto pareva quella era la settimana delle relazioni con un grande divario di età.

I suoi occhi arrossati si rivolsero a Kim con espressione speranzosa.

Kim la capiva. Era stata informata dell'omicidio di suo marito da agenti in divisa, ma vedendone arrivare altri in borghese, doveva aver iniziato a sperare che le dicessero che i colleghi avevano preso una sorta di abbaglio.

«Siamo terribilmente dispiaciuti per la sua perdita, signora Nixon», si affrettò a dire Bryant per spezzare l'illusione.

Le sue lunghe gambe parvero cedere, e la donna si accasciò sulla poltrona, quasi cadendovi sopra.

«Sappiamo che per lei deve essere sconvolgente, signora Nixon», aggiunse Kim. «C'è qualcuno che possiamo chiamare?»

«Sta arrivando, l'ha chiamata l'agente», rispose lei, mostrando un leggero accento del Nord.

«Sua madre?», chiese Kim.

Lei scosse la testa. «Lenora, la sorella di Barry, abita in fondo alla strada. Sta venendo qui».

«Sta arrivando anche un agente di collegamento con la famiglia», sottolineò Bryant.

Kim gli fece cenno di continuare mentre lei osservava l'ambiente. Il mobilio era formato da elementi abbinati in legno di quercia chiaro. Giare di candele profumate, piccoli soprammobili in vetro intarsiato decoravano i davanzali mandando piccoli riflessi di luce sulle pareti della stanza.

Osservò tutte le foto, che ritraevano Barry e sua figlia, Barry e Beth; ce n'era anche una di Barry con la sorella, ma non c'erano foto di Beth insieme a qualcuno che non fosse lui. Nessun familiare da chiamare, nessun familiare alle pareti.

Bryant rivolse uno sguardo di scuse alla donna. «Signora Nixon, ci dispiace molto doverle fare domande proprio ora, ma potrebbe dirci se è successo qualcosa di strano negli ultimi...».

«Non così in fretta», tuonò una voce dall'ingresso. Un agente in uniforme con l'aria contrita apparve alle spalle della donna che aveva fatto irruzione in casa. Era esile, ma dotata di un'energia palpabile.

Kim immaginò che fosse la sorella di Barry Nixon.

«Cosa le state chiedendo, e perché? È evidente che c'è stato un errore», disse a gran voce, afferrando la mano di Beth. La giovane si appoggiò a lei con gratitudine, sollevata nel trovare qualcuno che doveva sentirsi come lei.

Fu un ulteriore motivo di sorpresa notare quanto le due donne sembrassero legate. Stando alle fotografie alle pareti, Barry aveva una figlia già laureata, e non poteva essere nata dal suo legame con Beth. Dunque per lui era il secondo matrimonio.

Beth guardò la cognata, poi la foto appesa. «Lenora, dobbiamo chiamare...».

«Non se ne parla nemmeno. Non possiamo sconvolgere Katie per niente. Non è nemmeno lui. Ti hanno mostrato delle foto?».

Una nuova speranza comparve negli occhi di Beth quando scosse il capo e si voltò verso di loro.

«Dovremo chiedere a una di voi di eseguire il riconoscimento ufficiale», le informò Kim. «Ma siamo comunque sicuri che si tratti di suo marito, signora Nixon».

Lei scoppiò in lacrime.

Kim diede un'occhiata a Bryant e inarcò un sopracciglio.

Lui tossì.

«Fino a quando non avremo le prove che si tratta di lui, io non vi crederò», disse la cognata, togliendosi un cardigan giallo limone leggero.

Bryant tossì di nuovo.

«È troppo intelligente per farsi ammazzare. È molto bravo a…».

Bryant tossiva come se avesse i polmoni pieni di fumo.

La signora Nixon smise di piangere e lo guardò tossire ancora.

«Scusi, agente, si sente bene? Le porto qualcosa da bere?»

«Sì, grazie, va bene qualsiasi cosa».

Lei fece per alzarsi.

«Ci penso io, Beth. Resta qui, tesoro», disse Lenora dandole un buffetto sulla mano.

Bryant le scoccò un'occhiata divertita mentre seguiva la donna fuori dalla stanza. Era una tattica che usavano spesso: dividili e scopri tutto ciò che puoi.

Per prima cosa però, Kim doveva affrontare una questione.

«Signora Nixon, mi preme sottolineare che per quanto lei desideri credere che suo marito non sia morto, noi non abbiamo dubbi, e permetterle di convincersi del contrario sarebbe un gesto di grande insensibilità da parte nostra. Mi dispiace molto».

Beth Nixon deglutì e fece cenno di sì col capo. «La mia mente ha capito, ma il mio cuore si aggrappa a qualsiasi cosa pur di non crederci».

«Lo so, ma ho davvero bisogno di farle delle domande che ci aiuteranno a trovare la persona responsabile del crimine».

«Mi dica pure», fece lei asciugandosi il naso.

«Suo marito aveva contrasti con qualcuno, che lei sappia?».

La donna scosse il capo. «Barry è un uomo fantastico, aiuta sempre tutti».

«Problemi sul lavoro?», domandò speranzosa.

«Non proprio. A volte è costretto a dire alle persone cose che non vogliono sentire, ma quando si parla di bambini si mettono tutti sulla difensiva, giusto?»

«Mi scusi, che lavoro faceva?», chiese Kim.

«Barry è uno psicologo infantile, si occupa soprattutto di casi difficili».

Ancora bambini. Le venne in mente Belinda Evans.

«Continui, per favore», la invitò.

«Lavora con bambini che hanno avuto un'infanzia traumatica, soprattutto quelli con tendenze violente. Riceve privatamente ed è molto richiesto», aggiunse con orgoglio.

Ecco perché stava andando al negozio dietro casa all'ora di pranzo di un giorno feriale.

Kim non riuscì a evitare il moto di disgusto che l'attraversò. Da bambina aveva visto molti Barry, ognuno con una convinzione diversa sul modo giusto per gestirla, ma tutti con un tratto in comune: per loro era come una sfida personale.

All'epoca era capace di percepire la loro disperazione quando si rendevano conto di quanto fosse ferita. Domande a raffica, domande di tipo diverso con lo scopo di confonderla e abbassare le sue difese. Bambole, libri, giochi, trucchi, test, qualsiasi cosa, pur di ingannarla e indurla ad aprirsi.

Ted era stato diverso. Le aveva permesso di guardare i pesci che nuotavano nel suo stagno. Le aveva dato dei lecca lecca e l'aveva lasciata libera di stare seduta in silenzio. Non si era mai aperta del tutto con nessuno, ma se avesse dovuto scegliere qualcuno, sarebbe stato lui.

«Quindi ci sono genitori che non gradiscono il parere di suo marito?», chiese. La difesa del proprio figlio era il movente di molti omicidi.

«Oh, sì», rispose lei convinta, nel pieno della negazione degli eventi in corso. «Anche se pagano per averla, non sempre apprezzano la verità».

Kim fu tentata di far notare che si trattava di un'opinione, e non della verità, ma non era il momento giusto.

«C'è stato qualcuno in particolare che si è offeso per le... scoperte di suo marito?».

Beth scosse il capo. «Non di recente. Ha diminuito un po' il lavoro con i clienti per passare più tempo a casa».

Le orecchie di Kim sentirono le parole e il cervello le tradusse: gli affari non andavano a gonfie vele.

«Se possibile, avremmo bisogno di un elenco dei clienti più recenti di suo marito».

«Certo. Chiederò a Lenora, è lei che gestisce gli appuntamenti e l'amministrazione».

«Signora Nixon, il nome Belinda Evans le dice qualcosa?».

Ci pensò su e scosse il capo. «No, dovrebbe?».

Aveva sperato di sì, considerando il campo di interesse condiviso e i bambini maltrattati. Di sicuro doveva esistere un collegamento. Altrimenti non vedeva alcun elemento in comune tra i due.

Kim sentì la frustrazione pesarle sulle spalle.

L'orologio continuava la sua corsa verso la fine di un altro giorno lavorativo. Avevano al loro attivo un altro cadavere, ma ben poco che potesse aiutarli nella ricerca del colpevole.

«Okay, signora Nixon, grazie per l'aiuto e…».

«È tutto vero… è morto sul serio?», mormorò lei, lo sguardo fisso verso il caminetto.

«Purtroppo sì», rispose Kim, e avrebbe tanto voluto poter lenire il suo dolore in qualche modo.

«È così difficile crederci… e dire che non vedeva l'ora di partire, domani».

37

«Vincerò io», disse Bryant compiaciuto mentre tornavano alla macchina. «Lenora è stata una miniera di informazioni».

«Forza, condividiamo le nostre scoperte».

«La vittima è uno psicologo infantile», disse lui salendo in macchina.

«Sì, ce l'ho», rispose Kim chiudendo lo sportello del passeggero.

«E Lenora gli gestisce l'agenda».

«Ce l'ho»

«La prima moglie è morta di cancro tre anni fa».

«Questa mi manca», ammise Kim.

«Ah, ti è sfuggito».

«No, è solo che non mi è sembrato prudente fare troppe domande sulla prima moglie alla seconda, ma fa' pure e prenditi tutti i meriti che riesci a raggranellare, amico».

«Lenora adora Beth, che ha reso suo fratello molto felice dopo la lunga malattia della prima moglie».

«Questo non mi serviva».

«È per aggiungere pathos», spiegò lui.

«Non funziona, e se hai intenzione di raccontare...».

«Con te non è divertente».

«Tanto per cominciare, non sono mai stata una persona divertente, in secondo luogo ho scoperto che anche il nostro uomo stava per partire, e scommetto che era diretto nello stesso posto di Belinda Evans. Allora, che altro sai?»

«Notevole», ammise Bryant. «Ma tu sai che Beth è stata una paziente del marito?»

«Ahia», fece lei al solo pensiero.

«Esatto. Si sono ritrovati su Facebook, pensa. Si sono incontrati per prendere un caffè e fare due chiacchiere ed è sbocciato l'amore, a quanto pare».

Erano entrambi adulti, certo, ma Kim non riusciva a togliersi dalla lingua il gusto amaro del disgusto provato. Che fosse legale o meno, doveva esistere un codice etico o morale che proibisse cose del genere.

«Ah, Bryant», disse, guardando l'orologio. «Abbiamo davvero bisogno di poter lavorare più a lungo...». Si interruppe, perché il suo cellulare cominciò a squillare. «Signore?», rispose, riconoscendo il numero dell'ispettore capo Woodward.

Le ordinò di raggiungerlo subito alla stazione di polizia.

«Certo, signore, arrivo, perché anch'io ho bisogno di parlare con lei».

38

Penn scese dall'autobus due fermate prima. Sapeva che avrebbe potuto farsi accompagnare da un'autopattuglia alla stazione ferroviaria per recuperare l'auto, ma gli sembrava assurdo, visto che aveva un paio di gambe perfettamente funzionanti e dei soldi in tasca.

Era incredibile pensare che aveva parcheggiato lì quella stessa mattina per prendere il treno e raggiungere il tribunale. Era una di quelle giornate che sembravano condensarne tre in una.

E non era ancora finita, pensò, anche se a dire il vero la cosa non lo disturbava. Essere costretto a lavorare su turni più brevi, nelle ultime due settimane, pareva avergli risucchiato ogni energia. Travis voleva chiudere quella storia il più presto possibile, e non aveva letto la stessa circolare di Woody.

Per fortuna erano stati tutti d'accordo, e né Doug né Lynne avevano voluto timbrare prima di aver ottenuto almeno qualche progresso.

Aveva chiesto a Doug di scavare un po' su Irina Nuryef per scoprire se l'eventualità di un tradimento potesse costituire una motivazione plausibile per il cambiamento della sua testimonianza. Pregava che non fosse così. Lynne, invece, era stata incaricata di ricontrollare le prove della scientifica per verificare se fosse sfuggito qualcosa. Anche in questo caso pregava di avere un risultato negativo. E lui era voluto tornare alla stazione di servizio per andare in cerca di falle nella versione di Ricky Drake.

Era sceso in anticipo dall'autobus per ripercorrere la stessa strada descritta da Drake nella sua testimonianza. L'uomo era uscito dal pub alle dieci e mezza di sera, ed era buio. In quel momento la luce era ancora crepuscolare, ma abbastanza simile.

Penn restò un minuto proprio davanti al pub e guardò lungo la strada.

Dal suo lato c'erano delle villette a schiera, un'enoteca chiusa, un piccolo terreno incolto più o meno a metà strada, e il fish and chips verso cui Drake si era diretto si trovava circa centoventi metri più avanti, poco prima che la strada arrivasse a una rotatoria.

In quel momento si trovava nel punto più lontano dal fish and chips, e lo vedeva bene. Non era sicuro che si sarebbe acceso una sigaretta a quella distanza, e non era nemmeno vicino al distributore di benzina dall'altra parte della strada.

Proseguì lungo il marciapiede, seguendo i passi descritti da Drake. Trenta metri più avanti, Penn poteva vedere all'interno della stazione di servizio bene illuminata. Riusciva a distinguere appena la sagoma del signor Kapoor, ma in parte era dovuto al fatto che lo conosceva bene.

Continuò ancora. Per qualche istante, seguendo quella traiettoria, una pompa di benzina gli oscurò la visuale della cassa, che poi tornò di nuovo visibile. Si fermò nel punto in cui Drake aveva sostenuto di trovarsi quando si era acceso la sigaretta. Proprio accanto al lampione davanti al terreno incolto.

Penn aggrottò la fronte. No, non poteva essere. Cercò altri lampioni, ma gli altri erano troppo lontani perché potesse essersi riferito a uno di essi. Un seme d'angoscia si piantò nel suo stomaco mentre lui cominciava a camminare avanti e indietro di fronte alla stazione di servizio, percorrendo l'intera distanza altre tre volte e fermandosi a verificare a ogni passo.

Drake aveva detto di aver identificato senza alcun dubbio Nuryef da quella posizione. Aveva dato un'occhiata, poi aveva osservato meglio, e aveva riconosciuto l'accusato.

Da dove si trovava, Penn riusciva a vedere bene il signor Kapoor alla luce del negozio. Lo vide parlare con qualcuno, riuscì perfino a cogliere il momento in cui gli consegnò il resto sul bancone.

Ma l'espositore di cioccolatini che occupava l'intera lunghezza del negozio gli impediva di vedere qualsiasi altra persona.

La testimonianza di Ricky Drake era una menzogna bella e buona.

39

«Non posso farlo, signore», disse Kim entrando nell'ufficio di Woody.

«Certo che no, Stone, ma ho la sensazione che stiamo parlando di due cose diverse. Allora, che succede?»

«Ehm...», fece lei, cercando di guadagnare tempo. Preferiva sapere con certezza quale problema stessero affrontando, prima di fare ammissioni.

«Hai permesso a Travis di tenersi un membro della tua squadra quando hai due cadaveri da...».

Ah, quello.

«Tecnicamente, signore, avevamo un solo cadavere, quando ho parlato con Travis. Il secondo corpo è stato trovato...».

«Niente giochetti con me. Chi ti ha dato il potere di accettare un distaccamento non ufficiale? Si sarebbero dovuti rivolgere a me».

«Con il dovuto rispetto, signore, Penn è un membro della mia squadra che non avrei comunque avuto a disposizione, questa settimana, perché doveva stare in tribunale a girarsi i pollici. E a dirla tutta, sembra che il caso si sia trasformato in un gran bel casino...».

«Sì, ma è un casino loro, e non è compito nostro tirarli fuori dai guai».

«È solo una linea su una mappa, signore», disse lei citando le sue parole a proposito dei confini tra zone di competenza delle forze dell'ordine. «Lottiamo tutti contro il crimine».

L'ispettore capo Woodward era uno dei sostenitori della collaborazione tra forze di distretti diversi più progressisti che avesse mai conosciuto. Era convinto che i confini che li dividevano avessero una funzione legata solo a budget e organizzazione, ma in realtà tutti facevano lo stesso lavoro. I criminali oltrepassavano i confini, quindi le procedure e i metodi di lavoro dovevano adeguarsi.

«Sa, signore», proseguì lei, «in effetti mi sono chiesta: cosa farebbe il capo in questa situazione? Respingerebbe la richiesta senza darle importanza o cercherebbe di collaborare con i colleghi di un altro distretto operativo per cercare di ottenere un maggiore...».

«Tanto per cominciare, avrebbe consultato il suo superiore, e giusto per mettere le cose in chiaro, questa cortina di fumo che stai cercando di tirar su non mi sta certo offuscando la vista».

«Posso sempre chiamare Travis, dirgli che ho sbagliato e farmi rimandare Penn».

«Sai perfettamente che è fuori discussione. Il danno è fatto, ormai, solo che non capisco cosa ti abbia indotto a comportarti in modo tanto sconsiderato».

«Era un suo caso, signore», rispose lei con sincerità. «Penn è l'agente che ha eseguito l'arresto, e ha bisogno di sapere se ha combinato qualche casino. Se l'ha fatto, deve cercare di sistemare le cose, altrimenti questa storia lo perseguiterà per tutta la sua carriera».

«Potevi dirlo subito», fece lui in tono secco.

«E che divertimento ci sarebbe stato, signore?», chiese lei, rendendosi conto che il suo capo doveva sapere fin dal principio che le sue motivazioni non potevano essere legate solo alla cooperazione tra distretti. Quello era il suo lavoro, non di Kim, ed era raro che lei cedesse o prestasse qualcosa, ma sapeva anche molto bene quanto fosse importante portare a compimento qualcosa che si era iniziato. «Questo discorso, in ogni caso, ci offre un ottimo collegamento con il motivo per cui volevo vederla. Signore, deve allentarci le catene. Nemmeno con Penn a disposizione potremmo lavorare a questo caso dalle nove alle cinque, e la mia squadra sta già perdendo la voglia di vivere così. Stacey si è messa in cerca di un lavoro part-time, Bryant rischia il divorzio. E se non fosse abbastanza, io mi sono messa a pulire casa».

Vide un sorriso incurvare gli angoli della sua bocca.

«Okay, Stone, ti concedo un po' di margine, ma non devi sfinirli».
«Grazie», disse lei andando verso la porta.
«Stone, ricorda bene che ogni azione ha delle conseguenze, e dovrai essere pronta a gestirle».
Kim chiuse la porta. Che diamine significava?

40

«Bene, ragazzi, sono passate le cinque», disse Kim entrando nella sala operativa.

Bryant emise un gemito e Stacey le fece una pernacchia.

«Ma considerando che abbiamo perso Penn e che i cadaveri sono diventati due, tratteniamoci ancora un po', d'accordo?».

I suoi due colleghi si diedero il cinque dall'altra parte della stanza.

«Qualcuno ha bisogno di fare una telefonata?»

«No», rispose Bryant. «Mia moglie preferisce che chiami se arrivo prima, perché l'eccezione è quella».

«No», si limitò a dire Stacey, ma Kim notò l'ombra che le passò sul viso. Sperò che l'eccesso di tempo trascorso insieme non avesse danneggiato anche un'altra relazione.

«A ogni modo, ho l'obbligo di informarvi che se doveste cominciare a sentirvi stanchi o a percepire un innalzamento del livello di stress…».

«Capo, non è che potremmo rimetterci al lavoro?», chiese Bryant.

«Va bene, ma avvisatemi, okay?»

«Okay», disse Stacey. «Ora, c'è una cosa che credo dobbiate sapere su Veronica Evans».

«Vai», rispose Kim incrociando le braccia.

«La chiamata su Skype che ha avuto con il redattore. Era più o meno nell'orario indicato da lei, ma è terminata alle 21:52, e secondo il navigatore satellitare avrebbe avuto tempo sufficiente per arrivare a Haden Hill Park e tornare a casa prima che il corpo di sua sorella fosse scoperto. Non so cosa possa significare alla luce del secondo omicidio, ma…».

«Buono a sapersi, Stace, ottimo lavoro», le disse. «Abbiamo Belinda Evans su un'altalena, e Barry Nixon sul gioco della campana, entrambi con la lettera X incisa dietro la nuca. Sappiamo che Belinda era docente di Psicologia infantile e Barry Nixon era uno psicologo che si occupava soprattutto di bambini maltrattati. Sappiamo anche che Barry domani doveva partecipare a una manifestazione di due giorni chiamata Brainbox, o qualcosa del genere, a Stourport-On-Severn. Credo sia plausibile affermare che anche Belinda fosse diretta lì. La moglie di Barry Nixon, che per inciso è stata una sua paziente…».

«Bleah», fece Stacey, rispecchiando i sentimenti che Kim stessa aveva provato qualche ora prima.

«Esatto. Comunque, lei sostiene che Barry non si perdeva un solo evento del genere da anni, e che veniva pagato dagli organizzatori per partecipare».

«E cosa doveva fare?»

«Non saprei, ma mi piacerebbe parlare con gli organizzatori per capire di che tipo di manifestazione si tratti di preciso. Nel frattempo, vorrei saperne di più sull'uomo, e non voglio chiederlo alla moglie o alla sorella, che sembrano entrambe convinte che fosse una specie di divinità».

Bryant intervenne: «Però non aveva un capo vero e proprio, visto che lavorava come libero professionista, e non sono sicuro che avesse molti amici».

«Mmm. Hai ragione, Bryant», fece lei, pensierosa. «Ma credo di conoscere qualcuno che potrebbe aiutarci».

41

Penne prese un respiro profondo, poi spinse la porta e la tenne aperta per una donna che aveva le mani occupate dalle chiavi della macchina e da un caffè a portar via.

Fatta eccezione per due ragazzi nel settore bibite che lanciavano occhiate verso la telecamera di sorveglianza, la stazione di servizio era vuota.

I due si scambiarono uno sguardo e uscirono dal negozio. Adolescenti – in età scolastica – ma potevano anche essere armati di coltello.

Penn portò la bottiglia al bancone.

«Signor Penn, signore. Cosa ci fa qui?».

Lui aprì la bocca e la richiuse quando un cliente entrò veloce col denaro già pronto in mano per pagare.

Ripensò ai tempi in cui riempiva il serbatoio della quantità di soldi esatta che aveva in tasca. Facendo attenzione a non superare quel limite, ma avvicinandovisi il più possibile. Una sfida con sé stesso per essere preciso al centesimo.

Si chiese se il signor Kapoor guardasse con sospetto ogni cliente, dopo la morte di suo figlio. In quale momento tirava un sospiro di sollievo, perché la persona che aveva davanti non stava per estrarre una pistola, un coltello, o peggio. Perché voleva solo pagare la benzina e proseguire la sua serata.

Aspettò che il giovane fosse uscito.

«Era lei che camminava avanti e indietro dall'altra parte della strada?», domandò Kapoor, serio.

Penn prese in considerazione l'idea di mentire, ma poi annuì.

«Signor Kapoor, oggi in tribunale sono successe molte cose. Non positive, dal nostro punto di vista. Le ho promesso che l'avrei aggiornata, e devo dirle che in questo momento stiamo riesaminando il caso».

L'uomo si accigliò. «Non capisco. Gregor Nuryef ha assassinato mio figlio. Me l'ha detto lei. Ha detto che avevate preso il colpevole».

Era andata proprio così. Subito dopo aver ricevuto i risultati del test del DNA, era corso da lui e dagli altri familiari appena finito il turno di lavoro e aveva dato loro la notizia.

«La maglietta con il sangue di Dev. Era...».

«Sì, signor Kapoor, era proprio nel capanno di Nuryef, ma ci sono delle incongruenze che non possiamo ignorare».

«L'uomo che è stato assassinato stava per testimoniare che Nuryef era a casa quella sera?».

Penn assentì. «Però era facile sbagliare. La sua testimonianza si basa sul fatto che sentiva il vicino chiamare il cane per farlo entrare in casa ogni sera alle dieci e mezza. Non era certo fondamentale per il caso».

«Ma per qualcuno lo era», rispose Kapoor con semplicità.

Penn era d'accordo con lui, ma sperava che la squadra al lavoro sull'omicidio di McCann trovasse una dimostrazione inconfutabile del fatto che la morte del testimone della difesa fosse slegata dal caso di Kapoor. Forse non aveva saldato dei debiti di gioco con la persona sbagliata, o forse era uno spacciatore assassinato da un cliente insoddisfatto. La logica gli diceva che nessuna delle due spiegazioni si adattasse a quel commercialista di quarantasei anni, ma doveva pur aggrapparsi a una speranza.

«Stiamo indagando da ogni angolazione per assicurarci che...».

«Signore, la prego, non lo faccia», disse Kapoor con un sorriso triste. «Fin dalla prima sera mi ha trattato con rispetto. Siamo stati insieme davanti al corpo di Dev», aggiunse lanciando un'occhiata verso il punto in cui lo avevano trovato disteso. «Anche allora mi ha spiegato che c'era la possibilità di non trovare mai l'assassino senza una telecamera a circuito chiuso, ma ho capito che era pronto a fare del suo meglio. È sempre stato corretto e sincero, quindi la prego, non mi rifili un discorsetto da poliziotto».

Penn annuì e fece un altro respiro profondo. «Signor Kapoor, stiamo cercando di verificare se abbiamo preso l'uomo giusto».

«Grazie».

«Capisco bene come debba sentirsi. È in collera con me, con noi, e ha tutto il diritto...».

«Sono in collera con la persona che mi ha portato via mio figlio. Sono in collera con chi ha derubato mia moglie del suo primogenito. Sono in collera con chi ha costretto le mie giovani figlie ad affrontare il dolore, la paura e il sospetto molto prima del dovuto. La polizia mi ha detto più volte di migliorare il sistema di sicurezza, non ho dato ascolto né a lei né ai suoi colleghi, e ho pagato un prezzo altissimo. Non posso prendermela con nessuno se non con me stesso».

Di colpo Penn fu assalito dalla nausea.

«Signor Kapoor, voglio che lei sappia che faremo tutto ciò che è in nostro potere per scoprire la verità».

«So che lo farete, signore», rispose lui, e in quel momento entrò un altro cliente.

Penn lo salutò con un cenno del capo e uscì dal negozio, sentendosi ancora più di merda di quando era entrato.

42

«Sicura che posso entrare?», chiese Bryant parcheggiando.
«Cos'è, sei un vampiro? Non puoi entrare senza un invito?», ribatté Kim.
«Sai benissimo perché l'ho chiesto».
«Sì, ma non è una visita personale».
«Fantastico, perché adoro quest'uomo».
Lei alzò gli occhi al cielo. A casa sua c'era un altro maschio che mostrava lo stesso entusiasmo quando lo accompagnava a quell'indirizzo.
«Ehi, Ted», salutò il suo psicologo di un tempo quando aprì la porta.
«Ciao, Kim, vedo che hai portato i rinforzi».
Lei sorrise entrando in casa. «Ha una specie di cotta per te», rispose passandogli accanto.
«Proprio così», aggiunse Bryant seguendola all'interno.
«Be', grazie. Immagino siate qui per motivi di lavoro», commentò Ted. «Tanto più che non è uno di quegli orari assurdi che caratterizzano le tue visite personali».
Kim annuì, confermando.
Ted sollevò il capo. «Allora, facciamo finta che l'ultima volta che sei venuta tu non mi abbia preso a male parole per poi andartene come una furia?»
«Certo», rispose lei. Non era certo una novità, per loro. Era cresciuta così.
«L'ha fatto sul serio?», chiese Bryant. Erano tutti nella piccola cucina.

«Esatto, Bryant, quando le ho detto che non avrebbe dovuto occuparsi del caso che ricostruiva i suoi eventi personali».

«Ah», disse lui.

«Il nostro incontro non è finito bene».

«Mi state dicendo che sono in mezzo a due fuochi?», domandò Bryant.

«Oh, sì», rispose lei, prendendo un biscotto alla crema da un barattolo.

«E dove vogliamo accomodarci quest'oggi, mia cara?», domandò Ted con gli occhi che gli brillavano.

L'ultima volta lui le aveva fatto notare che decideva di sedersi fuori quando non voleva parlare. Se era in cerca di aiuto si sedeva in salotto, mentre sceglieva la cucina quando desiderava la sua opinione, perché era la stanza con una porta a disposizione per uscire in fretta quando non era d'accordo con lui e si infuriava.

«Salotto», rispose Kim. «Preparo un caffè mentre voi fate due chiacchiere».

Ted annuì e accompagnò Bryant nell'altra stanza.

Lei mise su il bricco e prese tre tazze dalla credenza.

«Che bell'ambiente», commentò Bryant mentre Kim infilava il cucchiaio nel preparato istantaneo. «Dunque è qui che la giovane Kim parlava con l'unica persona di cui si fidava?»

«Non proprio», rispose Ted mentre lei versava il latte. «Parlava pochissimo in qualunque stanza di questa casa, eppure continuava a tornare. Si presentava a ogni appuntamento, e stava zitta per quasi tutto il tempo».

Kim aggiunse l'acqua nelle tazze. Ricordava ogni singola seduta.

«Non mi ha mai permesso di aiutarla, eppure continuava a tornare. Non so bene cosa…».

«Ehi, Bryant, quello è il mio posto», disse Kim portando il vassoio nella stanza.

Lui si alzò dalla poltrona accanto al caminetto e si sedette sul divano.

Ted guardò le bevande, scosse il capo e si alzò. «Troppo forti, come al solito».

Tornò dalla cucina e si versò dell'altro latte nella tazza, poi, quando Bryant gli fece un cenno affermativo, fece lo stesso con la sua.

«Pappemolli», borbottò lei.

«Allora, come posso aiutarvi?», chiese Ted, mettendo le mani in grembo.

«Conosci un certo Barry Nixon?», gli domandò lei, immaginando che il mondo degli psicologi infantili non fosse infinito e che i due uomini potessero essersi incontrati.

Ci pensò su per un attimo, la fronte aggrottata. «Il nome non mi è nuovo».

Kim ebbe l'impressione che stesse scavando nei ricordi. Anche se era quasi in pensione, ormai, di tanto in tanto veniva ancora chiamato per strizzare qualche cervello particolarmente duro.

«Sì, sì, mi sembra di ricordare un tale. Lavorava al dipartimento una ventina d'anni fa. Non ci è rimasto a lungo, se la memoria non mi inganna».

Kim rivolse un sorriso trionfante a Bryant. Quell'uomo era come un oracolo.

«Mmm... ora me lo ricordo, era un cacciatore di casi. Alto, magro, capelli biondi, faccia da gufo».

La descrizione corrispondeva. «Cacciatore di casi?», chiese lei.

«Sì, ce n'era qualcuno, ma lui era più ambizioso degli altri. Quando arrivavano casi di un certo tipo, alcune mani si alzavano più in fretta di altre. Lui cercava di farsi assegnare quelli più succosi, spietati, di spicco, tra quelli che passavano per il dipartimento. Parliamo dei bambini più maltrattati, distrutti e arrabbiati che il sistema assistenziale potesse offrire».

Bambini come te, lo sentì aggiungere solo con il tono, non con le parole.

«Perché i casi particolari?», chiese Kim. «Penso che aiutare qualsiasi bambino sofferente sia abbastanza».

«Era convinto di poter guarire chiunque. Ma desiderava i casi con maggiore risonanza per due motivi. Voleva scrivere saggi, riviste, libri e voleva migliorare il suo curriculum, crearsi una reputazione da leader sul campo prima di dedicarsi alla professione privata. Nel privato si possono fare tanti soldi, ma la competizione è altissima».

«Continua», lo incalzò Kim, affascinata e al tempo stesso inorridita all'idea che quell'uomo fosse stato spinto a curare bambini tanto vulnerabili dalla fredda ambizione.

«Gran parte del lavoro di uno psicologo consiste nell'ascoltare, o nel non ascoltare, nel tuo caso», aggiunse con un sorrisetto. «Traumi diversi richiedono approcci diversi: i bambini abusati, trascurati, con un disturbo postraumatico, abbandonati, hanno bisogno dell'uso di strumenti diversi, ma per tutti è necessario lo stesso comune denominatore: la pazienza. Si procede alla velocità del bambino. È...».

«Kim ha ragione», intervenne Bryant. «Ho davvero una cotta per te».

Lei e Ted scoppiarono in una fragorosa risata.

«Scusate, ma non riuscivo più a trattenermi», si giustificò lui.

«Grazie», disse Ted, poi continuò. «Quello era un tratto che lui non possedeva. È finito nei guai diverse volte per aver affrettato troppo la conclusione di un caso».

«Per questo ha lasciato i Servizi per l'infanzia?», domandò lei.

Ted scosse il capo. «Ha lasciato perché gli è stato chiesto di farlo».

«Per quale motivo?», insisté lei, protendendosi in avanti.

«Tammy Hopkins».

«Chi?».

Ted bevve un sorso. «Non è il suo vero nome. La chiamavamo tutti Tammy Hopkins in modo da sapere di chi stavamo parlando senza rischiare di rivelare la sua vera identità. Tammy era la figlia undicenne della coppia di cantautori di Glasgow».

«Ricordo qualcosa... una storia di una quindicina di anni fa?», chiese Bryant.

Ted annuì.

«Omicidio-suicidio dei genitori. La madre accoltellò il padre, poi si tagliò le vene. Tammy aveva dieci anni e vide tutto. Terrorizzata, rimase nascosta nel capanno esterno per due giorni, finché un vicino non arrivò per via di un pacco consegnato all'indirizzo sbagliato e trovò la carneficina». Ted rabbrividì. «Be', Tammy fu portata qui, affidata alla zia, e potete immaginare chi si piazzò in prima fila per farsi assegnare il caso. Comunque, poco tempo dopo fu chiaro che Tammy era stata abusata dal padre, il che la rendeva vittima di stupro e...».

«E di conseguenza le era garantito l'anonimato a vita».

«Questo significava che lui non avrebbe mai potuto scrivere del suo caso né farvi riferimento al di fuori dei servizi sociali. Non aveva possibilità di guadagnare sulle sue sofferenze, così interruppe la terapia dichiarando di aver fatto tutto il possibile per lei».

«E poi?»

«E poi, due settimane dopo, lei si tagliò le vene. E morì».

Kim sentì la rabbia montarle dentro per il dolore di quella ragazzina. «E perché non è stato incriminato?».

Ted si strinse nelle spalle. «Una delle parti più soggettive della terapia è decidere il momento giusto per lasciar andare un paziente. Non c'è modo di sapere con certezza se si è fatto abbastanza. Per esserne sicuro, dovresti seguirli per tutta la vita», aggiunse rivolgendole uno sguardo carico di sottintesi.

Kim rise e sentì la tensione allentarsi.

«Non ho idea di cosa abbia fatto dopo».

«Hai mai sentito parlare di una manifestazione chiamata Brainbox?».

Ted aggrottò di nuovo la fronte. «Non starai per dirmi che era coinvolto in quell'iniziativa? Se è così, sono sicuro che ci sono moltissime povere anime sofferenti a tenerlo occupato. Non che ne sappia molto. Una specie di sfida fra gladiatori mentali, ma per bambini. Non vorrei sbilanciarmi oltre, perché non ho mai partecipato».

Lei finì il caffè e si alzò. Con riluttanza, Bryant la imitò.

«Posso tornare senza di lei e ascoltarti parlare?», chiese Bryant tendendogli la mano.

«Ma certo», rispose Ted con un sorriso e dandogli una leggera pacca su un braccio. «Mi sorprende che tu non abbia bisogno di andare in terapia, considerando la quantità di ore che trascorri con...».

«Ehi, basta così», li interruppe Kim, voltandosi. «Grazie, Ted».

«A tua disposizione come sempre, mia cara».

Kim seguì Bryant alla macchina. Lui salì. Lei no.

Tornò da Ted, che era ancora sulla soglia.

«Pace», gli disse guardandolo negli occhi incuriositi. «Hai detto a Bryant che non sapevi perché tornavo a ogni seduta solo per stare in silenzio. Venivo per la pace. Per mettere questo in pausa», aggiunse toccandosi la tempia.

«Non capisco...».
«Venivo qui perché sapevo che finché fossi rimasta, tu non avresti permesso a nessuno di farmi del male».
Kim vide la commozione riempirgli gli occhi, ma si voltò subito e tornò alla macchina.

43

«Sai una cosa, quel tizio mi fa venir voglia di raccontargli tutti i miei problemi. È come Yoda».

«Lo so», rispose Kim prendendo il cellulare. Bryant mise in moto e aspettò mentre lei faceva il numero di Stacey.

«Ehi, capo».

«Sembra che il nostro amico fosse una specie di cercatore di gloria. Voleva solo i casi importanti», le disse. «Hai scoperto qualcosa su Brainbox?»

«Per ora solo quello che dice il sito. È un evento di due giorni per i bambini più intelligenti del Paese. Lo organizzano da anni. Sono competizioni di tutti i tipi, che culminano in un gioco a quiz con una sfida tra i bambini e le bambine migliori. Ci sono premi e tutto il resto. Molte foto di ragazzini che si divertono. Gli organizzatori al momento sono marito e moglie che non sono ancora riuscita a contattare perché si stanno recando sul posto, cioè il Village Hotel di Stourport».

«Okay, Stace, per oggi puoi andare a casa», le disse ricordando le parole di Woody. «Ma domani ci riuniamo alle sette», aggiunse chiudendo la telefonata.

«Capo…».

«Sì, anche tu, Bryant, quindi lasciami alla centrale».

Lui borbottò ma innestò la marcia e partì.

Le informazioni di Stacey sulla manifestazione sembravano in contrasto con ciò che avevano appena saputo da Ted, eppure la descrizione che le aveva fatto lui cominciava a germogliare nella sua mente.

Gladiatori bambini.

44

«Okay, come vi sentite stamattina?», chiese Kim.

«Come se stessimo iniziando a lavorare all'ora giusta, tanto per dirne una», rispose Bryant allegro.

«Non c'è di che», disse lei, che provava la stessa sensazione. La sua giornata era cominciata alle cinque, con una veloce passeggiata nel parco con Barney nell'attesa che il caffè fosse pronto, e senza nessuno tra i piedi.

Il cane aveva divorato una scodella di croccantini con bocconcini di pollo aggiunti, mentre lei aveva bevuto il caffè, poi erano andati insieme in giardino a guardare il cielo rischiararsi al sorgere del sole.

Il suo migliore amico era rimasto a sgranocchiare una carota mentre il suo amichetto, Charlie, che viveva in fondo alla strada, sarebbe passato più tardi per fargli fare il giro pomeridiano e un turno di caccia allo scoiattolo nel giardino di casa sua.

Bryant lo chiamava «cane condiviso», ma era un ottimo accordo, che soddisfaceva tutti.

«Allora, sappiamo che la nostra seconda vittima oggi avrebbe dovuto partecipare a quel Brainbox. La sua collaborazione era pagata dagli organizzatori, che sono senz'altro persone con cui vogliamo parlare», disse con uno sguardo a Stacey, la quale annuì.

«Però vorrei sapere perché Veronica non ci ha detto dov'era diretta sua sorella».

«Pensi che lo sapesse?», chiese Bryant.

«Sapeva tutto il resto di Belinda, quindi immagino di sì. Continua a scavare sulle sorelle, Stace. C'è molto che non sappiamo, e voglio un appuntamento con i tizi di Brainbox al più presto. E non dimenticare di verificare se ci sono corrispondenze tra le date in cui entrambe le vittime vi hanno partecipato».

«Certo, capo».

Kim sapeva bene di star gettando sulle spalle di Stacey un gran carico di lavoro e guardò con nostalgia la sedia vuota di Penn.

«Keats ci contatterà se ci sarà altro da sapere su Nixon non appena avrà terminato l'autopsia nel tardo...».

«Ehilà», fece una voce dalla porta.

Tutti e tre si voltarono verso la figura elfica sorridente con indosso un'uniforme da agente. Kim stimò che fosse alta circa un metro e sessantacinque, e aveva i capelli biondi legati in uno chignon dietro la testa.

Non le sembrava di aver letto che fosse la giornata "Vesti tuo figlio da poliziotto e portalo al lavoro".

«Si è persa?», le chiese sforzandosi di mantenere un tono neutro. Sulla porta c'era scritto DIPARTIMENTO DI POLIZIA INVESTIGATIVA, non ci si poteva sbagliare.

Lei scosse la testa, senza smettere di sorridere, ed entrò.

«Sono Tiffany. Tiff, come la cantante. Mi hanno detto che mi aspettavate».

«Per cosa?», chiese Kim.

Scrollò le piccole spalle delicate. «Per aiutarvi, penso».

Kim guardò i colleghi per capire se si fosse persa qualcosa. Dalla loro espressione capì che non era così.

«Tiffany, non mi è chiaro...».

«Mi ha mandata l'ispettore capo Woodward», spiegò lei, trattenendo a stento la felicità nel tono di voce. Sembrava le avessero promesso un viaggio a Disneyland. «Ha detto che vi manca un membro della squadra, ed è stata una tale emozione che abbiano chiesto a me di aiutarvi». Il suo sorriso era ancora integro. «Ho sentito tanto parlare di voi. Fate un lavoro incredibile, non riesco a credere di essere davvero qui».

Kim guardò Bryant, che fissava la scena con lo stesso sgomento di Stacey.

«Credo ci sia stato un errore, Tiffany. Torna pure ai tuoi incarichi normali, risolverò io con l'ispettore capo quando...».

«Mi ha avvisata che avrebbe detto così», ribatté con un sorriso ancora più ampio, come se fosse finita nel pieno di una barzelletta. «Mi ha detto di ricordarle della vostra conversazione di ieri, e oh, mio Dio, questo ufficio è favoloso», aggiunse guardandosi intorno prima di mettersi a sedere.

Quel gesto modificò l'espressione di Stacey, che da curiosa e divertita divenne di terrore puro.

«Usatemi pure dove volete», propose la nuova arrivata, allegra. «Sono davvero...».

«Sì, sì, abbiamo capito», la interruppe Kim con uno sguardo a Stacey, i cui occhi la imploravano di scacciare l'intrusa.

"Non posso", le rispose in silenzio.

«Parlerò con Woo... con l'ispettore capo Woodward e farò chiarezza su questa decisione», disse.

Tiffany annuì con entusiasmo, estatica.

«Nel frattempo, sono sicura che Stacey ti troverà qualcosa da fare per aiutarla».

«Sì sì sì!», fece lei.

Kim rivolse a Stacey un'occhiata di scuse e prese il cappotto. Doveva uscire di lì.

Tutto a un tratto il loro piccolo ufficio era troppo luminoso per i suoi occhi.

45

Avevano quasi raggiunto la casa di Veronica quando finalmente Woody le rispose al telefono. Forse i precedenti ventisette tentativi in rapida successione gli avevano fatto capire che non avrebbe desistito.

«Buongiorno, Stone», la salutò.

E il tono allegro le disse che sapeva benissimo perché lo cercava.

«È la mia punizione, signore?»

«Ricordo di averti spiegato che a ogni azione...».

«E lei sarebbe la conseguenza?», lo interruppe.

«È un'agente molto volenterosa e dotata, che ha mostrato grande...».

«Quanti anni ha?»

«Ventiquattro».

Si chiese se gliene avesse aggiunti dieci tanto per farsi due risate.

«Be', in effetti forse gli elfi di Babbo Natale si annoiano un po', fuori stagione».

Era sicura di averlo sentito ridere, ma lui fu lesto a coprire il suono con un colpo di tosse.

«Non puoi dirmi che non ti piace solo perché è una persona allegra».

«Non la conosco abbastanza, ma sa benissimo che non è prudente assegnarmi personale con un carattere solare. Ho la tendenza a distruggerle senza volere. La prego di rivedere la sua decisione, è per il bene della risorsa».

Dall'altro capo della linea ci fu silenzio.

Kim aspettò una risposta, sperando che prendesse in seria considerazione la sua richiesta.

«Signore?»

«Scusa, era una domanda seria? Stavo solo dando un morso al pane tostato, e la risposta è no. È un paio di mani in più di cui avete un bisogno disperato, in assenza di Penn, e non mi hai dato nessun motivo plausibile per cambiare idea. Non preoccuparti per la sua sensibilità, perché posso assicurarti che è molto più tosta di quel che sembra. A tal proposito, ora finirò in santa pace di fare colazione. Buona giornata».

«Maledizione», esclamò quando la linea fu interrotta. «Come cavolo gli viene in mente che gettare una persona completamente nuova nella mischia possa essermi d'aiuto? Insomma, quanto potrà essere utile, tra un biberon e una pausa vasino? E poi perché assegnare a me proprio una persona così maledettamente allegra?»

«A dire il vero, capo, non gli hai dato un buon motivo per cambiare idea. Non può rivedere una decisione solo perché per te lei è troppo pimpante».

«Bryant, sono abbastanza sicura di non aver mai usato la parola *pimpante* e penso che non dovresti farlo nemmeno tu», replicò mentre si fermavano davanti a un garage con la porta aperta.

«La macchina non c'è», fu l'ovvia osservazione di Bryant.

Kim notò subito che Veronica era una delle pochissime persone che usassero davvero il garage per tenerci l'auto. E solo la sua auto, si rese conto, poiché non c'era traccia dei normali scatoloni e delle cianfrusaglie che quasi tutti riponevano fuori dalla loro vista, nei garage, per l'appunto.

«Non può essere andata lontana, se l'ha lasciato aperto».

«Tanto non c'è niente da rubare», rispose lei, anche se era d'accordo con lui.

«Spostati dietro l'angolo», gli ordinò, e lui ingranò la retromarcia e voltò il muso.

Un attimo dopo svoltarono sulla strada in cui si trovava la casa della sorella.

Kim socchiuse gli occhi a mano a mano che si avvicinavano alla proprietà di Belinda.

«Che diamine sta succedendo qui?»

46

«Non devi per forza portarmi un caffè ogni volta che ci vediamo, sai», disse Penn quando Lynne posò il portabicchieri della caffetteria Costa.

«Senza non sono nemmeno in grado di pensare, e non mi sembrava carino prenderlo solo per me», rispose lei lanciando un paio di bustine a Doug. «È solo uno stupido caffè».

«Io non mi lamento», dichiarò Doug strappando la parte superiore delle bustine di zucchero e svuotandole nella sua bevanda. «Se ti va di buttare dei soldi, non ho problemi a farteli spendere per me».

«Allora, com'è andata con la signora Nuryef?», chiese Penn interrompendo il battibecco bonario.

«Nessuna novità», disse Doug, scuotendo la testa, «ha detto che lui non c'era e mi ha buttato fuori di casa».

«Tu cosa ne pensi?», domandò Penn.

«Secondo me dice la verità. Credo che la sua risposta iniziale, che lo proteggeva, sia stata dettata dalla negazione che lui fosse capace di compiere un atto del genere, ma poi è subentrato il panico. Ha dei figli a cui pensare».

«Capisco», commentò Penn. «Non è un comportamento strano, ma allora perché cambiare idea? I figli hanno comunque bisogno di mangiare, con lui in prigione. Non è che abbia cambiato versione dichiarando "non ricordo". È passata direttamente a "Ho mentito, lui non era con me"».

Doug scrollò le spalle. «Amico, la mia capacità di capire l'universo femminile a volte è limitata, ma Irina Nuryef per me è irraggiungibile». Si protese alla sua sinistra. «Senza offesa, Lynne».

«Non mi offendo, ma dal mio punto di vista lei è apparsa ugualmente agitata e in collera durante entrambe le dichiarazioni», disse. «Ieri sera ho riguardato i filmati, e non scommetterei nemmeno questo caffè su quale fosse la versione vera».

«Tra i dati della scientifica c'è qualcosa che non abbiamo notato?»

«Non che mi risulti. Abbiamo ottenuto il mandato, trovato la maglietta in una borsa nascosta dietro una cassetta degli attrezzi. La catena di custodia è regolare. I test della scientifica hanno confermato che il sangue apparteneva a Devlin Kapoor. Niente margine di errore, nessuna incongruenza. Un pacchetto perfetto, con tanto di fiocco. A te com'è andata?»

«Niente di che», ammise. «Sono tornato sulla scena, ieri sera, e c'è un problema con il racconto del testimone di Drake».

«Cioè?», chiese Doug.

«Non è possibile vedere all'interno del negozio».

«Cosa?», domandarono in coro.

«Già», fece lui. «Com'è possibile che non lo sapessimo?».

Era stato sveglio quasi tutta la notte a chiedersi perché non avessero mai controllato.

«Ma il negozio illumina la strada come un faro», disse Doug.

Penn annuì. «Si vede la persona dietro il bancone, ma non chi c'è davanti. Ho provato da tutte le angolazioni, e non è possibile».

«Cazzo», disse Lynne, mentre l'aria corrucciata di Doug diceva che non aveva ancora accettato la cosa.

«Sentiti libero di tornarci stasera e dimostrare che mi sbaglio, amico», lo invitò Penn. «Ma come diavolo abbia fatto a vedere Gregor Nuryef lì dentro a meno che non fosse anche lui nel negozio per me resta inspiegabile».

«Potrebbe essere stato dentro?», chiese Doug.

Impossibile saperlo.

«Dunque la domanda che speravamo di non dover fare è tornata al centro di tutta la questione», sottolineò Lynne. «Chi ha ucciso Dexter McCann, e perché?»

«Ma per il momento dovrà aspettare», disse l'investigatore Travis dalla soglia. «Irina Nuryef è qui alla reception e ha detto che parlerà solo con te», aggiunse guardando Penn.

47

«Allora», disse Stacey con uno sguardo verso l'altro lato della stanza. «Quali sono le tue competenze?».

"Ti prego, capo, fai apparire Woody in questo momento, fa' che sia stato solo un errore e che venga qui a rimediare", pensò. Non aveva tempo da perdere a fare la balia.

«Mi piacciono le ricerche», rispose lei allegra. «Lo faccio sempre, sul campo. Adoro andare a fondo delle questioni».

Dopo un'ultima occhiata nostalgica verso la porta, Stacey decise che se a quella ragazzina piaceva scavare, era pronta a darle il suo orto.

«Okay, abbiamo due sorelle coinvolte nel caso attuale, Belinda e Veronica Evans. Trova tutto ciò che puoi su entrambe».

«Intendi data di nascita, matrimoni, figli, cose del genere?»

«Qualsiasi cosa», rispose lei. Aveva già controllato e non c'era nulla, ma almeno così l'avrebbe tenuta occupata fino a quando il capo non avesse sistemato quel pasticcio.

Nel frattempo cercò di richiamare gli organizzatori di Brainbox, il signore e la signora Welmsley. Sbatté la cornetta, in preda alla frustrazione. Il cellulare, che prima suonava a vuoto fino a quando non scattava la segreteria, adesso era perennemente occupato. Aveva già lasciato due messaggi, e un terzo poteva significare un passo verso l'ordine restrittivo.

Okay, doveva dedicarsi al sito internet di Brainbox. Cliccò il tab del browser in cui l'aveva già aperto e cominciò a esplorarlo.

L'aspetto generale era accessibile e invitante.

Cominciò ad annotare fatti.

Le attività di Brainbox erano iniziate nel 1961 con un gruppetto di bambini plusdotati che si riunivano per svolgere insieme giochi e gare a livello amichevole.

Divenne sempre più popolare, ma poi ebbe un crollo tra gli anni Settanta e Ottanta, per poi riprendere forza a metà degli anni Novanta con un nuovo programma di due giorni, con quota di iscrizione, premi e un punteggio di QI minimo richiesto per poter accedere.

Stacey non sapeva cosa pensare di quest'ultimo dettaglio. Comprendeva che si trattava di una manifestazione per bambini plusdotati, ma non tutti i bambini reagivano bene ai test e, a dirla tutta, lei provava avversione per qualsiasi attività per ragazzi che escludesse alcune categorie. In ogni caso, si trattava di un evento privato, e c'era ben poco che si potesse fare.

Passando in rassegna gli anni trascorsi da quando l'evento era stato rinnovato, Stacey notò che i numeri erano saliti in modo costante di anno in anno. Nel 1995 i partecipanti erano stati trentuno bambini, mentre l'anno precedente erano arrivati a sessantaquattro. Evidentemente i bambini plusdotati erano in aumento.

Passò alla galleria e notò che degli anni più recenti c'erano sia foto che video, mentre di quelli più lontani c'erano solo fotografie.

Cliccò sulle immagini della manifestazione dell'anno precedente.

Nelle foto di gruppo trovò solo volti di bambini sorridenti; c'erano anche scatti fatti in vari momenti delle diverse attività. Stacey vide partite di scacchi, esibizioni al pianoforte, una gara di calcoli a mente, una di spelling e per ultimo un grande quiz finale, cui partecipavano i vincitori delle gare precedenti.

Le sembrava che la competizione fosse un po' eccessiva per dei ragazzini, condensata in due giorni soltanto, eppure le foto mostravano anche un grande divertimento.

Non fu affatto difficile trovare la partecipazione di Barry Nixon. Per ogni anno era indicato un elenco del personale presente, e Barry era segnalato come consulente dal 2003 fino all'anno precedente, saltando un solo anno, qualche tempo prima, probabilmente quando era morta sua moglie.

Stacey segnò sul blocco per gli appunti tutte le date, poi si fermò quando un suono fastidioso spezzò il silenzio.

«Stai fischiettando?», chiese a Tiffany.

Lei sorrise. «Sì, sigle televisive. Le ho imparate quando ero piccola. Riempiono il silenzio. Spesso non mi accorgo nemmeno di farlo».

Stacey le rivolse un sorriso teso. "Sopporta, Stace. Ci penserà il capo", pensò. Doveva soltanto ignorarla e sarebbe andato tutto bene.

Affiancare le date con quelle di Belinda Evans non sarebbe stato semplice, e per un attimo si domandò se il capo potesse aver preso un abbaglio. Belinda non risultava mai nell'elenco del personale, e sembrava che non avesse mai partecipato a titolo ufficiale.

Inserì il nome completo di Belinda nel motore di ricerca del sito e ringraziò Dio dell'esistenza dei tag sulle foto.

Incrociò i dati che trovò tra fotografie, articoli e citazioni, e quando tornò a guardare il blocco si rese conto che quei due avevano partecipato alla manifestazione insieme almeno dieci volte.

48

Bryant riuscì a parcheggiare tra il cassonetto e il furgone della impresa di pulizie. Kim osservava l'auto di Verónica sul vialetto della seconda casa di Belinda, proprio lì accanto.

«Be', non ha perso tempo, direi», notò Bryant.

«No, non ne ha perso per niente. Il via libera alla casa è stato dato appena un paio d'ore fa. Doveva avere questa gente pronta in fondo alla strada».

Mitch le aveva mandato un messaggio dicendole che avevano finito alle sei del mattino. Non avevano trovato alcun collegamento tra la proprietà e la scena del crimine, che distava alcuni chilometri.

Kim percorse il vialetto camminando di traverso, incrociando due addetti alle pulizie che trasportavano delle scatole verso il cassonetto.

«No, no, liberate una stanza alla volta», sentì dire quando entrarono nella proprietà.

Veronica era al centro del soggiorno, in un quadrato di moquette libera largo un metro. Indossava un paio di jeans chiari e una maglietta verde. Abiti da lavoro che non pensava di sporcare comunque.

Li vide e si fece scura in volto.

«La vedo indaffarata, signorina Evans», disse Kim badando a non scivolare sulle copertine lucide di alcune riviste mentre raggiungeva il centro della stanza.

Non aveva idea di quanto la donna pagasse quelle persone, ma vedeva già una parte di parete libera comparire dietro le pile di oggetti.

«Credo che le possibilità di prendere l'assassino di mia sorella aumenterebbero di molto, se non aveste questa fissazione per me».

«E forse se lei fosse stata un pochino più sincera...».

«Che diavolo...», disse Veronica guardandosi intorno.

«Voliera», disse la donna che aveva appena spinto avanti una catasta di biancheria da letto.

«Buttala via, ma non quella scatola sulla destra. Mettila nel mucchio "da controllare"».

Veronica voleva che si concentrassero su una stanza alla volta per poterla controllare meglio, era evidente.

Forse Kim l'aveva fraintesa, magari voleva solo essere sicura di conservare gli oggetti personali e i ricordi della sorella.

«Qui c'è un piccolo portagioie», disse l'addetta più minuta, porgendolo a Veronica.

Lei lo aprì. «È la bigiotteria di Belinda degli anni Ottanta. Adorava queste porcherie». Chiuse la scatola e la gettò nel sacco nero più vicino.

O forse no, pensò Kim, sentendo la collera montarle dentro.

Osservò per qualche istante la donna continuare a dare ordini e dirigere gli operatori.

Nonostante le sue innegabili mancanze nell'area del coinvolgimento emotivo, a Kim capitava spesso di provare un leggero senso di empatia nei confronti dei familiari, di chi aveva perso qualcuno, delle persone cui era stata strappata via una vittima di omicidio. L'addolorava l'idea che dovessero riconfigurare le loro esistenze intorno a uno spazio vuoto. Provava empatia perché comprendeva il lutto.

Quella donna, invece, non smuoveva nulla dentro di lei. Si era domandata se Veronica stesse seppellendo i propri sentimenti così a fondo solo per evitare di affrontarli. Dopo un coinvolgimento tale nella vita della sorella, le sue giornate dovevano essere diventate davvero vuote.

Il bisogno di sradicare l'esistenza di Belinda così in fretta dopo la sua morte, però, lasciava addosso a Kim un senso di gelo. Belinda meritava un trattamento migliore. In centinaia di casi cui aveva lavorato, non aveva mai visto un parente comportarsi in modo tanto freddo.

«Non quello!», gridò all'improvviso Veronica, inducendo Kim a guardare con più attenzione.

Era una scatola di vecchi documenti, libri di testo e quaderni.
Veronica l'afferrò e se l'avvicinò.

«Signorina Evans, so che è impegnata, ma...».

«Può parlare mentre controllo, ispettore. Pago questa gente a ore».

Le fece venire in mente la parola *inesorabile*. Quella donna non cedeva di un millimetro davanti a niente e nessuno.

«Signorina Evans, le saremmo grati se volesse rivolgerci la sua piena attenzione per un minuto o due al massimo, o se preferisce possiamo farlo alla centrale».

«Possiamo senz'altro», rispose lei senza battere ciglio. «Posso passare verso la fine della settimana. Se desiderate che vi dedichi del tempo prima, invece, le suggerisco di pormi ora le sue domande, ispettore. Sono perfettamente in grado di fare due cose insieme».

Kim lanciò un'occhiata a Bryant per capire se la voglia di strozzarla che provava fosse una reazione eccessiva. Notò un muscolo contrarsi sulla guancia del collega e capì che non era così.

«Signorina Evans, sappiamo dove sarebbe andata sua sorella per un paio di giorni, e siamo abbastanza sicuri che lo sapesse anche lei».

Lei iniziò a scuotere il capo.

«Non ci prenda in giro, signorina Evans. Conosceva a menadito ogni movimento e progetto di sua sorella. Voi due non vi preparavate nemmeno una tazza di tè senza consultarvi. Potrebbe spiegarci perché ci ha nascosto questa informazione?».

Se Veronica rimase sorpresa dal cambiamento nel suo tono, non lo diede a vedere e continuò a controllare l'operato degli addetti alle pulizie.

Kim riprese, decisa a farle arrivare il messaggio. «Si rende conto che più lei si sforza di nasconderci qualcosa, più io lo cercherò? Dunque, se ha pensato...».

«Le avevo detto di non andare, e non capisco perché dovrebbe interessarvi, inoltre non vi dirò nulla che possa aiutarvi a tirar fuori fatti del nostro passato».

«A indagare sul caso siamo noi della polizia, e saremo sempre noi a decidere cosa ci interessa o meno. E visto che lei è l'unica parente nota di Belinda, la invito a essere un po' più collaborativa per aiutarci a trovare l'assassino».

Kim era quasi pronta ad ammanettarla per intralcio alle indagini.

«Dovreste concentrarvi sullo psicopatico che l'ha attirata nel parco per ucciderla, invece di cercare di rivangare…».
«Cosa, di preciso?», chiese Kim.
«Niente, ispettore. Continui pure con le domande».
«Perché andava a quell'evento? Cosa le interessava?»
«Il solito: studiare. Ben poche cose sono più affascinanti di un cervello da adulto nel corpo di un bambino. Andava per osservare, interagire, comprendere. È tutto ciò che so», disse, e la tensione le irrigidì la mascella.
Non aveva la minima intenzione di scusarsi per aver nascosto loro quelle informazioni, e nessuna manifestazione di collera da parte di Kim l'avrebbe indotta a farlo.
«Signorina Evans, abbiamo esaminato la sua chiamata con il redattore del "Telegraph", e ci risulta che si sia conclusa molto prima di quanto ci ha riferito».
Lei scrollò le spalle, indifferente.
«Ho detto che tutti i libri e le riviste si possono buttare», gridò oltre la testa di Kim.
Un'addetta esitò, con una pila di libri tra le braccia.
«Ma i negozi di beneficenza li…».
«Cassonetto», ordinò lei. Sembrava proprio che non volesse lasciare lì nulla che fosse appartenuto alla sorella.
«Signorina Evans, dove si trovava di preciso la sera di lunedì tra le 22:30 e le 23?».
Alla fine Veronica si voltò a guardarla, il viso fermo, inespressivo.
«Ispettore Stone, non sono stata diffidata, non sono in arresto e mi rifiuto di rispondere alla domanda. Ora vi chiedo di andarvene, e se vi opporrete, non avrò alternative se non presentare una denuncia contro di voi».
«Veronica, che cosa ci sta nascondendo?», chiese Kim, incapace di trattenersi.
La donna prese il cellulare. «Per favore, uscite da questa casa e lasciateci in pace, e subito», disse, risoluta.
Non avendo altra scelta, Kim girò i tacchi e si diresse fuori, chiedendosi perché Veronica avesse parlato al plurale.

49

Penn fece aspettare la donna per venti minuti buoni prima di entrare nella saletta.

Lynne e Doug avevano chiesto in tutti i modi di accompagnarlo, ma lui non aveva voluto. In quel momento era al limite della sopportazione con lei, ma gli aveva chiesto un incontro privato, e glielo avrebbe concesso. Insieme alla sua opinione, se avesse continuato a prenderli in giro.

«Signora Nuryef», disse in tono freddo sedendosi.

Non aveva portato con sé fogli, cartelline o blocchi per gli appunti.

Lei guardò il registratore appoggiato alla parete.

Penn scosse il capo. «Non avrebbe senso. Qualsiasi cosa sia venuta a dirmi, non potrebbe essere usata come prova. Nessuna giuria al mondo crederebbe a una sola parola di ciò che dice», le spiegò in tutta sincerità. «E se desidera che sia onesto con lei, devo dire che non sono sicuro che le crederei nemmeno io».

Dopo la performance del giorno precedente e il modo in cui aveva cambiato versione, di fronte a una sua dichiarazione i giurati avrebbero solo scosso il capo, senza darle il minimo credito.

«Ho mentito», mormorò, posando le mani sul tavolo.

«Be', questo l'abbiamo capito, signora Nuryef. Stiamo solo cercando di capire se prima o dopo», le rispose con freddezza.

Lei annuì, capendo la situazione.

«So che è in collera per ciò che ho detto ieri, ma non ce la faccio più a dire bugie».

Penn cercò di osservarla con oggettività. Aveva l'aria stanca, i capelli di nuovo trasandati. Era struccata. Il cambiamento maggiore, però, non era nell'aspetto fisico. Era nei suoi occhi. Per la prima volta, vi lesse la paura.

«Continui, Irina», le disse. «Mi spieghi cosa è venuta a dirmi».

Lei si torse le mani e deglutì a forza. «Lui era con me quella sera. Mio marito era a casa, non c'è il minimo dubbio».

Penn cercò di non mostrarsi troppo agitato. «Perché lo dice?»

«Perché è vero. E stanno morendo delle persone. Il mio vicino...».

«È stato assassinato, Irina, e non sappiamo nemmeno perché. Ma come faccio a crederle, ora?», le domandò, in preda alla frustrazione. «E come spiega la maglietta nel capanno, che è stata rinvenuta dopo che lei ha modificato la sua dichiarazione?».

Lei si strinse nelle spalle e si morse l'unghia del pollice.

«A parte questo, perché ha mentito dicendo che era fuori casa?».

La donna scrollò di nuovo le spalle. «Non lo so, non so spiegarlo, ma adesso sto dicendo la verità».

«Come faccio a crederle, Irina?», fece lui, sempre più confuso.

La donna gli puntò addosso uno sguardo che, per quanto pieno di paura, era puro e triste. «Perché lo giuro sulla vita dei miei figli: la notte dell'omicidio mio marito era in casa con me».

Penn fece un gran sospiro e distolse lo sguardo.

Cristo santo, le credeva davvero.

50

Stacey si appoggiò allo schienale e allungò il collo, accorgendosi all'improvviso che la canzoncina fischiettata era cambiata.

«Trovato qualcosa?», chiese, soprattutto per farla smettere. "Ti prego, capo, salvami più in fretta che puoi", pregò in silenzio.

«Niente di niente, a parte una foto di Belinda e la sua biografia sul sito dell'università, e non è nemmeno una biografia vera e propria. Molto strano. Ho deciso di ripartire dal certificato di nascita».

Era esattamente quello che avrebbe fatto lei.

«Voglio dire, non mi aspetto di trovare grandi attività sui social media perché sono un po' troppo anziane per questo, ma...».

«Ehi», la interruppe Stacey. «La vittima poteva anche sembrava troppo vecchia per molte cose, ma questo non le impediva di farle. Non sottovalutare una persona per l'età», l'ammonì, chiedendosi da quando avessero smesso di insegnare il rispetto per le vittime nei corsi di addestramento.

Tiffany sorrise, dubbiosa. «Okay, va bene. In ogni caso, non trovo nulla nemmeno sull'istruzione, quindi devono essersi trasferite spesso, oppure...».

«Continua pure a lavorare», le disse Stacey. Si era resa conto che forse preferiva le sigle fischiettate.

Doveva ammettere però che la mancanza di informazioni sulle sorelle era davvero strana. Ormai era sempre più difficile evitare di lasciare qualche impronta digitale, soprattutto considerando che venivano continuamente caricati archivi online.

Stacey aveva quasi la sensazione che un'intera fetta di Internet mancasse all'appello. Che le due sorelle si nascondessero in qualche angolo buio del cyberspazio.

D'altro canto, Stacey aveva il problema opposto di Tiffany. Aveva fin troppe informazioni.

Se il suo capo aveva ragione e gli omicidi erano collegati con Brainbox, le persone su cui indagare sarebbero state moltissime.

Al momento aveva creato due elenchi: i bambini e i membri dello staff. Insieme erano oltre trecento nomi. Aveva ormai esplorato il sito in lungo e in largo, ma cliccò sull'ultimo link, chiamato "Albo d'oro". La pagina conteneva una serie di foto scattate durante la fase finale di ogni anno: il quiz. L'immagine ritraeva ciascuna squadra dietro un pannello con scritti i nomi di battesimo dei partecipanti, di fronte alla squadra avversaria, e un presentatore al centro.

Stacey osservò sorridendo i cambiamenti nella moda col passare del tempo via via che scorreva gli anni, ma l'impostazione della foto era sempre la stessa. I tre componenti delle squadre sedevano composti, le mani giunte dietro la targhetta.

Il dito sul pulsante del mouse si fermò mentre scorreva la penultima immagine.

Stacey sgranò gli occhi, osservando meglio lo schermo.

«Non ci posso credere», esclamò, afferrando il telefono.

51

«Lo giuro su Dio, con quel suo modo di fare insopportabile, cocciuto e insistente quella donna ha raggiunto la vetta della mia classifica», disse Kim mentre Bryant si immetteva sulla strada.

«Nella mia è seconda», rispose lui, puntando in direzione di Dudley.

Non era una cattiva idea passare da Keats per chiedergli se avesse scoperto qualcosa di nuovo con l'autopsia di Barry Nixon.

«Non sei affatto divertente», sbottò Kim. «Quanto vorrei strappargli quella maledetta espressione dalla faccia. Possibile che non vedesse l'ora di liberarsi di sua sorella?»

«A dire il vero, non ha mai nemmeno provato a farci credere che fossero inseparabili».

«Ma si sentivano almeno dieci volte al giorno, quindi un legame doveva esserci».

«O una forma di controllo», propose lui.

Kim esitò e si voltò a guardarlo. A volte capitava che le sue osservazioni fossero acute e rilevanti.

«Continua».

«Be', per il momento Veronica non ha mostrato la minima commozione per la perdita della sorella, ma abitava vicino a lei e si parlavano di continuo. Questo potrebbe far pensare che fossero unite, ma è vero anche che Veronica potrebbe aver voluto tanta vicinanza solo per assicurarsi di tenere sotto controllo sua sorella».

«Bryant, non so se…?»

«Okay, quando ero bambino ci assegnavano a turno l'incarico di portare a casa degli animaletti della scuola, durante le vacanze.

Mia madre non voleva saperne. Non voleva quelli che chiamava "roditori" in casa. All'epoca avevo dodici anni...».

«Bryant, la pensione si avvicina», gemette lei.

«Insomma, ne ho portato lo stesso uno a casa. Parliamo di un'epoca in cui non si faceva particolare caso a salute e sicurezza, e non servivano moduli di consenso per qualsiasi cosa. Gli insegnanti ti prendevano in parola, se dicevi che i tuoi genitori erano d'accordo».

Kim cominciò a sbattere la testa contro il finestrino.

«E così ho portato di nascosto la cavia Rupert nella mia stanza, convinto che sarebbe stato facile tenerlo lì e dargli da mangiare all'ora di andare a letto».

«E?», chiese Kim, che non aveva idea di dove stesse andando a parare.

«Non avevo pace. Ogni volta che andavo di sotto, immaginavo che qualcuno potesse entrare nella mia stanza e trovarlo. Era il mio segreto, quindi se non ero nella mia camera restavo comunque nei dintorni, in modo che Rupert non venisse scoperto».

«Pensi che Veronica resti in zona per proteggere un segreto?»

«Be', di sicuro non lo fa per affetto verso la sorella. Non vuole dire una parola sul loro passato, dunque c'è qualcosa che non vuole far sapere a nessuno, e noi abbiamo già stabilito che Belinda si lasciava andare a comportamenti impulsivi, quindi forse Veronica le stava vicino per tenerla d'occhio. Non è possibile che non sapesse dove fosse diretta, ma perché era così importante nasconderlo a noi? Ha fatto diventare enorme una cosa piccola».

«Wow, Bryant», fece lei.

«Sì, lo so, le mie osservazioni sono intelligenti, perspicaci, preziose e...».

«Hai tentato di nascondere a tua madre un porcellino d'India?».

Lui sospirò ma Kim stava solo scherzando, perché c'era la possibilità che il collega ci avesse visto giusto. Ma cosa diavolo stava nascondendo quella donna?

«Bryant, ho solo due domande. Una è: mi racconti aneddoti per calmarmi?».

Perché ci riusciva sempre.

«Diciamo solo che preferisco vederti in collera quando non siamo da soli in uno spazio ristretto. Quindi potremmo definirlo spirito di autoconservazione».

«E poi, che fine ha fatto Rupert?»

«Sono riuscito a mantenere il segreto per una settimana. Ho passato tutto il tempo nella mia stanza, senza mai uscire con i miei amici. Il lunedì mattina mia madre mi ha chiesto se volevo che mi accompagnasse a scuola lei con la macchina, visto che dovevo trasportare la gabbia, e ha aggiunto che sperava avessi trascorso delle belle vacanze.

Kim scoppiò a ridere. «Bryant, giuro che...». Smise di parlare perché il suo cellulare squillò. «Stace, dimmi che hai trovato qualcosa di buono che mi salvi dai racconti di Bryant di quando...».

Stacey la interruppe, e lei la lasciò parlare, gli occhi sempre più sgranati.

«Porca miseria, Stace», esclamò quando l'agente ebbe finito. «Ottimo lavoro».

«Che c'è?», chiese Bryant mentre si avvicinavano alla rotatoria dell'ospedale.

«Torna indietro e riportami subito a casa di Belinda».

«Perché?», domandò lui facendo tutto il giro della rotatoria.

«Perché Stacey ha appena esaudito il mio desiderio e stiamo andando a cancellare quel sorrisetto dalla faccia di Veronica».

52

Penn non fu sorpreso di trovare l'ispettore capo Travis ad aspettarlo quando uscì dalla sala interrogatori.

«Allora?».

L'ansia del suo capo, mista a speranza, era più che evidente.

Penn scosse il capo. «Se devo essere sincero, capo, non ho idea di cosa stia succedendo. Adesso ha riconfermato la prima versione. Giura che il marito era a casa con lei».

Travis si appoggiò alla parete del corridoio e due agenti passarono tra loro. Aspettò che non fossero più a portata d'orecchio prima di proseguire il discorso. «Perché ha cambiato idea?»

«Si è spaventata per il ritrovamento del corpo del suo vicino sulla ferrovia».

«E la cosa potrebbe non avere alcun collegamento», notò Travis.

Penn annuì, anche se sentiva che nessuno dei due ci credeva.

«Cosa ti dice l'istinto? Stavolta è sincera?», chiese Travis.

«Ha paura di qualcosa, questo è innegabile. Le tremano le mani, ha la voce incerta e continua a giurare sulla vita dei suoi figli. Non è spavalda come le altre due volte in cui l'ho incontrata».

«Che casino, Penn. Che cazzo di casino».

«Sì, capo, in più se voglio fare dei passi avanti c'è una sola persona a cui posso rivolgermi, e la cosa non ti piacerà per niente».

53

Kim rientrò nel villino e nell'ingresso si trovò davanti Veronica.

La sua espressione decisa si fece ancora più dura. «Ispettore, sto cominciando a stancarmi di questa storia, ho davvero troppe cose da fare».

Kim tirò fuori il distintivo e lo sollevò.

«Polizia», gridò a gran voce. «Pausa caffè per tutti. Via, subito».

Le due addette più vicine si guardarono intorno, incerte.

«Fuori», urlò Kim, e la stanza si svuotò.

Per la prima volta sul volto di Veronica apparve un'espressione incerta.

«Perché non ci ha detto la verità su Belinda? Che era lei stessa una bambina plusdotata? Che ha gareggiato in una delle prime competizioni di Brainbox?».

Veronica fece un passo indietro e posò una mano su un mobile appena ripulito.

«Mi dispiace, ma non capisco come questa informazione possa aiutarvi».

«Non faccia la finta tonta, signorina Evans, sappiamo entrambe che non lo è. Sapeva che sarebbe andata a quella manifestazione e ha deciso di non dircelo, e adesso abbiamo scoperto quanto fosse stretto il suo legame con Brainbox. Belinda era un piccolo genio, vero?».

Veronica annuì, come se non si sentisse in grado di pronunciare una sola sillaba in proposito.

«E lei non voleva che ci andasse?».

Scosse il capo.

«Per l'amor di Dio, dica qualcosa. Sappiamo il suo segreto, ma non riesco proprio a spiegarmi perché l'abbia custodito con tanta cura».

«Ci andava tutte le volte che poteva per ricordare, per mantenere vivo il ricordo di quando ci era stata con i nostri genitori. Era anche un'occasione per studiare i bambini, il loro comportamento, il loro carattere, era perfino convinta di poter predire come sarebbero diventati da grandi. Parlava con loro, faceva loro delle domande, insomma. Cercava di capirli».

«Perché?», domandò Kim, senza giri di parole.

«Per poter capire sé stessa».

«Non la seguo», disse Bryant. «Era istruita, aveva un buon lavoro, era rispettata, equilibrata...».

«Questo posto le sembra equilibrato?», chiese Veronica, agitando le braccia per indicare il caos tutto intorno. «Le pare normale? Quando i nostri genitori sono morti, Belinda ha conservato ogni loro oggetto e se ne è circondata. Ogni elemento era un ricordo, per lei. Voleva ricrearli tutti».

Kim l'aveva osservata con attenzione mentre parlava.

«Com'era avere un genio per sorella?».

Veronica le puntò gli occhi addosso. «Qui stiamo proprio esagerando, ispettore, e la cosa non vi è di alcun aiuto. Posso dirvi solo che nessuna famiglia resta uguale».

«Si spieghi meglio», insisté Kim. «Mi dica qualcosa che mi aiuti a capire come sono cambiate le cose con l'arrivo di Belinda».

Veronica ci pensò su per un attimo, poi un sorriso mesto apparve sul suo viso. «C'era una bambola. Era mia. Non era niente di che, era di pezza, con un vestito di cotone cucito addosso, i lineamenti del volto disegnati e qualche filo di lana giallo al posto dei capelli. Me l'avevano regalata i miei genitori quando avevo due anni».

Una descrizione molto dettagliata, per un giocattolo che aveva ricevuto più di sessant'anni prima, si disse Kim.

«Quando era molto piccola, Belinda soffriva di coliche e l'unica cosa che sembrava calmarla era quando le agitavo davanti Jemima. La osservava mentre la facevo ballare, le facevo fare le smorfie e muovere le braccia. Funzionava sempre. L'adorava, e quando si sentiva poco bene oppure era triste indicava Jemima e mi sorrideva.

Quando ha iniziato ad andare a scuola, la mia bambola si chiamava "Mima", e continuava a consolare mia sorella quando era infelice».

Un veloce sorriso nostalgico le incurvò le labbra, che s'indurirono di nuovo un attimo dopo.

Kim cominciò a temere di scoprire che destino avesse incontrato Jemima.

«Un giorno, però, a Belinda venne un'otite. Non si sentiva bene e si distraeva in continuazione dai compiti che le aveva assegnato nostro padre. Continuava a chiamare "Mima" massaggiandosi l'orecchio. Indicava la scatola dei giocattoli nel corridoio e non si concentrava sul lavoro. Esasperato, mio padre la fece sparire dalla vista. Quella sera l'ho ritrovata, nel cestino, fatta a pezzi».

Kim cominciava a capire il significato di Jemima e della storia che Veronica aveva raccontato.

Proprio come i suoi genitori, anche Jemima era stata solo sua fino all'arrivo di Belinda, poi l'aveva condivisa con lei, fino a quando non era arrivata al limite della sopportazione.

«È per questo che ha detto che se Belinda fosse nata per prima non avrebbero mai avuto lei?»

«Chi vorrebbe la normalità dopo aver avuto la perfezione?», sbottò Veronica.

«E lei lo era? Era perfetta?», chiese Kim.

La donna le piantò addosso uno sguardo gelido. «Può anche continuare a farmi la stessa domanda all'infinito e sotto mille forme diverse, ma non le racconterò tutti i dettagli del nostro passato».

«Okay, allora mi parli solo di Belinda. Mi spieghi che effetto aveva avuto il suo passato sul suo presente».

Veronica esitò, come se stesse cercando di decidere se buttarli fisicamente fuori di casa o se prenderli in giro e basta.

Fece un gran sospiro.

«Ispettore, i suoi genitori sono mai venuti ad assistere alle sue gare sportive?», chiese.

«Tutti gli anni», rispose Bryant al suo posto. «Campione di corsa nei sacchi», aggiunse allegro.

L'espressione di Veronica non cambiò. «E ha visto i loro volti quando vinceva?».

Lui annuì.

«Sono sicura che fossero estasiati, orgogliosi, come se avesse fatto la cosa più importante del mondo».

«Immagino di sì».

«È una sensazione inebriante. Oserei dire che dà dipendenza. Tutti vogliamo rendere i nostri genitori orgogliosi, e quando riusciamo a farlo ogni giorno col minimo sforzo, perché evitarlo?»

«Ma?», disse Kim, sentendo che c'era un *ma* nelle sue parole.

«Quanto la meraviglierebbe vedere una bambina di due anni che sa fare moltiplicazioni complesse?»

«Sarei colpita, senza dubbio», convenne Kim.

«E un'adolescente?»

«Sarebbe ancora abbastanza particolare».

«Una ventiseienne laureata a Oxford?»

«Un po' meno», rispose con sincerità.

«I bambini plusdotati, o gifted, hanno un problema, agente. Alla fine crescono e smettono di suscitare stupore. Le loro abilità restano uniche e speciali, perché solo in pochi sanno fare ciò che fanno loro, ma l'interesse nei loro confronti sparisce. Non c'è più niente di strano, bizzarro, e neanche lontanamente attraente».

«I suoi genitori si erano stancati di lei?»

«Come tutti. I bambini plusdotati sono affascinanti, gli adulti no. Per questo l'attenzione diminuisce. Alla fine il circo riparte altrove».

«Ma il bisogno di attenzioni resta», capì Kim.

«Esatto».

«E come tende a manifestarsi in… questi bambini?»

«A volte con la droga, altre con l'alcol, con il sesso, con il bisogno di approvazione, qualsiasi cosa attiri l'attenzione e un riconoscimento».

«Anche tutti questi elementi insieme?»

«A volte», rispose Veronica.

«Verrebbe da pensare che individui del genere abbiano bisogno di una costante supervisione, di una rete di sicurezza per gran parte della loro vita, se non per sempre».

«Sì, ispettore, per alcuni potrebbe essere così».

Kim si chiese se stesse iniziando a capire un po' meglio quella donna.

«E avete tutte e due cambiato cognome in Evans?».

Il viso di Veronica divenne duro come granito.

«Se ha questa informazione allora non ha affatto bisogno del mio aiuto», rispose raddrizzando la schiena e allontanandosi dal mobile. «Quindi sì, ispettore, adesso sapete tutto».

54

Il complesso carcerario di Prison Hewell era situato nel paese di Tardebigge nel Worchestershire ed era anche al servizio delle Midlands occidentali e del Warwickshire. Ospitava prigioni di diverse categorie, e nel luglio del 2017 erano dovute intervenire le Tornado Squads, squadre speciali appositamente formate, per reprimere una ribellione contro l'entrata in vigore di un progressivo divieto di fumare.

Penn ricordava di aver visto i filmati delle squadre scelte di agenti penitenziari riportare sotto controllo la rivolta e di aver ringraziato il cielo per le proprie scelte lavorative. Un paio di esami falliti e avrebbe potuto esserci lui al loro posto e, considerando come ogni relazione ufficiale riferisse di un aumento della violenza, continuava a pensare che il suo lavoro fosse molto più sicuro.

Tamburellò con le dita sul tavolo, assalito dalla sensazione di star facendo qualcosa di sbagliato. Aveva avuto il permesso di recarsi lì dal suo capo temporaneo, eppure si aspettava che da un momento all'altro qualcuno gli toccasse una spalla e gli dicesse che si era alleato con il nemico.

In fin dei conti, lui era l'agente esecutore dell'arresto di un assassino che andava a trovare proprio quell'assassino, con il processo ancora in corso. Oh no, non stava violando proprio nessun codice di condotta.

Non importava che l'assassino in questione non fosse apparso per niente felice di vederlo quando la guardia l'aveva indicato.

«Che cazzo vuoi?», gli chiese sedendosi. Il suo accento russo era un po' più marcato rispetto a quello della moglie. Penn notò che sembrava invecchiato dall'ultima volta in cui si erano parlati. Rughe leggere gli erano apparse agli angoli degli occhi. Il suo colorito sano, la pelle abbronzata di chi trascorre molto tempo all'aria aperta, aveva lasciato il posto al pallore.

«Come va?»

«Vaffanculo», rispose lui, e Penn dovette indietreggiare un po' per evitare che qualche goccia di saliva gli piombasse addosso come una scarica di piccoli siluri.

Penn aprì la bocca per parlare, ma non ne ebbe il tempo.

«Che casino avete deciso di combinare oggi, voi sbirri? Avete preso l'uomo sbagliato e avete costruito tutto il caso sulle bugie di mia moglie e su un criminale di strada del cazzo».

Penn lo guardò negli occhi. La furia cieca che gli ribolliva dentro era evidente. Ma non lo impensieriva. Aveva messo dentro un bel po' di persone che in quel momento sognavano di staccargli gli arti a uno a uno, come a un insetto. Far incazzare malviventi e persone orribili era il suo lavoro. Ciò che non gli piaceva vedere riflesso nel suo sguardo era la recriminazione, l'accusa silenziosa di chi gli aveva già detto che aveva sbagliato persona.

«Hai fatto una bella cazzata, sbirro», ribadì Gregor con amarezza.

«Davvero?», chiese lui senza batter ciglio. Era prevedibile che un uomo accusato di omicidio dicesse così. Ma era proprio per scoprire se avesse ragione che Penn era andato lì. Aveva già parlato quasi con chiunque altro.

«Certo, perché adesso hai deciso di starmi a sentire, eh? Non l'hai fatto allora, perché adesso ti interessa? Hai preso il tuo colpevole. Anzi, hai preso *un* colpevole, hai finito il tuo compitino, quindi chi cazzo se ne frega se sono stato davvero io ad ammazzare quel ragazzino, giusto?»

«Interessa a me», rispose lui con sincerità, parlando poco ma ascoltando con enorme attenzione e osservandolo con ancora più attenzione.

Quell'uomo si era arreso. Aveva gridato la sua innocenza per mesi e ormai aveva accettato il suo destino, che fosse colpevole o innocente.

«Dammi qualcosa, Gregor», aggiunse.

Il detenuto aprì le mani. «Che cosa vuoi? Se avessi saputo cosa stava per succedere avrei invitato tutto il vicinato a casa mia per avere un alibi. Era una serata di merda, come tutte le altre. Due genitori stanchi morti che vegetavano davanti alla televisione senza quasi parlare, dopo aver messo a letto i bambini. Non riuscivo nemmeno a tenere gli occhi aperti. Una sera normale, e ci sono solo due persone che possono confermarlo. Una è morta, e l'altra è una maledetta bugiarda di merda...».

«Ha cambiato di nuovo versione, Gregor», lo informò Penn.

Lui si interruppe, spalancando la bocca. «Che ha fatto?»

«È tornata alla prima. Dice che sei stato con lei tutta la notte».

Gregor pareva aver perso la capacità di parlare.

«Non ha voluto dare altre spiegazioni e sembra spaventata da qualcosa, ma se devo essere sincero non possiamo credere a una sola parola di quel che dice».

La testa di Gregor crollò in avanti, come se non fosse nemmeno in grado di aggrapparsi a una speranza.

«C'è dell'altro», aggiunse Penn, sapendo che gli stava dando troppe informazioni, ma aveva bisogno di vedere la sua reazione.

Lui rialzò la testa.

«Il testimone oculare non è affidabile come credevamo».

«E come mai?», domandò lui, incredulo. «E dire che quel criminale del cazzo non può avermi visto, perché non ero lì, dannazione».

Penn scelse di non spiegargli che Ricky Drake non avrebbe potuto vedere proprio nessuno in ogni caso. Era un errore da parte della polizia troppo grosso per poterlo ammettere.

«Questo però mi porta alla maglietta, Gregor», riprese Penn, a fatica. Tornava lì ogni volta.

«Non l'avevo mai vista in vita mia», disse lui scuotendo il capo.

«Quella non si può negare, amico. Il sangue della vittima è stato trovato su un capo di abbigliamento all'interno del tuo capanno».

Lui fece un sospiro profondo, sconfitto. «Posso dirlo in mille modi diversi, ma tanto non serve a niente. Giuro che non sono stato io a metterla lì».

Penn si passò le dita tra i capelli. «Devi darmi qualcosa di più. Ascolta, lo so che non hai motivo di fidarti di me, ma cerca di collaborare. C'è qualcun altro che ti ha offerto la possibilità di difenderti, ultimamente?».

Gregor lo fissò per un minuto buono. «Dici sul serio? Davvero stai guardando la cosa con gli occhi aperti, stavolta?»

«Sono qui per questo».

«Non ho niente che possa cambiare le cose, ma ti racconterò tutta la stramaledetta verità. Poi sarai tu a decidere».

«Forza».

«Sei stato tu a trovare la maglietta?», chiese.

Penn annuì. «Ho eseguito io le ricerche all'esterno».

«Dov'era?»

«In fondo a destra, nell'angolo più lontano dalla porta».

«Cosa hai dovuto spostare per prenderla?».

Penn si sforzò di ricordare. «Un paio di scalette, due bici da bambino, degli scatoloni».

«Erano tutti nella parte davanti, giusto?».

Penn rifletté. «Sì, occupavano lo spazio fino a metà, la parte dietro era libera fino alla parete».

«Mettevo tutto davanti, amico. Ai due lati della porta. Accatastavo le cose e le spingevo dalla porta».

Da ciò che aveva visto, a Penn sembrava plausibile.

«Come ti ho detto, non servirà a niente, ma posso dirti che non ho messo quella maglietta in fondo al capanno, perché non ci sono mai andato in vita mia. Mai».

Penn scosse la testa, senza capire.

«I ragni, amico. Non ho solo paura. Ho il terrore assoluto di quegli animali di merda».

55

«Secondo te cosa intendeva Veronica quando ha detto che abbiamo la chiave di tutto?», chiese Bryant fermandosi davanti alle strisce pedonali.

Kim stava proprio riflettendo sulle parole che la donna aveva pronunciato subito prima che se ne andassero. Cosa c'era ancora da scoprire? Non sapevano già tutto?

«Stace e Trilli ci stanno lavorando in questo momento», rispose. «Ma mi interessa di più sapere cos'ha da dire Freddie Compton».

«Stai escludendo Veronica, quindi?»

«Oh, Bryant, quando mai ho escluso qualcuno? L'ho solo spostata nello scaldavivande, per il momento. Se dovesse emergere un collegamento evidente con la seconda vittima, la rimetterò subito in pentola».

«Hai provato a cucinare qualcosa, ieri sera?», le chiese con uno sguardo furtivo. «Solo tu fai metafore culinarie dopo aver tentato di seguire una ricetta. Con scarso successo, tra l'altro».

«I miei fornelli mi odiano».

«Te la stai prendendo con gli elettrodomestici?»

«Certo», rispose lei, come se fosse la cosa più logica.

Aveva provato ricette di tutti i tipi tra libri, Internet, video su YouTube e perfino piatti da bambini, e non era riuscita a realizzarne nemmeno una. Il denominatore comune era solo uno: i fornelli.

«Quindi no, per mettere le cose in chiaro, non sto escludendo Veronica. Stacey però ha detto che questo tizio, Freddie Compton, ha organizzato Brainbox per dodici anni prima che fosse rilevato dai Welmsley, quindi deve aver visto entrambe le vittime agli eventi.

Forse può dirci che cosa li accomunava, ma soprattutto, Bryant, dove cazzo siamo?», chiese guardandosi intorno.

«Mi stavo giusto domandando quando il livello della tua ansia sarebbe arrivato a una quota allarmante», ridacchiò lui.

Era molto, molto elevato. Avevano attraversato parecchie distese verdeggianti, tra Kidderminster e il luogo in cui si trovavano in quel momento.

«Siamo in un paese chiamato Cleobury Mortimer, e adesso svoltiamo a sinistra», le disse affrontando una curva stretta che si trasformò all'istante in una salita ripida.

«Non è nemmeno una strada, che diamine», si lamentò lei mentre un cespuglio colpiva il suo finestrino dal lato del passeggero.

La strada continuò a salire, poi si appianò per poi ridiscendere lenta alle spalle di una fattoria di mattoni grigi.

«Perché mai qualcuno dovrebbe voler vivere qui?», chiese Kim.

Bryant si fermò sul vialetto accanto a una Land Rover e indicò. «Per quello».

«Ah», fece lei.

La casa si ergeva nel punto più elevato di un ripido giardino che discendeva verso una vallata. Da lì si godeva di una vista che si allargava per chilometri e chilometri sulla campagna.

«Laggiù in fondo ci sono le Clee Hills», sottolineò Bryant mentre scendevano dall'auto. «Ci portavo mia moglie quando eravamo fidanzati».

«Che tirchio bas…».

«Era romantico», disse lui scuotendo il capo.

Kim si strinse nelle spalle e si avviò verso la porta, sul lato della casa.

«Hai sentito?», disse Bryant toccandole un braccio.

«Sentito cosa?», chiese lei, spazientita perché si era fermato.

«Il silenzio».

Ah, be' aveva ragione. Erano nel mezzo del nulla. Avevano abbandonato una statale in buone condizioni per prendere una provinciale sconnessa e infine una strada a una sola corsia che li aveva condotti a quello sterrato in mezzo alla collina.

Non avevano incrociato altre auto per chilometri.

«Non ti dice proprio niente, vero?».

No, niente. Era una proprietà rurale, isolata, ai suoi occhi desolata. Lei trovava consolazione nei suoni familiari della città, perfino nel frastuono delle sirene che a volte spezzavano il silenzio in piena notte, nelle porte sbattute, nelle televisioni a tutto volume, nella musica che usciva forte dalle finestre aperte, nei canti degli ubriachi di ritorno a casa dal pub, nelle giuste punizioni che le mogli infliggevano loro una volta arrivati.

La campagna le interessava solo quando la attraversava a tutta velocità in sella alla sua Ninja per schiarirsi le idee.

«Andiamo, ragazzo di campagna», disse bussando alla pesante porta di legno. Il suono improvviso interruppe il silenzio.

Nessuna risposta.

Bussò ancora.

Dall'altra parte della porta non si udì alcun suono.

«Bryant...».

«Sì, lo so», disse lui, e si stava già guardando intorno.

Kim attraversò un basso cancelletto laterale che conduceva a una piattaforma sollevata, sostenuta da pali che affondavano nel terreno in discesa sotto di essa. La finestra di un patio affacciava sul passaggio, ma le tende erano tirate.

Kim provò la porta su quel lato. Era chiusa a chiave.

«Maledizione», disse continuando a girare intorno alla casa, scendendo dal portico e tornando sul terreno duro. «Finestra della cucina», fece poi sollevando le mani accanto al viso e sbirciando dentro. Bryant la imitò.

La cucina sembrava in ordine, ma vuota.

«Deve essere qui. La sua auto è...». Una mosca colpì la finestra, e Bryant smise di parlare.

Si guardarono.

«Sarà la stagione, capo», disse lui, speranzoso, provando di nuovo a guardare dentro.

Altre due mosche sbatterono contro il vetro dall'interno.

«Okay, basta così», disse Kim tornando sul portico. Proseguì fino alla porta laterale, quella a cui avevano bussato all'inizio. Poi prese una sedia in ferro battuto e se la sollevò sopra la testa.

«Capo», gridò Bryant appena in tempo. «La porta è aperta».

Be', avrebbero risparmiato una bella fetta di budget per ripagare un vetro, se stavano per scoprire che il loro uomo era vivo e vegeto e aveva solo il sonno pesante.

Kim lo raggiunse e si coprì subito il naso. «Gesù», esclamò respirando tra le dita. Nessuno aveva il sonno pesante, lì dentro. Entrambi conoscevano bene quel fetore.

Era il tanfo pungente e disgustoso che si poteva paragonare solo a una stanza piena di carne in putrefazione misto a odore di feci. Poteva impregnare una casa per anni, non importava quante pulizie profonde si facessero, ed era inconfondibile, proprio come un cadavere.

Entrando avevano capito all'istante che non c'era alcun bisogno di fare in fretta. Kim andò a sinistra, in cucina, dove aveva visto le mosche. Bryant andò a destra, in un piccolo salotto.

Dall'interno si vedeva il pavimento della cucina, che era chiaro.

Kim si spostò nel corridoio. La casa sembrava un dedalo di spazi angusti.

La stanza a sinistra della cucina aveva la porta chiusa. Un rapido sguardo alle porte aperte le consentì di scorgere un bagno di servizio e uno sgabuzzino. Il fatto che Bryant non l'avesse chiamata le disse ciò che aveva bisogno di sapere.

«Qui dentro, Bryant», gridò.

Lui la raggiunse nel corridoio e le fece cenno di essere pronto ad aprire la porta.

Kim abbassò la maniglia e la spinse in avanti. Il ronzio e il fetore non davano adito a dubbi.

Kim si riempì i polmoni ed entrò.

«Oh, mio Dio», esclamò Bryant quando i loro occhi si posarono su ciò che avevano trovato.

Freddie Compton era seduto in una poltrona, gli occhi sgranati che puntavano verso la finestra del patio, oscurata dalla tenda, un coltello da cucina piantato al centro del petto.

La camicia bianca, che prima doveva essere zuppa, era diventata rigida per via del sangue che si era riversato dalla ferita verso l'addome, scivolando lungo i bordi e le pieghe dell'indumento, fino alle gambe, macchiando anche la poltrona sotto di lui.

Le mosche entravano e uscivano dalle narici, dalla bocca semiaperta, volavano e ronzavano intorno agli occhi, e c'erano larve che strisciavano sulla sua camicia, intorno alla ferita, che doveva essere stata la loro prima meta quando avevano individuato il cadavere.

Kim distolse lo sguardo dalla comunità vivente che aveva trovato casa dove un tempo c'era stato un essere umano, capace di muoversi e parlare.

«Visto cosa c'è sul tavolo, capo?»

«Sì, certo», rispose prendendo il cellulare.

Sul tavolo c'era un gioco da tavolo, *Scale e serpenti*.

Bryant si spostò dietro la poltrona. «Non la vedo, ma immagino che sul collo ci sia la X, e direi che è morto da quattro o cinque giorni».

«Esatto, Bryant», convenne Kim. «E scommetto che è lui la prima vittima del nostro uomo».

56

«Okay, Tiff, cos'hai trovato?», chiese Stacey appoggiandosi allo schienale.

Dopo aver scoperto che il vero cognome delle sorelle era Loftus e che le due lo avevano cambiato adottando quello da nubile della loro madre, avevano ripreso le ricerche su Internet trovando centinaia di riscontri.

«Allora, Veronica aveva quattro anni quando è nata Belinda, nel 1957. I genitori erano Alfred e Martha Loftus. Lui era un docente di Economia, lei si è dedicata a crescere le bambine. Tutto sembrava normale fino a quando Belinda aveva sei anni e Veronica dieci, e le due bambine sono scomparse dai registri scolastici. Non hanno cambiato casa, quindi pare che siano passate all'istruzione in casa. All'epoca la cosa non era vista di buon occhio, e per inciso il signor Loftus sembra scomparso dal mondo accademico nello stesso periodo».

«Ha abbandonato il lavoro per istruire le figlie?», chiese Stacey.

«Sembrerebbe di sì».

«E come faceva a sopravvivere la famiglia?»

«Ah, be', da quel che vedo al signor Loftus piaceva mettere in mostra le figlie, in particolare Belinda, che non era talentuosa solo nella matematica, ma era anche in grado di dire il nome di ogni città, paese e villaggio del Regno Unito all'età di sei anni. Il signor Loftus apriva casa sua al pubblico ogni venerdì sera, si poteva andare a giocare con le sue bambine».

Stacey sentì un sapore acre in fondo alla gola. «Giocare?»

«Metterle alla prova, fare domande, e pagavano per ottenere tale privilegio».

«E così Belinda era un fenomeno da baraccone da esibire e sfruttare. E qual era il talento di Veronica?»

«Lo spelling e un po' di pianoforte. Ma la vera attrazione era Belinda».

Stacey non poté fare a meno di chiedersi quanto si divertissero le bambine in quelle serate.

«Bel lavoro, Tiff, è...».

«Non ho ancora finito», disse lei guardando gli appunti.

Nelle due ore precedenti, Stacey aveva iniziato a sperare che Tiffany non venisse cacciata troppo in fretta. Magari alla fine della giornata, ma non in quel preciso momento.

«Le serate di gioco ben presto divennero trasmissioni radiofoniche, spettacoli teatrali e apparizioni televisive. Più facevano, più erano richieste. Trascorsero del tempo in tour in Europa e poi andarono a New York all'inizio degli anni Settanta. Non trovo più molte apparizioni in pubblico, dopo quel periodo, ma ho il video dell'ultimo show televisivo cui hanno partecipato».

«Fammi vedere», disse Stacey attraversando l'ufficio sulla sua sedia.

Osservò lo schermo animarsi.

Il set presentava la tipica sistemazione dei talk-show, con il conduttore, di nome Kenny Franks, seduto a sinistra di un tavolo di vetro e la famiglia a destra. Le due ragazzine erano una accanto all'altra, con i genitori seduti su degli sgabelli più alti alle loro spalle.

La prima cosa che colpì Stacey fu l'aspetto delle sorelle. Immaginò che Belinda dovesse avere circa dieci anni, Veronica quattordici. Indossavano lo stesso abito a stampa floreale e avevano un fiocco sulla testa, spostato sulla sinistra. Calzini bianchi corti alla caviglia e ballerine completavano il tutto. Era un abbigliamento che si addiceva all'età di Belinda, ma non a quella della sorella maggiore. Erano entrambe sedute con le gambe incrociate all'altezza delle caviglie e le mani in grembo.

Stacey trovò che ci fosse un che di inquietante nel quadro generale. «Alza il volume», disse quando la telecamera zumò su Kenny, l'intrattenitore, il cui sorriso era largo quanto i baveri della sua giacca a scacchi.

«... e il segreto del loro successo è studiare, studiare, studiare?», domandò guardando sopra le teste delle ragazzine, rivolto ai genitori.

«Certo», rispose il signor Loftus senza il minimo umorismo. «Se si ha un dono, va affinato ed esercitato».

«Ma lasciando del tempo per il divertimento?», domandò il conduttore, sorridendo alle sorelle.

«Naturalmente», rispose il padre senza aggiungere altro.

«E voi due adorabili signorine adesso ci darete una dimostrazione dei risultati di tanto duro lavoro, vero?».

Le due annuirono e il pubblico applaudì, in trepida attesa.

«Davvero questo è considerato intrattenimento?», mormorò Tiff mentre il conduttore prendeva un cartoncino dalla mano di una persona non inquadrata.

«Okay, abbiamo qualche domanda di matematica preparata in anticipo, qui. Cominciamo quindi con Belinda».

Stacey notò che l'espressione della bambina non ebbe il minimo cambiamento.

«Allora, prima domanda di tre. Quanto fa 3.254 moltiplicato per 7.693?»

«Fa 25.033.022», rispose lei dopo aver battuto due volte le palpebre.

«Oh, santo cielo», disse Tiff protendendosi in avanti.

Kenny rise forte e si guardò intorno. «Non ci posso credere. È esatto».

Il pubblico applaudì festante. Belinda sorrise, i genitori s'illuminarono, pieni di orgoglio, mentre Veronica restò impassibile, immobile. Non era una sorpresa per lei che la sorella avesse dato la risposta giusta.

Kenny si chinò verso la ragazzina. «Hai visto il cartoncino?».

Lei sorrise e scosse il capo. «Io non baro, signore».

«Okay, vediamo se possiamo complicare un po' le cose, stavolta».

«Non mi piace per niente», disse Tiff.

«Eppure continuiamo a guardarlo», notò Stacey.

«Okay, quanto fa 73.006 diviso 17 e moltiplicato per 143?».

Tre battiti di ciglia. «Fa 614.109,29», rispose Belinda.

Kenny si voltò verso il pubblico, meravigliato. «Amici, è giusto».

Si levò un applauso assordante.

«Sei incredibile, signorina», le disse quando la folla si placò. «Pronta per l'ultima domanda?».

Lei deglutì e fece cenno di sì.

Stacey si accorse che si stava avvicinando sempre di più allo schermo.

«Okay, ecco qui. Quanto fa 767 moltiplicato per 110, diviso per 11 e moltiplicato per 316?».

Quattro battiti di ciglia. «Fa 2.423.72…1».

Il viso di Kenny stava assumendo un'espressione estasiata… finché Belinda non pronunciò l'ultimo numero.

L'uomo si fece serio. Il pubblico era in fervida attesa. «Quasi», disse con un'allegria forzata.

Tutti aspettarono in silenzio.

«Hai sbagliato di uno. Fa 2.423.720, non 2.423.721, ma ci sei andata vicinissimo», dichiarò, e la folla cominciò ad applaudire senza convinzione.

«Cavoli, che tensione», disse Tiff, mentre il video continuava a scorrere. «Voglio dire, un errore minuscolo e il pubblico…».

«Perché a tutti può succedere di fare un errore di calcolo, a volte», osservò Stacey. «Loro vogliono vedere una persona che non sbaglia mai. Adesso sanno che non è infallibile. Non importa se ha risposto a due domande impossibili che nessun adulto presente avrebbe mai saputo risolvere a mente. Ha commesso un errore, anche se di una sola cifra».

«Ma ha solo…».

«Tiff, fammi un favore. Rimandalo, ma senza audio», disse Stacey. «Solo l'ultima domanda».

Era più facile individuare le microespressioni senza la distrazione del suono.

Telecamera su Kenny che faceva la domanda.

«Ne avevo perso uno», disse Stacey contando cinque battiti di ciglia. Più delle altre due domande.

«Uno cosa?»

«Micro tic: guarda i suoi occhi mentre fa il calcolo. Batte le palpebre una volta di più sull'ultima domanda».

«Era più difficile», rispose Tiff. «Il suo cervello doveva elaborare più a lungo».

«E lo capirei se avesse sbagliato di molto, invece l'errore è di un solo numero».

«Quindi cosa stai...».

«Sembra che si sia sforzata di sbagliare».

Tiffany scosse il capo. «Non credo», disse mandando avanti il filmato e poi mettendolo in pausa.

Era un primo piano del signor Loftus subito dopo la risposta errata. Il suo viso era arrossato, l'espressione furiosa.

Tiff guardò la collega. «Considerando le possibili conseguenze, tu avresti sbagliato di proposito?».

57

Keats e Mitch arrivarono a un minuto di distanza uno dall'altro e scambiarono qualche parola davanti alla porta d'ingresso.

"Fate pure con calma, ragazzi", pensò lei. In fondo li avevano aspettati solo un'ora.

Le autopattuglie avevano annunciato il loro arrivo a gran voce dopo che aveva chiamato rinforzi, ma la campagna circostante e la natura selvaggia sembravano assai poco colpite.

Non c'era stato bisogno di chiudere strade o deviare percorsi, era bastata una striscia di nastro tesa davanti alla porta di casa. Nessuno si era presentato lì a chiedere cosa avesse provocato tutto quel caos.

Una squadra di agenti era stata mandata a interrogare i vicini, quando li avesse trovati, e visto che erano partiti ormai da venti minuti Kim non era troppo speranzosa. Non erano le classiche domande porta a porta cui era abituata. Sospettava che in zona non esistessero nemmeno una sorveglianza di quartiere o telecamere a circuito chiuso.

Keats passò oltre i due agenti all'ingresso con un cenno del capo e mezzo sorriso. Un giorno anche lei avrebbe ottenuto uno di quei suoi sorrisetti. Era una delle sue più grandi aspirazioni.

«È un piacere notare che avete provveduto a un abbigliamento consono», disse Keats in tono sarcastico con uno sguardo ai piedi di Kim.

Niente sorrisi, quel giorno.

Di solito era Bryant a tirar fuori i copriscarpe blu dal portabagagli.

«Eravamo un po' di fretta», rispose lei con un'occhiata alla vittima.

«Non credo potesse scapparvi», commentò lui seguendo la direzione del suo sguardo.

Che diamine, Kim non aveva una risposta pronta.

«Già, Bryant, perché non me l'hai ricordato?», gli chiese poi dandogli una gomitata.

«Okay, colpa mia», fece lui alzando le mani.

«Ti perdono», rispose Keats avvicinandosi al cadavere.

Uno sciame di mosche si sollevò dal corpo come uno stormo di uccelli. Keats non batté ciglio. «Collegamenti con il caso in corso?», chiese osservando il gioco da tavolo.

«Sì», rispose lei.

«Ed è stato ucciso prima degli altri due», sottolineò Keats, confermando ciò che lei già pensava.

Si spostò alle spalle della poltrona e con la matita spostò di lato il colletto della maglia. «Ha la X, ma direi che lo sapevate già».

Kim non provò nemmeno a mentire. La conosceva troppo bene.

«Ah, ecco il nostro uomo», disse quando Mitch entrò nella stanza. Si stava mettendo in tasca il cellulare.

«Il vostro amico ha un secondo lavoro, per caso?», chiese Mitch.

«Come, scusa?»

«Penn. Vuole passare da me, più tardi. Immagino non abbia niente a che vedere con questa indagine, giusto?».

Kim scosse il capo. Cosa doveva chiedere Penn a Mitch che non potesse sapere anche dai tecnici della West Mercia? Decise che l'avrebbe sentito più tardi.

Mitch si diede un'occhiata intorno, poi guardò il corpo, poi lei. «Partecipi a qualche concorso, questa settimana? Diamo alla scientifica lo scenario peggiore possibile?»

«Certa gente è davvero incontentabile», commentò Kim avvicinandosi al tavolo. «Conosci questo gioco, Mitch?».

Lui lo osservò con attenzione e si strinse nelle spalle. «Non mi dice niente. Di sicuro non è vecchio e consumato, perché?»

«Stavo solo pensando che non molti vedovi di mezza età possiedono giochi da tavolo nuovi, a meno che non siano collezionisti, e qui intorno non ne vedo altri… inoltre guarda», disse indicando qualcosa. «Due pedine nella posizione di partenza. Perché?»

«È una domanda retorica?», le chiese.

«Perché il fine non era il gioco», rispose Kim. «Il nostro killer non voleva giocare, quindi perché tutta questa messinscena?».

Silenzio.

«Questa non era una domanda retorica, ragazzi, attendo risposte».

«La prima vittima era su un'altalena», rifletté Bryant. «La seconda sul disegno del gioco della campana, la terza accanto a un gioco da tavolo. Non capisco cosa voglia, se non giocare».

«Nemmeno io, ed è proprio questo che mi preoccupa. Non capisco il senso dei giochi. Questo è pronto, ma non è stato giocato, perché?», chiese ancora.

«Per dimostrare qualcosa?», tentò Bryant.

«A chi? Alla vittima o a noi?».

Lui si strinse nelle spalle.

«Però», proseguì lei pensando ad alta voce, «se il gioco è tanto importante per l'assassino, deve essere fatto tutto come si deve. Il colpevole non poteva essere sicuro che avrebbe trovato un gioco da tavolo qui. Deve averlo portato», disse guardandosi intorno. «Aspettate un attimo», aggiunse tornando in cucina.

Bryant la seguì. «C'è la scatola, capo», disse indicando il tavolo della cucina.

«Non è la scatola che cerco», rispose lei sollevando il coperchio del cestino della spazzatura. «Ah-ah, ecco qui. Mitch», gridò alle spalle di Bryant.

Mitch entrò nella stanza infilandosi i guanti. Kim indicò l'involucro di cellophane. «Non è possibile maneggiare quella roba senza lasciare impronte ovunque. Toglierlo è un vero incubo. È come aprire un pacchetto di biscotti».

Mitch aprì un sacchetto per le prove e infilò una mano nel cestino. Tirò fuori il cellophane e lo sollevò alla luce.

Sorrise. «Sì, ispettore, credo proprio che abbiamo trovato qualcosa».

58

«Okay, dopo quella data si trovano pochissime apparizioni in pubblico», disse Stacey scorrendo i risultati su Google.

«Belinda è entrata a Oxford a quindici anni e ha preso la laurea quadriennale in matematica nella metà del tempo. L'intera famiglia si è trasferita lì per consentirle di dormire a casa con loro. Forse volevano trasformarla in un cassetto dei calzini. Dove fosse Veronica nel mentre, non è chiaro», aggiunse Tiffany.

«Scusa un attimo, che significa un cassetto dei calzini?», chiese Stacey, aggrottando la fronte.

«È probabile che suo padre volesse farla tornare a casa tutte le sere in modo da poter sfruttare il suo tempo libero per costringerla a imparare ancora più fatti e nozioni. È un po' come il mio cassetto dei calzini: non importa quanto sia pieno, riesco sempre a metterci qualcosina in più».

Stacey rise forte.

«In ogni caso, da ciò che ho trovato le ragazze hanno vissuto con i loro genitori fino ai trent'anni circa, quando loro sono morti in un incidente d'auto. Il giorno dopo il funerale hanno cambiato entrambe cognome, prendendo quello da nubile della madre, e sono scomparse alla vista fino a…».

Tiffany fu interrotta dallo squillo del telefono di Stacey.

Lei premette un tasto. «Capo, sei in vivavoce», l'avvisò.

«Abbiamo una terza vittima, Stace. L'organizzatore precedente di Brainbox. È morto da giorni».

«È stato il primo?», chiese lei mentre Tiffany ascoltava con attenzione dall'altra parte della stanza.

«Sì, ho il numero di telefono, ma il telefono l'ha preso Mitch, quindi scrivi».

Stacey annotò il numero di cellulare che le dettava il suo capo.

«Mettiti sotto, Stace. Voglio sapere tutto di lui. Soprattutto, voglio sapere perché ha smesso di organizzare Brainbox e l'ha passato ad altri. Ci sono collegamenti con Belinda Evans o Barry Nixon?»

«Allora, capo, a proposito di Belinda...».

«È qualcosa che può aspettare fino al nostro rientro?»

«Sì, capo, ma stiamo ancora cercando e con questo...».

«Be', allora lascia che sia Trilli a...».

«Tiff, capo», la corresse Stacey sentendo le guance avvampare all'errore di Kim.

«Sì, lo so», fu la sua risposta secca.

«Capo, sei in vivavoce», ribadì.

«Sì, so anche questo. Qual è il problema?»

«Nessuno, ci vediamo dopo», disse lei chiudendo la chiamata. «Tiff, mi dispiace per...».

«Per cosa?», domandò lei allegra.

«Il capo ha dimenticato il tuo nome». Per qualche strano motivo, le dispiaceva per lei.

«Non l'ha dimenticato, Stacey», ribatté lei entusiasta. «Il capo mi ha appena dato un soprannome».

59

«Una pausa fa sempre piacere, capo, ma che succede? Pensavo volessi andartene via di qui il prima possibile».

Aveva ragione. Kim stessa si era sorpresa quando gli aveva detto di fermarsi non appena avevano raggiunto il paese di Cleobury Mortimer ritrovando le prime tracce di presenza umana.

A chiamarla era stato un piccolo bar con dei cartelli scritti a mano e due tavolini all'aperto. In quel momento aveva un gran bisogno di un caffè appena fatto e di un po' d'aria fresca. Il tanfo del corpo in decomposizione di Freddie Compton le era rimasto incollato alle narici. E poi aveva bisogno di un istante per riflettere.

«Bryant, cos'hanno in comune tutte le scene del crimine?»

«Le vittime sono morte», ribatté lui sarcastico.

«Risposte del genere non ti faranno conquistare una pianta», gli disse inspirando a fondo dal naso.

«Be', è evidente che il collegamento è un qualche tipo di gioco e la lettera X dietro il collo».

«Sì, a proposito di quello e della posizione in cui si trova: ti sei fatto un'idea?».

Lui scrollò le spalle.

«È un punto comodo da raggiungere».

«Viene inflitto dopo la morte, quindi che differenza fa?». Rifletté. «Li ha uccisi con una coltellata, è già un gesto piuttosto intimo di per sé. Li vuole morti, quindi che gli importa?»

«Forse il collo è importante. Forse quella parte del corpo ha un significato per lui».

«E l'abbigliamento?», insisté lei. «Sempre in ordine, sempre ben sistemato, senza parti del corpo scoperte. Sembrerebbe…».

«Rispetto», disse Bryant fissando un punto sopra la sua testa.

«Esatto», concordò Kim. «È come se provasse odio per loro, ma anche rispetto».

«Quando ero piccolo…».

«Cristo santo, non è proprio il momento di uno dei tuoi…».

«Quando ero piccolo, ho preso uno schiaffo solo una volta, che io ricordi. Niente di terribile, solo uno scappellotto dietro la nuca. Mio padre odiava il nostro vicino di casa. Prendeva continuamente in prestito i suoi attrezzi e se li teneva per settimane. Papà era costretto ad andare a chiederglieli indietro ogni volta. Quando avevo circa dieci anni, il vicino è venuto da noi e mi ha chiesto di prestargli la smerigliatrice di mio padre. Gli ho risposto che poteva averla se ci riportava il trapano senza fili».

Kim ridacchiò. «Che piccolo insolente».

«Esatto», disse lui. «Per quello ho ricevuto uno schiaffo. Non si prendono in giro le persone più grandi di te. Devi essere comunque rispettoso».

«Pensiamo la stessa cosa, giusto?», chiese Kim. «Che il killer sia un bambino plusdotato che adesso è diventato adulto».

60

«Ti rendi conto che Stacey sarebbe molto più veloce?», chiese Bryant mentre scorreva i risultati su Amazon.

«Non ti sembra che abbia già abbastanza da fare?», ribatté Kim inserendo chiavi di ricerca su Wikipedia. «Un po' di ricerca non ci farà male».

«Maledizione, questo schermo è troppo piccolo», disse lui selezionando il link sbagliato per l'ennesima volta.

«Mettiti gli occhiali e smettila di fare il vanitoso», borbottò lei mentre la cameriera si avvicinava per prendere le tazze vuote.

Si erano resi conto molto in fretta di non sapere proprio nulla di bambini plusdotati, e avevano un gran bisogno di consigli da qualcuno che se ne intendeva.

«Deve esistere un libro che ne parli», disse Bryant. «Su Amazon si trovano libri su qualsiasi argomento».

Kim temeva che senza occhiali potesse averlo davanti agli occhi e non riuscisse a vederlo.

Stava per dirglielo quando un sorriso lento gli si allargò sul volto. «Ho trovato qualcosa. Un libro autopubblicato dal dottor Gerald Kennedy intitolato *Piccoli gifted. Che fine hanno fatto?*».

«Sembra proprio quello che ci serve».

«Lo ordino su Prime?»

«Lascia perdere il libro, Bryant, a me serve l'autore».

61

Per la seconda volta in un solo giorno Penn ebbe la sensazione di fare qualcosa di sbagliato. Solo che stavolta era vero.

Travis gli aveva dato il permesso di andare a trovare Gregor Nuryef in prigione, anche se era un atto estremamente irregolare. In quel momento, invece, non solo non aveva il permesso, ma non aveva nemmeno informato il suo capo. Era meglio che nessuno dei suoi colleghi sapesse cosa stava per fare, in modo da evitare loro ogni responsabilità. Qualsiasi colpa sarebbe stata solo sua.

«Ehi, Mitch», salutò entrando nella metà di laboratorio del tecnico accanto all'obitorio.

«Oh», fece lui masticando un tramezzino all'insalata di pollo. «Ho saltato il pranzo», aggiunse sistemando quel che ne restava nella confezione di forma triangolare.

«Grazie per avermi dato appuntamento», disse Penn posando una busta delle prove sul bancone.

«Aspetta a ringraziarmi, non so nemmeno cosa vuoi».

«Sono stato...».

«Io vado, Mitch, ci vediamo... Ah, cosa abbiamo qui?», chiese Keats entrando nella stanza. «A parte il membro più intelligente della squadra dell'ispettore Stone».

«Prego?», chiese Penn.

«Be', ho sentito dire che sei già tornato di corsa nella West Mercia, l'hai proprio scampata bella...».

«È solo temporaneo», disse Penn ridendo. E il medico legale lo sapeva benissimo.

«Ah, quindi non sei poi così intelligente, eh?», ribatté con un'occhiata al sacchetto sul bancone. «Quello cos'è?»

«Stavo proprio per scoprirlo», disse Mitch dando un altro morso al tramezzino.

Quando si rese conto che Keats non se ne sarebbe andato, lo aprì e tirò fuori la maglietta rinvenuta nel capanno del giardino di Gregor.

Entrambi la osservarono, poi puntarono su Penn uno sguardo interrogativo.

«Un uomo è sotto processo per omicidio, in questo momento. Il caso non regge più, e questa è l'unica prova concreta che sia rimasta contro di lui».

«Un caso tuo?», chiese Keats, scrutandolo da sopra gli occhiali.

Penn annuì.

«E tu vuoi sapere la verità, non importa quali saranno le conseguenze?»

«Certo», rispose senza la minima esitazione.

Keats cominciò a togliersi la giacca guardando Mitch in tralice.

«Be', allora credo proprio che dobbiamo metterci al lavoro».

62

«Ricordami perché ho appena guidato per quasi centocinquanta chilometri fino a Manchester mentre tu ti leggevi tutto il libro sul cellulare», chiese Bryant. «Ormai dovresti sapere tutto ciò che ti serve».

Stacey aveva fatto una delle sue magie e aveva rintracciato il professore di Psicologia attraverso i social media. Gli aveva chiesto un appuntamento urgente, e lui aveva rifiutato fino a quando Kim non si era fatta dare il numero, lo aveva chiamato e gli aveva dato qualche dettaglio in più. A quel punto l'uomo aveva accettato di incontrarla alle cinque all'università di Manchester.

Solo dopo aver percorso un'ottantina di chilometri aveva fatto una telefonata a Woody per informarlo dei loro piani. Non avrebbe avuto più senso ordinarle di tornare indietro, se avevano già percorso più di metà strada.

Kim mise giù il telefono e cominciò a guardarsi intorno. «Hai una vaga idea di quante ricerche siano necessarie per scrivere un libro come questo?», chiese.

Stavano entrando nel gigantesco campus universitario e procedevano lungo Oxford Road, cercando il Christie's Bistro e chiedendosi perché il docente non avesse scelto per il loro incontro uno qualsiasi degli Starbucks che avevano già superato.

«Ehm… no, dato che sono un agente di polizia».

«Presunto», ribatté lei. «Quello che c'è nel libro rappresenta solo un decimo delle sue conoscenze. Dobbiamo fargli domande per sapere il resto, e a meno che la tecnologia non si sia evoluta più di quanto credessi, non possiamo farle al libro».

«Sai, ci sono giorni che sembrano tanto più lunghi di altri», disse lui, e in quel momento trovò il bar e parcheggiò.

Era evidente che ormai i turni di otto ore erano già un ricordo lontano per la squadra: erano le cinque del pomeriggio, e Kim e Bryant si trovavano a due ore da casa, senza avere la minima idea di quando avrebbero potuto chiudere la giornata. Le persone sanno essere davvero incontentabili.

Kim entrò nel cupo locale dal soffitto alto, con statue, librerie e divani. Di sicuro non faceva parte di una catena di caffetterie, si disse assaporando il profumo di caffè appena macinato.

Scorse Gerald Kennedy, che riconobbe dalla foto vista sul libro, seduto davanti a una parete di libri rilegati in cuoio sotto un elegante dipinto a olio.

«Per me un doppio espresso», disse mentre Bryant camminava cauto accanto a lei.

Lui si diresse al bancone, mentre Kim puntò verso l'uomo all'angolo, che sembrava un tantino più anziano che in foto. Capì che era colpa della barba. Nell'immagine era nera come la pece, mentre dal vivo era brizzolata.

«Signor Kennedy», lo salutò porgendogli la mano. «Ispettore Stone, e quello laggiù è il mio collega, il detective Bryant. Grazie per averci concesso un appuntamento con così poco preavviso».

«Niente di che, agente. Lo sforzo è solo vostro. A quest'ora del giorno io sono sempre qui», rispose lui con un sorriso, posando un libro a faccia in giù sul tavolo. «E devo ammettere che sono curioso di sapere come pensate che possa aiutarvi».

Ascoltò in silenzio il resoconto che Kim gli fece su alcuni dettagli riguardanti il caso insieme ai loro sospetti.

Bryant li raggiunse e posò le bevande sul tavolo. I due uomini si salutarono con un silenzioso cenno del capo.

«Dunque pensate che l'assassino un tempo fosse un bambino plusdotato che prova rancore per tutte queste persone?»

«Sì, oppure è qualcuno che detesta Brainbox», aggiunse Bryant.

«E sarebbe comprensibile», ammise lei, ripensando alla descrizione che ne aveva fatto Ted.

«Non ho mai partecipato», disse Gerald.

«No?», chiese Kim, sorpresa. «Una persona tanto interessata ai bambini gifted non dovrebbe perdere una tale fonte di informazioni».

«Ah, ma voi equivocate il mio interesse», ribatté lui sorseggiando dalla tazza. «La mia curiosità è concentrata negli anni successivi. Cerco di scoprire se siano riusciti a condurre vite normali, a realizzarsi, una volta che i riflettori si sono spenti, e mi sono concentrato su cinque casi storici molto famosi. Sapete che Buster Keaton lavorava nel varietà da bambino? Fu addestrato a non mostrare emozioni quando suo padre lo lanciava sul palco. Nei primi mesi di vita, dormì in una valigia.

Poi c'è stata Clara Schumann, una pianista talentuosa che non parlò prima dei cinque anni. Suo padre guadagnava un sacco di soldi e arrivò al punto di scrivere un diario al suo posto. Quando lei lo lasciò per sposarsi, dovette fargli causa per ottenere il denaro che le spettava. I miei studi sono volti a scoprire se quei poveri bambini siano mai riusciti a adattarsi a una vita normale».

«E?», chiese Kim.

«E alla fine ho dedotto che non esiste una risposta univoca. Ci sono genitori che smettono di vedere i loro figli come una vita da proteggere per considerarli solo uno strumento, una risorsa per fare soldi. Difficilmente quei bambini guariscono dal bisogno di compiacere ed esibirsi. D'altro canto, ci sono genitori che gestiscono il tutto in modo molto diverso. Ha mai sentito parlare di *The Children on the Hill*?».

Kim scosse il capo.

«È un libro che parla di una famiglia di persone brillanti che vivono al riparo da sollecitazioni esterne, senza la pressione costituita dal bisogno di ottenere risultati, ma con molti stimoli intellettuali a disposizione. Vengono incoraggiate a sfruttare al massimo ogni impulso o curiosità. I bambini, alla fine, da grandi diventano tutti membri preziosi per la società».

«Quindi secondo lei vanno incolpati i genitori per gli eventuali problemi psicologici?»

«Io non incolpo nessuno. Da genitore mi chiedo, cosa bisogna fare se il proprio figlio mostra di possedere doni atipici per la sua età? È meglio ignorarli, nasconderli, reprimerli? Questo aiuta il bambino, oppure bisognerebbe far sì che sfrutti appieno il suo potenziale? Che diventi tutto ciò che può essere?»

«E qual è il prezzo da pagare?», chiese Kim.

«Ha importanza?», ribatté lui, recitando la parte dell'avvocato del diavolo. «Parliamo di futuri scienziati e di menti eccellenti...».

«Ah, non per forza, però», intervenne Kim. «Nel suo libro descrive una donna, Winifred Stoner, che crebbe la figlia per farla diventare un genio, eppure dopo la morte della madre lei non fece nulla di particolare. I bambini gifted non diventano necessariamente adulti creativi, e gli adulti creativi non sono stati per forza bambini gifted», concluse citando i primi due paragrafi.

L'uomo fece una gran risata. «Grazie per avermi riferito le mie stesse parole, ma le sto presentando entrambe le facce della discussione, ispettore. Non è un argomento semplice da affrontare, non parliamo di bianco o nero. Riferiamo la sua argomentazione a Brainbox. Lei è contraria alla sua esistenza, giusto?»

«Non mi sembra affatto divertente», ammise lei. «Mi domando se quei bambini si stiano perdendo un'infanzia spensierata, se non stiano crescendo troppo in fretta solo per assecondare un sogno degli adulti».

«Okay, cercherò di essere più obiettivo che posso e le chiederò questo: pensa che si stiano perdendo quello che a suo giudizio è un'infanzia spensierata?»

«Possibile», concesse lei.

«Cos'era divertente per lei da piccola?»

«Le piste e le moto d'epoca», rispose.

«Okay, e a quanti altri ragazzi nella sua classe piaceva fare la stessa cosa?»

«A nessuno, che io sappia», ammise lei.

«A me piaceva numerare gli alberi».

«Eh?», fece Bryant.

«Volevo numerare tutti gli alberi del mondo, quindi uscivo e incidevo un numero su ogni albero che trovavo».

«Ecco, questo sì che è strano», commentò Kim.

«Certo, e indovinate un po'? Nessuno dei miei coetanei voleva venire con me».

«Pazzesco».

«Ma allora qual è un divertimento normale? Non sono nemmeno sicuro che esista».

«Eppure sono sempre così seri», disse Bryant, intervenendo nella discussione. «E non voglio essere crudele, ma alcuni di quei bambini sembrano perfino irritanti».

«Così come lo sono tanti bambini che non sono talentuosi, agente. I bambini dotati di un'intelligenza superiore non sono più fastidiosi di altri, ma posso chiederle se si è mai trovato in un posto e ha pensato di saperne di più di tutti i presenti?».

Kim annuì mentre Bryant tossiva.

«E lo ha detto agli altri?»

«Spesso», scherzò lei. «Be', non proprio».

«Perché col tempo ha imparato il tatto e la diplomazia. Molti di quei bambini sono consapevoli di essere la persona più intelligente presente in una stanza, ma le loro abilità sociali non sono altrettanto sviluppate. I loro problemi nascono dalla difficoltà di inserirsi in una società di livello medio. Spesso cominciano a fantasticare, perché è difficile trovare veri amici dotati di mentalità e interessi simili ai loro».

«E così hanno degli amici immaginari?»

«A volte. Non hanno niente in comune con i loro coetanei e non molto con gli altri bambini plusdotati, con cui condividono solo un'intelligenza superiore, che però non significa che amino fare le stesse cose. Fanno fatica ad amalgamarsi e al tempo stesso si distinguono da tutti. La definizione di bambino gifted indica una persona che ha meno di dieci anni ed è in grado di dar luogo a una produzione significativa all'interno di un certo ambito, al livello di un esecutore adulto esperto. Nessuna pressione, quindi», aggiunse finendo gli ultimi sorsi della sua bevanda.

A Kim venne in mente qualcosa. «Pensa che il nostro assassino stia cercando di attirare l'attenzione?»

«Non lo escluderei, ma in tutta onestà, agenti, mi interesserebbe di più capire che cosa ha innescato proprio ora questa frenesia nel vostro killer. Non ho mai trovato elementi che suggerissero che un ragazzino potesse svegliarsi un giorno con il desiderio improvviso di uccidere».

«Pensa che dovremmo trovare la causa scatenante?», chiese Bryant.

«Ascoltate, la mia ricerca indica che gran parte degli ex bambini plusdotati che nel corso della vita incontrano delle difficoltà tende a cadere nelle dipendenze da droga, alcol, sesso. Potrebbero cercare attenzioni in ogni modo possibile. Non essere più sotto i riflettori può svilire alcuni bambini, che vivono una crisi di identità. Non è inconsueto che alcuni beneficino di un periodo di...». Si interruppe e la sua espressione si fece pensierosa. Si tirava la barba mentre rifletteva, dandole la forma di un triangolo appuntito di peli scuri e grezzi. «Sapete, potrebbe esserci un altro motivo che spiega l'improvvisa ondata di omicidi».

«Ci dica», lo pregò lei.

«Se l'assassino fosse malato, per esempio ricoverato in qualche struttura. Non è insolito che un bambino gifted possa avere problemi di salute mentale, da adulto. Parlo di uno di loro nel mio libro. Si chiamava Richie Taylor, viveva in Australia negli anni Cinquanta ed ebbe un crollo poco prima dei vent'anni. Non riusciva a capire perché il pubblico, che adorava le sue esibizioni col violino da quando aveva sei anni, non fosse più interessato. Passò quasi cinque anni in un istituto per riuscire ad accettare la normalità, ma se ricordo bene ci fu un altro caso che ho trattato nei miei studi, molto più recente. Delle vostre parti, se ricordo bene».

Aggrottò la fronte, sforzandosi di ricordare.

«Sono quasi sicuro che si chiamasse Beth, o qualcosa del genere».

63

«Mmm...», disse Keats per la settima volta.

«Pensavo la stessa cosa», commentò Mitch voltando la maglietta da un altro lato.

Penn si alzò e allungò le gambe. Era seduto in un angolo da più di un'ora, e quei due si rivolgevano vaghe forme di comunicazione a intervalli regolari.

Entrambi avevano suggerito che lasciasse loro l'indumento, ma non poteva perderlo di vista. La catena probatoria andava protetta anche se non aveva più alcun valore.

«Come fai a sapere cosa pensa da mezza parola?», chiese fermandosi accanto al tecnico della scientifica.

«È il *valore* della parola», spiegò Mitch.

Entrambi gli uomini indossavano guanti di latex ed erano armati di righelli, blocchi per gli appunti, matite e un manuale.

«Spiegacelo di nuovo», disse Keats. «Raccontaci come si è svolto l'evento usando Mitch», continuò spingendolo avanti. «Ecco il tuo coltello».

Penn prese il righello dalle mani del medico legale e andò dall'altra parte del tavolo metallico per mettersi di fronte a Mitch.

«Okay, sono Gregor e sono entrato nel negozio. Tu sei Dev Kapoor, dall'altra parte del bancone. Mi metto in posizione e ti chiedo i soldi. Probabilmente ti dico che sono armato di coltello. Tu non mi credi, sei in collera, quindi fai il giro e vieni dalla mia parte del bancone. Io prendo il coltello e ti colpisco qui», disse Penn, puntando il righello nel punto preciso.

«Stop!», gridò Keats.

Tutti e due rimasero immobili mentre Keats girava loro intorno, guardandoli da sopra e da dietro gli occhiali. «Mmm...», disse.

«Esatto», convenne Mitch.

«Ragazzi, non ho portato con me la sfera di cristallo, quindi dovrete spiegarmi...».

«Sei sicuro del punto in cui è stato ferito?».

Penn annuì. «Certo».

«E della traiettoria?».

Guardò di nuovo. «Sì».

«E della lunghezza della lama, considerando la ferita interna?»

«Sì», continuò a rispondere, spazientito. Aveva già dato loro tutte le informazioni che aveva.

«Abbiamo un bel problema, qui, ragazzo mio», disse Keats, togliendosi gli occhiali.

«Perché?», chiese Penn, sentendo il terrore stringergli lo stomaco.

Osservò Mitch tornare alla maglietta e aggrottare la fronte, ma fu Keats a parlare.

«Non è così che è andata».

«Deve essere così», rispose Penn.

«Non stai cercando di smentire me, ma la scienza, e posso dirti in modo categorico che le tracce di sangue non combaciano».

«Gesù», esclamò passandosi una mano tra i capelli ricci. Non sentiva alcun bisogno di aggiungere altri dubbi a quelli che già aveva.

«Mmm...», fece Mitch accanto a lui.

«E adesso che c'è?», gli chiese.

«Purtroppo non è il tuo unico problema».

64

Erano quasi le otto quando Kim e Bryant si ritrovarono a bussare alla porta di Beth Nixon, le cui attività nei canali social brillavano per la loro assenza. Che una donna di quasi quarant'anni avesse un totale di undici amici su Facebook e nessun'altra traccia digitale era una cosa davvero molto insolita.

Beth aprì la porta con indosso una tuta grigia che non era né un vestito da giorno né un pigiama, ma un puro e semplice indumento comodo. I capelli biondi erano sciolti sulle spalle, il volto pallido e privo di trucco. Possibile che fossero andati solo il giorno prima ad avvisarla della morte del marito?

«Agenti?»

«Le spiace se entriamo?», chiese Kim.

«Prego, ero in cucina», disse lei indicando la strada.

Kim attraversò la casa silenziosa. «Siamo venuti solo per chiederle se per caso le è venuto in mente altro», disse.

«E non vi avrei chiamati, se così fosse?», domandò la donna con un sorriso mesto.

L'ispettore non commentò, ma si sedette al tavolo della cucina, imitata da Bryant.

Il piccolo televisore appeso al muro in un angolo era acceso, ma con il volume a zero. La casa era immersa in un silenzio soprannaturale, come se fosse in attesa di qualcosa.

Beth seguì il suo sguardo. «Non lo guardo, dopo il telegiornale», disse prendendo il telecomando. «Preferisco leggere un libro, ma le immagini danno un po' di movimento alla stanza».

Kim annuì. Era un modo per riempire la mancanza di attività della casa.

«Non ha dei parenti che possano farle compagnia?»

«No, ho Lenora, ma dopo un po' diventa... be', l'avete conosciuta. Credo possiate capire. Katie è arrivata, ma dorme da Lenora».

«Non andate d'accordo?»

«Sì, per Barry, ma per lei venire qui senza di lui sarebbe strano. Il suo dolore è troppo grande perché possa vedere anche il mio».

«Lei non ha familiari?», insisté Kim. Katie faceva parte della famiglia di Barry. Lenora anche. Erano parenti acquisiti. Non suoi.

Scosse il capo. «Ho un fratello, ma non ci sentiamo da anni. Come posso aiutarvi?»

«Stiamo ripetendo gli interrogatori di tutte le persone vicine alle vittime».

«Non avete idea di chi abbia assassinato mio marito, vero?», chiese lei, intuendo la situazione.

«Abbiamo delle piste e le stiamo seguendo», rispose Kim.

Era vero, ma non era il motivo per cui erano lì.

«Non voglio essere scortese, ma perché siete venuti?», chiese la donna, spegnendo del tutto il televisore.

«Signora Nixon, lei e suo marito vi siete conosciuti durante Brainbox quando era bambina?»

«Avevo quattordici anni», rispose lei sulla difensiva, senza mostrare alcuna reazione al fatto che Kim aveva nominato una manifestazione per bambini plusdotati.

Kim sollevò le mani. «Non siamo qui per giudicare», l'avvisò. "Be', non lei", pensò poi. "L'etica di suo marito è un altro paio di maniche".

«Il suo sguardo dice tutto», commentò la donna, incrociando le braccia. «E so che non capisce».

«Mi aiuti lei, allora», rispose Kim, senza perdere tempo con le menzogne. «Mi aiuti a capire come ha fatto un'adolescente intelligente e talentuosa a innamorarsi...».

«Non mi sono innamorata di lui quando avevo quattordici anni, almeno non direi che è andata così. Ero in sintonia con lui, e se lui lo era con me non l'ha dimostrato in nessun modo. So come mi faceva sentire, ed è qualcosa che mi è rimasto».

«E come?», chiese Kim, chiedendosi se stessero entrando nel territorio dell'adescamento. «Come la faceva sentire?»

«Mi capiva, in tutto e per tutto. Mi ascoltava. Mi lasciava parlare e comprendeva come mi sentivo; le mie paure, le mie insicurezze, i miei improvvisi accessi di collera, il mio odio per...».

«Accessi di collera?», chiese Kim, sentendo un'ondata di gelo risalire lungo la schiena.

«Non ho avuto un'infanzia normale, ispettore. Dal momento in cui sono stata capace di dire il nome di ogni città su un planisfero un'ora dopo averla guardata. Avevo tre anni. Sono stata spinta, pungolata, esaminata, portata via da scuola e isolata, e sono stata costretta a studiare giornate intere, dal momento in cui aprivo gli occhi la mattina, e pensate un po'? A volte la cosa mi faceva incazzare».

«E Barry l'ha aiutata a comprendere i suoi sentimenti?», le chiese.

«Sì, ma ha fatto molto di più. Mi parlava d'altro. Parlavamo di musica, di libri, di arte. Voleva parlare con la persona, non con il genio. Ne avevo un bellissimo ricordo perché nessuno mi aveva mai fatta sentire così. Come se io fossi davvero importante».

Bryant si protese in avanti. «L'ha contattata lui tempo dopo?».

Beth scosse il capo e abbassò le braccia. «No, sono stata io. È stato dopo un periodo particolarmente difficile della mia vita. Lui era in lutto per sua moglie, ma ci siamo incontrati, abbiamo parlato, ed è stato allora che mi sono innamorata di lui. Odiavo quella manifestazione, ispettore, ma è stato lì che ho conosciuto l'amore della mia vita, e non sono affatto pentita».

«Perché la odiava?»

«Perché una volta sono stata costretta ad andarci, e magari c'erano anche dei ragazzi a cui piaceva, ma non a me. Non sono una persona competitiva, quindi non mi piaceva dover gareggiare con bambini che probabilmente si sentivano soli quanto me».

«Ma aveva un fratello, giusto?», disse Kim, ricordando che lo aveva nominato poco prima.

«Ci tenevano separati», spiegò. «Lui non aveva un talento. Lo invidiavo. Non era costretto a esibirsi per soddisfare le aspettative», aggiunse in tono sprezzante.

«È stato questo a crearle dei problemi, qualche anno fa?», chiese Kim.

La donna aggrottò la fronte, poi capì. «Ah, si riferisce al periodo in cui sono stata via?».

Lei annuì.

«Posso chiedere perché dovrebbe essere rilevante nell'indagine sulla morte di mio marito?», domandò.

«Visto che siamo davanti a un omicidio brutale, tutto è rilevante», le rispose, non in tono scortese.

«È stata una serie di cose, agente. All'improvviso avevo più di vent'anni ed ero senza amici, senza un hobby e senza un lavoro proprio nel momento in cui ero stata colpita da una tragedia familiare. È arrivato tutto insieme, ho sentito il bisogno di staccare».

«Comprensibile», commentò Kim.

«Sono stata in un istituto per sette mesi, ed è stata la migliore decisione che abbia mai preso. In quel periodo mi sono reinventata e ne sono uscita come Beth l'adulta, non Beth il fenomeno». Inclinò di lato la testa. «Adesso che mi avete fatto la domanda per cui siete venuti, posso farne una anch'io?»

«Chieda pure», rispose Kim alzandosi. Quella donna aveva ragione. Voleva sapere cosa l'avesse spinta a farsi ricoverare in un centro di igiene mentale.

«Il corpo dell'uomo trovato oggi a Cleobury. Si tratta di Freddie Compton?»

«Non posso rispondere», disse lei. La polizia non aveva ancora rintracciato i parenti prossimi.

«Se era lui, saremmo di fronte a tre vittime collegate con la manifestazione Brainbox in qualche modo?»

«Se lo fosse, sì, sarebbe così. Perché?»

«È solo che mi chiedo perché siete qui e non lì».

65

«Okay, ragazzi, a che punto siamo?», chiese Kim entrando in sala riunioni.

Aveva mandato Bryant avanti per informare la squadra di ciò che avevano scoperto su Beth Nixon mentre lei ragguagliava Woody e gli sottoponeva una richiesta non convenzionale. Dopo un'occhiataccia e qualche domanda, l'ispettore capo le aveva detto di sì e aveva fatto una telefonata.

Lo avrebbe comunicato alla squadra più tardi.

In sua assenza, Bryant aveva fatto del caffè fresco e gliene aveva versato una tazza. Lei la sollevò per brindare nella sua direzione e si appoggiò alla scrivania vuota di Penn.

Stacey le spiegò tutto ciò che erano riuscite a sapere sulle sorelle. Kim ascoltò mentre beveva il caffè.

«Ottimo lavoro, Stace», disse poi.

«È stata quasi tutta opera di Tiff, a essere onesta».

«Ottimo lavoro, Trilli, mostrami il video».

Tiffany lo caricò e Kim si mise alle sue spalle. Lo guardò tre volte con l'audio.

«Spegni l'audio e avanza di un fotogramma alla volta».

Il sorriso di Stacey le disse che anche lei aveva fatto la stessa cosa.

Kim avvicinò la sedia di Penn e guardò di nuovo il video.

Nessuno fiatò.

Prima domanda. Il viso di Belinda restava composto, rilassato ma concentrato. Kim riusciva quasi a vedere i movimenti delle sue palpebre che rispecchiavano il lavoro della mente.

Seconda domanda. Stessa reazione.

Terza domanda. Belinda cominciava a battere le palpebre ancor prima di sentire la domanda. Sguardo vitreo mentre il cervello affrontava il calcolo.

«Credo che tu abbia ragione. Penso abbia sbagliato la risposta di proposito, e hai più che ragione anche sull'espressione del padre, ma c'è dell'altro», aggiunse avvicinandosi ancora allo schermo.

«Guardate il viso di Veronica, stavolta», disse Kim quando tutti si furono radunati intorno a loro.

«Osservate quel leggero incurvarsi degli angoli della bocca», aggiunse. «È contenta, ma direi proprio trionfante».

Tutti annuirono, concordi.

«Che diavolo è successo a queste due ragazzine?», chiese Kim tornando alla scrivania di Penn.

«Passavano molto tempo loro quattro da soli», rispose Tiffany. «Niente amici, niente fidanzati...».

«Anche se Belinda ha recuperato ampiamente in seguito», notò Stacey scorrendo gli appunti. «È presente su moltissimi siti di incontri sotto il nome di Linda Loftus».

«Un nome un po' porno», commentò Tiffany con una smorfia.

«Okay, che cosa sappiamo di Freddie Compton?».

Kim desiderava ancora saperne di più sulle due sorelle, ma nella sua mente non era una priorità nella ricerca dell'assassino.

«Cinquantotto anni, niente figli, ha gestito la manifestazione di Brainbox per dodici anni, dal 2004 al 2016, anno in cui a sua moglie è stato diagnosticato un cancro. Era un insegnante della scuola primaria che aveva partecipato con un suo alunno l'anno prima di prenderne la gestione. Non ci ha mai guadagnato molto, ed è andato in pensione in anticipo per occuparsi della moglie».

«Nemici?», chiese Kim senza sperarci granché.

Stacey scosse il capo. «Per ora, no».

Lei emise un ringhio di frustrazione, finendo il caffè. «Allora, siamo tutti d'accordo che qualsiasi sia il collegamento tra le vittime lo troveremo al Brainbox?».

Bryant annuì e nello stesso momento Stacey rispose a una chiamata interna, mentre Tiffany si sentiva troppo poco esperta per dare un'opinione.

«Okay», disse Kim guardando l'orologio. «Andate a casa e preparate una valigia per stare fuori una notte».

«Era l'ispettore Plant», disse Stacey. «Sta arrivando con le dichiarazioni del club del cricket e dei vicini di Belinda».

«Dovrà aspettare», replicò Kim. «Dobbiamo andare all'evento e vedere di che si tratta. Tornate tra un'ora», aggiunse, afferrando la giacca e uscendo dalla stanza.

Si fermò e fece di nuovo capolino, nel caso i suoi ordini non fossero stati chiari. «Sei inclusa anche tu, Trilli».

66

Penn represse uno sbadiglio continuando a osservare i due uomini al lavoro.

«Scusa se ti teniamo sveglio usando il nostro tempo per aiutarti in un caso che non ci riguarda e che appartiene a un altro distretto», disse Keats, cui non sfuggiva nulla.

«Vi sarò eternamente grato per il vostro aiuto, ragazzi. Solo che è stata una giornata lunga», rispose, frustrato per non poter fare altro che starsene seduto a guardare.

Fino a quel momento aveva preparato il caffè, aveva telefonato a casa per controllare che Jasper e sua mamma stessero bene e aveva camminato avanti e indietro nella stanza priva di finestre per dare un senso alle informazioni ricevute.

Gli avevano spiegato molto sui passi avanti fatti dalla tecnologia nell'esame delle macchie di sangue.

«Non ringraziarci troppo in fretta, Penn. Credo che abbiamo altre brutte notizie».

Cazzo, possibile che una giornata del genere potesse peggiorare ancora?

Li aveva osservati analizzare il colore, la forma e le dimensioni delle macchie e avevano discusso, con dovizia di particolari, di qualcosa chiamato meccanica dei fluidi. Avevano prestato attenzione all'angolo di impatto per determinare l'origine del sangue e la quantità di forza con cui era sgorgato.

«Ricontrolla HemoSpat», disse Keats, e Mitch andò al computer.

«Hemoche?», chiese Penn.

«Un software che analizza le tracce ematiche. Finalmente abbiamo trovato un accordo, quindi è il momento di verificare se anche la tecnologia la pensa come noi».

«Sì», disse Mitch voltandosi con la sedia girevole.

«Oh, santo cielo», esclamò Keats quando Mitch lo raggiunse al banco di lavoro.

«Spiegatemi», disse Penn alzandosi.

«Il sangue su questa maglietta non è arrivato sul tessuto con una forza compatibile con uno scontro violento, ed è per questo che non troviamo nessuno schema di macchie che si adatti al quadro».

«Non capisco», rispose lui mettendosi accanto a loro.

Mitch mise l'indumento al rovescio. «Il sangue non arriva nemmeno dall'altra parte della stoffa. Non è atterrato sulla maglietta: una mano umana ce lo ha spalmato sopra».

67

«Sei sicura che sia una buona idea?», chiese Bryant lanciando le sacche nel portabagagli.

Tiffany chiacchierava emozionata con Stacey mentre saliva sul sedile posteriore.

Kim faticava a credere che le due donne avessero solo pochi anni di differenza; era evidente perfino dal bagaglio che Bryant stava caricando in quel momento. Lo zaino di Tiffany era ricoperto di allegri girasoli gialli che scintillavano dall'oscurità del baule.

«Sarà bello fare un viaggetto», disse dandogli una pacca sulla schiena.

Lui chiuse il bagagliaio con un rantolo, poi salì davanti, al posto di guida.

«Allacciate le cinture, bambine», gridò da sopra una spalla.

Stacey allacciò la sua emettendo un lamento.

Nonostante ciò che aveva detto a Bryant, quello era l'ultimo posto in cui Kim avesse voglia di stare. In quel momento avrebbe preferito lavorare alla moto nel suo garage, con Barney disteso in un angolo a osservarla.

Il pensiero del suo cane le provocò una fitta di senso di colpa.

Era corsa a casa, aveva buttato un po' di roba in una sacca e l'aveva portata di corsa a casa di Charlie, in fondo alla strada.

Poi aveva passato fatto una passeggiata di mezz'ora con Barney, aveva impiegato cinque minuti per dargli da mangiare e altri dieci per spiegargli in silenzio perché doveva portarlo a dormire da Charlie. Negli ultimi minuti di spiegazione, lui aveva scorto lo scoiattolo sull'albero in fondo al giardino ed era corso via.

Era sicura che se un cane fosse stato in grado di alzare gli occhi al cielo, Barney l'avrebbe fatto almeno venti volte al giorno.

Charlie era stato felicissimo di poter tenere Barney per una notte. Kim gli aveva fatto giurare che non gli avrebbe permesso di salire sul letto, ma sapeva benissimo come sarebbe andata a finire.

Ma sapeva anche che dovevano assolutamente andare a quell'evento. Era certa che il loro assassino si trovasse lì, insieme alle sue prossime vittime, chiunque fossero.

«Mi sento un po' come Hugh Hefner, in questo momento», disse Bryant con un sorrisetto.

«Chi è?», domandò Tiffany.

Il sorrisetto sparì. «Lei non mi piace più, capo», disse a voce alta.

«Niente di personale», la rassicurò Kim guardando dietro di sé. «Dopo più di cinque anni non gli piaccio ancora nemmeno io».

Tiffany fece una risatina nervosa. «Non so come, ma sembra che io dica sempre la cosa sbagliata. Nelle valutazioni avevo sempre delle belle spunte sulle caselle che indicavano l'impegno, ma...».

«Shh, Trilli», disse Kim, perché nella sua mente si era appena creato un collegamento.

«Scusi, so che parlo troppo».

«Era uno "shh" positivo», spiegò lei.

Si voltò sul sedile e guardò tutti e tre.

«Finora abbiamo preso i segni sul collo delle vittime come delle X, intese come lettera, e ci siamo chiesti cosa possa significare».

«Ma *sono* delle X», disse Stacey, perplessa.

«Sì, Stace, ma è anche una croce, il contrario di una spunta. Sta cercando di dire, a loro oppure a noi, che quelle persone hanno fatto qualcosa di sbagliato».

68

Kim aprì la porta della stanza due minuti dopo le dieci di sera e fece un cenno d'approvazione col capo. L'hotel era tutto esaurito per via della manifestazione, ma Woody era riuscito a usare la sua influenza, e il risultato era una suite con due camere e una zona pranzo che dava su un laghetto per la pesca sportiva.

«E bravo Woody», osservò Bryant entrando dopo di lei.

«Okay, butta tutto dentro, per il momento. Il ristorante chiude tra un quarto d'ora, quindi scendete se volete mangiare».

«Tu vieni?», chiese lui.

«Sì, vi raggiungo subito. Prendimi un panino o qualcosa del genere».

Lui assentì e uscì con le altre. Kim voleva curiosare in giro e non voleva dare troppo nell'occhio, cosa che sarebbe successa se si fossero presentati in gruppo tutti e quattro, tutti adulti.

Il complesso del Village Hotel era un dedalo tentacolare con un vialetto centrale che attraversava parcheggio di fronte. Le camere si trovavano sulla sinistra, e il resto della struttura si trovava a destra, con un grande salone delle feste, un bar e una caffetteria a separare le due metà.

Capì che l'hotel aveva tre sale conferenze, una sala ricevimenti, una palestra, degli impianti con piscina e un'enorme area giochi per bambini cui erano passati accanto arrivando.

Superò la doppia porta che conduceva al ristorante e si diresse verso la zona di accoglienza, che era piena di bambini e genitori seduti ai tavoli: proprio come ci si aspetterebbe in un evento simile. Libri e blocchi per gli appunti ricoprivano i tavolini, poiché sembrava che molti si dedicassero allo studio extra, nel tempo libero. L'assenza di risate e rumori in mezzo a tanti bambini era inquietante.

Perplessa, proseguì il suo viaggio verso gli spazi per le conferenze.

La prima sala in cui entrò aveva tre zone libere dedicate alla musica. C'erano un pianoforte, un violino e un flauto. Nella parte anteriore c'era il tavolo per i giudici, con tre sedie.

Una porta doppia conduceva alla sala accanto, dedicata agli scacchi, e anche lì c'era il tavolo dei giudici.

La terza sala, dall'altra parte del corridoio, aveva lo stesso tavolo con tre sedie più un piccolo podio sollevato davanti alla finestra. Immaginò che servisse per le gare di spelling o per i quiz.

L'ultima sala era il salone delle feste, che con sua sorpresa non era vuoto.

Metà dello spazio era pieno di posti a sedere, tra banchi e poltroncine. L'altra metà era già stata preparata per l'evento principale della sera successiva: il gioco a quiz che avrebbe incoronato un bambino come il Brainbox dell'anno.

Vi era riunito un gruppo di circa venti genitori, in silenzio, disposti in semicerchio al centro della stanza.

Kim fece qualche passo avanti e vide il motivo.

Un clown variopinto si esibiva per un pubblico di tredici bambini, tutti seduti, che sembravano un po' troppo grandi per essere intrattenuti in quel modo.

Osservò il clown estrarre una fila di bandiere dalla manica e poi fingere di cadere a terra.

«Koko il cretino», gridò un ragazzino che secondo Kim doveva avere più o meno dieci anni.

"Bene", pensò Kim. Non che avesse torto, ma si sarebbe aspettata un po' più di educazione.

Evidentemente il tentativo da parte degli organizzatori di inserire una componente di umorismo spensierato e giocoso durante l'evento non era un'attrazione molto popolare tra i bambini.

Dopo aver memorizzato la configurazione del luogo, passò di nuovo per la reception, che era diventata ancor più silenziosa dopo che le famiglie erano rientrate nelle loro camere. Guardò l'orologio: erano quasi le dieci e mezza.

Il ristorante era praticamente vuoto, ma notò con piacere che la sua squadra stava mettendo a frutto il budget di Woody per il cibo.

Davanti alla sua sedia vuota era stato messo un sandwich al pollo con un'insalata di contorno.

Si accomodò e sorseggiò il caffè tiepido.

«Allora?», chiese Bryant mentre infilzava con la forchetta la pasta al pomodoro. «Hai già trovato l'assassino?»

«Un evento per bambini così poco allegro da far venire l'angoscia», rispose lei ignorando la domanda. «Fa sembrare divertentissimo perfino *Mastermind*».

«Ehi, la vita è difficile per noi bambini geniali», dichiarò Bryant, e Tiffany rischiò di strozzarsi col cibo.

«E quello che cos'è?», chiese Kim notando il piatto della giovane.

«Sandwich ai bastoncini di pesce», rispose Tiff leccandosi le dita.

«Sì, ma soprattutto vorrei sapere: perché era così divertente?», domandò Bryant all'agente.

Lei restò in silenzio e diede un altro morso al panino.

Stacey non reagì in alcun modo: stava leggendo qualcosa sul cellulare. Sembrava che avesse solo scambiato la posizione di fish and chips che aveva nel piatto anziché mangiarli.

«Tutto bene, Stace?»

«Sì, capo», rispose spegnendo il telefono. Diede un morso a un pezzo di pesce, poi allontanò il piatto da sé.

No, non stava bene per niente, notò Kim, e decise che l'avrebbe tenuta d'occhio.

Si guardò intorno nel ristorante quasi deserto. Una donna sulla quarantina, dai capelli scuri, era seduta da sola e leggeva un libro con un dessert mangiato a metà sul tavolo, davanti a sé. Tra una pagina e l'altra, sembrava che si accarezzasse la guancia destra con la mano destra.

Gli unici altri clienti erano una coppia che studiava con attenzione dei documenti. Lo sguardo della donna di tanto in tanto andava verso la signora solitaria, notò Kim.

«Stace, quelli sono…».

«Sì, sono i Welmsley. Jared e Serena, gli organizzatori».

Kim si alzò nell'attimo preciso in cui lo fece Serena. Fu subito evidente che la donna era scheletrica, ma non fu questo ad attirare la sua attenzione: fu la sua espressione quando tornò a guardare la donna sola che leggeva. Jared Welmsley le posò una mano sull'avambraccio, ma lei la scrollò via e andò dall'altra parte della sala.

Kim tornò a sedersi e osservò la scena, interessata.

La donna sola non sollevò lo sguardo finché Serena Welmsley non fu proprio davanti a lei. Le due non si scambiarono nemmeno un sorriso prima che Serena cominciasse a parlare. L'espressione dell'altra sembrava controllata, tollerante. Inclinò appena il capo quando Serena parve agitarsi di più, la testa che dondolava avanti e indietro e le mani che si agitavano davanti a lei.

Kim avrebbe tanto voluto poter ascoltare la conversazione quando Serena posò entrambe le mani sul tavolo e si chinò verso la donna, che reagì al cambio di distanza mostrando una certa circospezione.

Serena finì di parlare e parve aspettare una risposta. L'altra però prese il libro e ricominciò a leggere.

Kim apprezzò subito il suo stile, nonostante la tensione evidente nella linea della mascella mentre l'altra donna si allontanava.

«Cosa sarà successo?», chiese Bryant.

Non si era resa conto che anche lui stava osservando la scena.

«Non saprei, Bryant, ma vorrei proprio scoprirlo».

Osservò i Welmsley avvicinare le teste e sussurrare tra loro anche se non c'era nessuno nelle vicinanze. Perfino da lontano era davvero fastidioso. Sguardi furtivi verso l'avida lettrice dissero a Kim che stavano ancora parlando di lei e del dialogo a senso unico che si era appena svolto.

Dopo un paio di minuti ripresero ad analizzare i documenti, e Kim si alzò di nuovo.

Bryant la guardò.

«Be', mi sembra il momento perfetto per andare a presentarmi».

69

«Detective ispettore Stone», disse Kim mostrando il tesserino e sedendosi.

«Molto piacere», risposero in coro i Welmsley, rivolgendole un sorriso così simile da risultare inquietante.

Kim sapeva che alcune coppie stavano insieme da così tanto da acquisire le caratteristiche l'uno dell'altra.

«Immagino abbiate sentito parlare degli omicidi di Belinda Evans, Barry Nixon...».

«Sì, terribile», rispose Serena scuotendo la testa.

«Terribile», confermò Jared abbassando lo sguardo.

«E di Freddie Compton, che è stato trovato...».

«Anche Freddie è morto?», chiese Serena sgranando gli occhi.

Il suo nome era stato reso noto solo dal notiziario delle nove, ma la coppia doveva essere stata troppo impegnata con la manifestazione per saperlo.

«Ed è stato...». Non finì la frase: sembrava che non fosse in grado di pronunciare quella parola.

Kim annuì. «Sì, è stato assassinato», confermò. «Conoscevate bene qualcuno di loro?».

Fecero entrambi cenno di sì, ma fu Serena a parlare, dimostrando che era senza dubbio l'elemento dominante nella relazione.

«Li conoscevamo tutti. Forse di più Freddie, e non riesco a credere che sia... che sia...».

«Morto», concluse Kim al suo posto. La sua già limitata capacità di provare empatia non si attivava affatto per quei due. «Li conoscevate tutti, ma organizzate questa manifestazione solo da...?»

«Oh, non abbiamo perso un solo anno, ispettore. Da quando ha ripreso le attività, nel 1995. C'eravamo tutti e due, quell'anno».

«Tutti e due?», chiese.

«Oh, sì, Jared era un campione di scacchi, e a me piaceva suonare il violino».

«Un po' troppa modestia, Serena», la rimproverò Jared con un sorriso. «Suonava a livello internazionale», aggiunse con orgoglio.

Negli occhi della donna passò una rapida espressione di rammarico mentre Kim univa i puntini.

«Siete fratelli?», chiese loro.

«Gemelli», risposero insieme.

E molto legati, notò Kim, vedendo come si voltavano uno verso l'altra sorridendo.

«È davvero una manifestazione notevole, la vostra», riprese lei.

«È favolosa», rispose Serena, allegra. «Una grande opportunità per riunire giovani talenti eccezionali provenienti da tutto il Paese».

«Però è un ambiente molto competitivo, vero?», chiese Kim, tagliando corto.

«Non più delle giornate sportive di una qualsiasi scuola, ispettore. Molti dei nostri partecipanti non sono talentuosi anche a livello fisico, ma sono comunque felici di poter cogliere l'occasione di gareggiare».

Kim dovette ammettere che nel suo ragionamento c'era una certa logica, eppure qualcosa le lasciava l'amaro in bocca.

«Okay, lasci che provi a spiegarlo in un altro modo», proseguì Serena. «I bambini che vengono qui non si ambientano da nessuna parte. All'interno di una scuola normale, la loro intelligenza è troppo superiore rispetto a quella di quasi chiunque altro, insegnanti inclusi. Vengono isolati a causa della loro genialità, in genere vengono bullizzati ed emarginati a causa dell'invidia o anche solo perché sono diversi. Venire qui offre loro l'occasione di capire che non sono soli, che esistono altre persone come loro e che i loro doni vanno coltivati, non nascosti».

Anche in questo caso Kim non trovò niente da ridire.

«Ma l'intensità della competizione, l'eccesso di entusiasmo dei genitori?», chiese, ripensando alle teste chine che aveva visto nella caffetteria durante la sua passeggiata solitaria.

«Di recente è stata a qualche partita di calcio di bambini, agente?».

Lei scosse il capo.

«Dovrebbe. È terrificante. Genitori agguerriti che gridano da bordo campo, insultando gli altri bambini, l'arbitro, gli altri genitori. Non c'è differenza, a parte per le grida. Noi non le permettiamo, ma i bambini non vedono l'ora di venire qui, di mescolarsi ai loro pari. Di poter passare un paio di giorni senza sentirsi degli alieni».

Kim capiva il suo ragionamento, ma sarebbe stato tutto molto più allegro se si fossero riuniti in un bosco per fare escursioni, arrampicate e giochi tra amici, non una competizione così intensa.

«Per questo non abbiamo annullato l'evento, quest'anno. I bambini avevano bisogno di venire qui e…».

«Avete preso in considerazione l'idea di annullare la manifestazione per via degli omicidi?», chiese Kim. Ecco una cosa che riusciva a capire, finalmente.

Serena scosse il capo. «No, per la terribile morte del piccolo Robinson».

Kim si accigliò. «Come, scusi?».

Serena parve sorpresa che non ne sapesse niente.

«I Robinson sono le stelle della manifestazione».

«E?», domandò lei avvicinandosi.

«La scorsa settimana il loro figlio dodicenne è morto in circostanze tragiche».

70

«Okay, ragazzi, che cosa abbiamo?», domandò Kim entrando nella camera dell'hotel.

Mentre lei parlava con Serena, la squadra si era occupata di attaccare fotografie al muro e riempire le lavagne a fogli mobili con date e fatti.

Dopo l'incontro con gli organizzatori, Kim aveva passato qualche minuto a passeggiare per i corridoi deserti in cerca della donna che aveva visto seduta da sola e che quando aveva terminato la conversazione con Jared e Serena – anche se Jared aveva detto mezza parola in tutto – era sparita.

Nell'edificio, però, le luci erano state abbassate e le porte chiuse a chiave, perché tutti erano rientrati per la notte.

Lo scambio intercorso tra le due donne le era rimasto impresso, e voleva andare a fondo della questione.

«Grazie per aver riempito le lavagne con i dati, Trilli», disse Kim appoggiandosi al tavolo per osservarle.

«Ehi», protestò Bryant. «Come sai che non sono stato io?»

«Che io sappia non metti dei cerchietti sopra le *i* al posto dei puntini», notò lei, guardando da una lavagna all'altra. Gli eventi erano stati indicati tutti, e la sequenza temporale era incredibile. In meno di una settimana erano morte tre persone.

Le parole del professore le risuonavano ancora nella mente. «Ma qual è la causa scatenante?», chiese, incrociando le braccia e osservando le scritte con attenzione. «Che cosa può aver innescato questa sete di sangue?».

Nel silenzio privo di risposte le parve di sentire la voce di Woody che l'ammoniva. Era quasi mezzanotte, e la squadra era pronta a restare sveglia insieme a lei.

«Stace, prendi un appunto con il nome Stevie Robinson, un ragazzino di dodici anni di Evesham che è morto la scorsa settimana».

Ci fu un attimo di silenzio, poi Stacey scrisse il nome, dopodiché si mise al computer. La morte di un bambino riceveva sempre qualche istante di rispetto.

«Domani, Stace», disse Kim. «È tardi, e sono sicura che se potesse vederci in questo momento, Woody si farebbe dei reggicalze con le mie budella. È ora di riposare, ma devo dirvelo, ragazzi, oggi avete fatto un lavoro eccellente», riconobbe mentre loro cominciavano a muoversi nella stanza.

«Stace, hai un attimo?», chiese mentre Tiff andava verso una camera e Bryant verso l'altra.

«Sì, capo».

Attese qualche istante. «Stai bene?»

«Certo, capo, perché?»

«Sei silenziosa, non mangi. È stata una giornata lunga e hai lavorato...».

«Non sono stressata, capo», rispose lei con un sorriso stanco.

«Non è detto che te ne renda conto, però. A volte può piombarti addosso a tua insaputa».

«Dico sul serio, capo, nessuno stress. Sto benissimo, sono solo un po' stanca, ma sto bene, lo giuro», rispose, andando verso la camera che avrebbe condiviso con Tiff.

«Se c'è qualsiasi cosa di cui vuoi parlare, sai che ci sono, vero?»

«Certo. Ma sono in ottima forma, davvero».

Kim le augurò la buona notte, ma le rassicurazioni della sua sottoposta non l'avevano convinta per niente.

Stacey le stava mentendo, e Kim non aveva idea del perché.

71

Penn si infilò a letto, distrutto, alle due del mattino, e nonostante la fatica opprimente che si sentiva nelle ossa, sapeva che non sarebbe riuscito a dormire granché. Ci provò con tutte le forze, però, se non altro per spegnere i pensieri che si rincorrevano nella sua mente.

Dopo le rivelazioni di Keats e Mitch, il suo cervello era andato in sovraccarico. Il timore di aver commesso un errore e il fatto che la sua carriera fosse macchiata per sempre, essendo lui l'agente che aveva eseguito l'arresto, non erano più un problema. Non era questo a tenerlo sveglio.

Mitch gli aveva detto che voleva eseguire alcuni test aggiuntivi e che gli avrebbe dato i risultati la mattina dopo. Era stato combattuto all'idea di lasciare nelle mani del tecnico quella prova, ma ormai sapeva che l'indumento non era più di alcuna utilità. Adesso voleva solo la verità.

Sfinito, aveva detto di sì, era uscito dal laboratorio ed era tornato nella sua casa silenziosa. Aveva dato una rapida occhiata alla madre, che dormiva della grossa col sottofondo di un programma radiofonico, la sua compagnia notturna.

Jasper era disteso sul letto, un gomitolo spensierato di braccia e gambe illuminato dalla lampada astronomica che girava e proiettava stelle e pianeti sulle pareti e sul soffitto.

Penn lo aveva osservato per qualche istante. Un attimo prima era immobile, inerte, poi all'improvviso i suoi arti allungati si muovevano a scatti.

Gli aveva accarezzato con delicatezza la fronte, poi era uscito dalla stanza senza far rumore.

Erano le sue costanti, la sua famiglia. Faceva parte di una squadra che, per quanto accogliente e amichevole, non gli trasmetteva ancora il senso di unione profonda che aveva conosciuto nella West Mercia.

Si era aspettato che i vecchi compagni fossero per lui più familiari, che fosse come tornare a casa, invece, se doveva essere sincero, non vedeva l'ora di tornare a quello che ormai considerava il suo posto.

Qualcosa era cambiato nella sua vecchia squadra, ma non sapeva dire cosa. C'era una sorta di circospezione nei suoi ex colleghi che prima non aveva mai notato.

Era come se sapessero tutti che ormai lui non era più uno di loro, ma si sforzassero di far finta di niente.

Eppure, nonostante la tristezza di quei pensieri, non sarebbero stati loro a tenerlo sveglio tutta la notte.

72

«Dormito bene, tutti quanti?», chiese Kim quando si ritrovarono a colazione. Ci era voluto quasi un quarto d'ora per avere un tavolo da quattro. A quanto pareva, nell'hotel tutti avevano deciso di mangiare alla stessa ora. Che diamine, perfino quel maledetto clown si stava ingozzando di uova e bacon.

«Come un sasso», disse Tiff bevendo del succo d'arancia.

Bryant e Stacey le lanciarono delle occhiatacce.

«Che c'è?»

«Trilli, tu russi», spiegò Kim. «E forte».

«Molto forte», aggiunse Stacey, che aveva condiviso la camera con lei.

Perfino Bryant era uscito dalla sua con un cuscino in mano.

«Un tantino estremo», aveva commentato Kim alle quattro del mattino dal divano, immaginando che volesse usarlo per soffocare la giovane agente.

«Maledizione, sei nel mio posto», aveva detto lui sperando che qualche metro di distanza in più potesse aiutare ad attutire quel suono. Non era così, gli aveva assicurato Kim, e lui era tornato a letto con aria affranta.

Eppure non era stato il russare di Tiffany a tenerla sveglia. Era stata la sua mente, che tracciava linee invisibili tra tutte le persone che aveva conosciuto durante la settimana. Alla fine, aveva temuto che la testa fosse sul punto di esplodere.

Kim sfruttò il tempo usato dalla squadra per ordinare il cibo guardandosi intorno con attenzione nel ristorante, pieno zeppo di gente, ma le bastarono tre lunghe occhiate per capire che la donna che aveva visto cenare da sola la sera prima non c'era. Era come se fosse scomparsa. Eppure Kim aveva notato una grande ostilità tra lei e Serena Welmsley, e voleva sapere perché.

«Okay, ecco il piano», disse quando il cameriere si fu allontanato. «Bryant e io andremo in giro a fare domande, e voglio che voi due scaviate un po' più a fondo su Beth Nixon. Voglio sapere se il suo ricovero in una struttura è stato un caso isolato, e voglio sapere tutto ciò che è successo nell'anno precedente al ricovero. C'è stata una specie di tragedia familiare di cui non ha voluto parlare».

«Okay, capo, lo...».

«E voglio anche che scopriate qualcosa su questa famiglia Robinson, che ha perso il figlio pochi giorni fa. Non penso ci siano collegamenti, ma le tempistiche non mi convincono, quindi voglio poterlo escludere».

«Nessun problema, lo...».

«E appena avrete finito, voglio che identifichiate gli anni in cui le tre vittime hanno partecipato a questa manifestazione, e con quali bambini sono entrati in contatto. Poi controllate tutti gli ex concorrenti che si trovano sulla lista dei partecipanti a qualsiasi titolo: genitori, volontari, giudici, tutti», concluse, rendendosi conto della quantità di lavoro che aveva appena gettato loro addosso.

«Pensa che il nostro uomo sia qui, vero?», chiese Tiffany con un filo di voce, come se l'idea di trovarsi nello stesso edificio di un serial killer le fosse appena balenata in mente.

«Certo», rispose lei. «Dove altro potrebbe essere, considerando le nostre vittime?», le domandò.

Nessuno ribatté, ma tutti e tre si guardarono intorno, come se potessero individuarlo lì, nella sala colazione.

«Ragazzi, non è che gira con un cartello sulla testa», rise lei.

«Potrebbe anche essere una donna», tentò Tiff.

«Non l'abbiamo mai escluso», spiegò Kim. «Credimi, abbiamo incontrato diverse assassine, se parliamo al maschile è solo per comodità».

«Le donne non tendono a usare il veleno per uccidere?», domandò Tiff finendo la seconda tazza di tè.

«Così dicono i romanzi gialli, ma le donne assassine con cui abbiamo avuto a che fare noi non usavano quel sistema», rispose Bryant.

«Ma tu continua pure a fischiettare quelle sigle tivù, Tiff, e ti prometto che lo prenderò in considerazione», aggiunse Stacey.

Risero tutti mentre Stacey fissava con aria eloquente la tazza di tè di Tiff.

Il sorriso svanì all'istante dal volto di Kim quando una figura che conosceva bene apparve sulla porta.

«Okay, ragazzi, e lei che diamine ci fa qui?».

73

«Allora? Sei quasi pronto?», chiese Penn a suo fratello che stava dando l'ultimo morso al pane tostato. Sempre uguale. Una fetta, metà solo burro e l'altra metà anche con marmellata di fragole.

«Ricordami perché pago la colazione a scuola?», gli domandò.

«Boh», fece Jasper sfregando le mani furiosamente per far cadere le briciole dalle dita.

Jasper frequentava la scuola pubblica da cinque anni, e l'adorava. All'inizio Penn era stato terrorizzato all'idea che potessero prenderlo in giro o bullizzarlo, aveva sentito il bisogno di proteggerlo dalla malvagità che il mondo mostrava verso chi era diverso.

Un giorno Penn aveva chiesto a suo fratello se qualcuno lo trattasse male o lo insultasse. Jasper aveva annuito e gli aveva riferito alcuni sfottò.

Era stato travolto dalla collera. Penn aveva mantenuto un'espressione neutra mentre lo ascoltava, ma nella sua mente stava già andando a scuola a chiedere un intervento da parte degli insegnanti, o era pronto a portarlo via per sempre. Aveva già deciso. Suo fratello non sarebbe mai più stato costretto a sopportare di essere preso di mira.

«Prendono in giro Billy perché zoppica. Sarah perché ha le sopracciglia troppo folte. Misty invece perché i suoi genitori sono *vidorziati*».

«Divorziati», lo corresse Penn.

«È quello che ho detto. Sai cosa ha detto di fare Billy ai prepotenti?»

«Che cosa?», chiese lui.

Jasper si coprì la bocca e rise come se stesse per dire qualcosa di proibito.

«Forza», insisté Penn.

«Ha detto di prenderli a calci nelle palle».

Suo fratello aspettò di scoprire se sarebbe stato rimproverato, invece Penn scoppiò a ridere, sentendo la tensione scivolare via dal suo corpo. Non aveva mai amato di più suo fratello, o Billy.

«Ora vai. Va' a lavarti i denti», gli disse guardando l'orologio.

Sentì i suoni familiari del fratello che sparecchiava i piatti della colazione, sistemando la mezza fetta di pane tostato carica di marmellata su un foglio di carta da cucina quadrato.

Sentì i saluti tra suo fratello e sua madre, che non scendeva quasi mai per colazione. Aspettò alla porta d'ingresso con lo zaino in una mano e la fetta di pane nell'altra.

Quando Jasper si infilò lo zaino, Penn gli arruffò i capelli.

«Buona giornata, piccoletto».

Jasper si allungò e ricambiò il gesto. «Anche a te».

Penn rise e gli diede il pane tostato.

La prima volta in cui suo fratello gli aveva chiesto di potersi incontrare con i suoi amici in fondo alla strada, lui si era sentito al tempo stesso orgoglioso e terrorizzato.

Aveva seguito Jasper a sua insaputa, le prime mattine. Si era aspettato di vederlo sbocconcellare il lato del pane con la marmellata mentre andava, invece quando aveva raggiunto gli amici aveva consegnato la fetta al suo migliore amico, Billy.

Billy proveniva da una famiglia con sette fratelli e sorelle, ed era molto raro che facesse colazione.

Molte persone avrebbero avuto parecchio da imparare da suo fratello, pensò chiudendo la porta.

Senza la gradita distrazione di Jasper, i suoi pensieri tornarono alla giornata che lo attendeva, una prospettiva assai poco allettante.

74

Kim osservò ogni movimento della donna, e solo quando si sedette con un caffè a un tavolo singolo appena liberato le si avvicinò.

«Che piacere vederla, Veronica», le disse accomodandosi davanti a lei. «Ma si può sapere che cosa ci fa lei qui?»

«Ero curiosa», rispose lei, senza mostrare la minima reazione emotiva né al tono di Kim né alla sua domanda. «Volevo vedere cosa affascinasse tanto Belinda per tutti questi anni», aggiunse guardandosi intorno. «Mi chiedevo perché continuasse a tornare in questo posto».

Kim aprì la bocca per parlare, poi si fermò. Erano tante le cose che voleva sapere, ma per un rapidissimo istante aveva colto una nota di tristezza nella sua voce, come mai le era capitato. Una nota che in qualche modo era riuscita a sfuggire al muro che la donna aveva eretto fra sé e il mondo.

Come mai era diventata così?

«Veronica, che diavolo le è successo in passato?», le chiese con gentilezza.

«Niente che abbia voglia di condividere, ispettore», rispose lei aggrappandosi alle proprie barriere. Kim le vedeva e le comprendeva, ma c'era qualcosa in quella donna che voleva uscire.

«A chi potrebbe nuocere, ormai? Non è rimasto nessuno. Mi racconti la sua versione».

Veronica la guardò negli occhi. «Proprio non ci arriva, vero? Non esiste una mia versione. Io non ho mai contato nulla. Contava solo mia sorella. In tutto e per tutto. Sempre».

«Okay, allora mi parli di Belinda. Com'è stata la sua infanzia? Lasci pure da parte la sua».

Eppure, a giudicare dal filmato televisivo che avevano visto, Veronica non era stata completamente esclusa.

Lei bevve un sorso e, con sua sorpresa, Kim notò un leggero tremito nella sua mano. Tutta la collera e l'ostilità che provava per quella donna svanirono. C'era un essere umano lì dentro, per quanto lei si sforzasse di nasconderlo. E aveva sofferto; in qualche modo, Kim l'aveva sempre percepito.

«Quando è nata Belinda, avevo quattro anni. Ero una bambina nella norma, abbastanza ordinaria, e di sicuro abbastanza grande da sentire i miei raccontare a chiunque che Belinda faceva "tutto molto prima di quando lo ha fatto Veronica". Ha imparato prima a parlare, a camminare, a fare lo spelling della prima parola. Era chiaro a tutti che fosse intelligente. Ricordo il suo primo giorno di scuola. Mio padre mi venne a prendere in classe in anticipo e mi tenne per mano mentre andavamo verso quella di Belinda. L'insegnante cominciò a dirgli delle incredibili capacità matematiche che aveva dimostrato di possedere in un solo giorno. Gli mostrò le somme che aveva eseguito, e ho impresso nella memoria il modo in cui lui mi lasciò la mano mentre ascoltava».

Il sorriso mesto riapparve nel rivivere il ricordo. Kim restò colpita dal significato di un gesto tanto semplice, se era rimasto scolpito nella sua mente per oltre sessant'anni.

«Quella sera, quando siamo tornati a casa, lo osservai. Ero seduta sul divano e lo vidi sottoporla a test e domande. Anche mia madre assisteva, batteva le mani estasiata quando mio padre prendeva la calcolatrice per dimostrare che Belinda aveva dato la risposta giusta».

Il racconto era tutto incentrato sulla figlia minore, ma l'attenzione di Kim restò puntata sulla bambina seduta sul divano a osservare.

«Alla fine Belinda si stancò e tornò ai suoi giochi. I nostri genitori andarono in cucina e discussero in privato. Ma quello fu il giorno in cui tutto cambiò. Da allora in poi, mio padre la esaminò ogni sera».

«Fu allora che Jemima fu gettata via?», chiese Kim.

Veronica annuì, sorpresa che Stone se ne ricordasse.

«Alla fine mio padre cominciò ad andare a scuola per controllare come venisse gestita la sua istruzione. Voleva che saltasse degli anni di corso, ma l'istituto non poteva assecondare la sua richiesta».

«Perché?», chiese Kim, accorgendosi che la sala si stava svuotando intorno a loro.

«Perché lei era indietro in altre materie, ispettore. Era sotto la media in inglese, e la sua abilità di memorizzare altre nozioni era carente, per non dire di peggio».

«Sul serio?», fece Kim, sorpresa. Era convinta che un bambino gifted ottenesse risultati eccellenti in ogni ambito.

«Mio padre non voleva crederci; era sicuro che la stessero ostacolando. Così ci ha tolte dalla scuola e ha lasciato il lavoro per istruirci personalmente. Creò un curriculum che dimostrava come fosse in grado di affinare le abilità matematiche di Belinda e aiutarla a recuperare nelle altre materie. Io imparavo solo quello che insegnava a lei».

«Perché ha tolto dalla scuola entrambe?», chiese Kim, non in tono polemico.

«Perché a quel punto mio padre si era convinto che il dono di Belinda fosse genetico e che io non mi impegnavo abbastanza. Mi considerava pigra. In ogni caso, cominciò a leggere del padre di Maria Agnesi».

Kim scosse la testa.

«Maria Agnesi nacque nel XVIII secolo. Era una poliglotta fin dalla nascita, e all'età di tredici anni parlava in modo corrente sette lingue. Eccelleva anche in matematica e filosofia. Sua sorella minore era un talento musicale, e suo padre organizzava serate di intrattenimento».

Gesù, pensò Kim. A quanto pareva aveva fatto molto di più che studiare il caso di Maria Agnesi. Da ciò che avevano scoperto a proposito dell'infanzia delle due sorelle, quell'uomo aveva quasi modellato la loro vita su quella della famiglia Agnesi.

«Alcuni sono convinti che un talento prodigioso nasca da una capacità innata in un bambino. Altri invece pensano che sia l'ambiente ad avere un ruolo fondamentale. Mio padre decise di non lasciare niente al caso. Sulle prime mia madre cercò di opporsi, ma alla fine lui la scavalcò».

«E com'era studiare in casa?»

«Mio padre trasformò il soggiorno in una classe: due banchi, una lavagna, scaffali pieni di libri. Al posto dei quadri appese alle pareti cartine geografiche e tavole periodiche. Venne rimosso ogni stimolo esterno, e se si accorgeva che guardavamo fuori dalla finestra, abbassava la tapparella».

«Ma com'è stato?», chiese di nuovo Kim. Riusciva a immaginare la situazione, ma non era l'arredamento a interessarle.

«Probabilmente io ci misi di più ad abituarmi. Avevo frequentato la scuola per qualche anno, e avevo degli amici».

Non c'era amarezza nella sua voce, solo rassegnazione.

«E l'unica cosa bella della scuola, ispettore, è che a una certa ora del giorno finisce».

«Vi faceva lavorare duramente?»

«Oh, sì, e ci toglieva i giocattoli per incoraggiarci o punirci, decida lei come vederla».

«È brutale», disse Kim. Ripensò a qualcosa che aveva appreso dalle autopsie. «C'erano anche stimoli fisici?», domandò.

«Immagino lo sappia già, altrimenti non lo chiederebbe», rispose lei.

«Colpi di righello sulle nocche?»

«E dietro la testa», disse Veronica toccandosi la nuca. «La prima volta è stato perché avevo fatto ridere Belinda con una smorfia mentre lui era uscito dalla stanza, e al suo ritorno lei non riusciva a smettere di ridacchiare. Era uno di quegli accessi di risa in cui più cerchi di smettere e più diventa impossibile. Lei non ci riuscì, e per la frustrazione lui le diede un colpo sulle nocche con il righello, che poi divenne il suo strumento preferito, per così dire. Eppure, non fu questo a colpirmi di più, quella prima volta».

Kim aspettò.

«Fu mia madre, in piedi sulla soglia. La guardai speranzosa, sicura che avrebbe detto o fatto qualcosa, e per un attimo pensai che stesse per intervenire, invece si voltò e se ne andò».

«Suo padre sembra un mostro, se devo essere sincera», notò Kim.

Veronica scosse il capo. «Non lo era. Non è mai stato il più amorevole dei padri, ma il dono di Belinda lo ha spinto a cercare di trarne il massimo, di esplorarlo e affinarlo. Non sto dicendo che fosse perfetto, ma non era un mostro».

Gli era ancora devota, capì Kim, nonostante fosse evidente come le sue azioni avessero modellato le vite di entrambe le sorelle.

Kim cercò di immaginare come fosse stata la vita di Veronica, portata via da un normale ambiente scolastico, dagli amici, dal gioco e dalle interazioni, per ritrovarsi in un'esistenza isolata, rinchiusa, creata da suo padre.

«Provò in tutti i modi a plasmarci, nonostante il fatto che gli studi dimostrino come l'avere doti prodigiose durante l'infanzia non sia un forte indicatore di successo in età adulta. I bambini plusdotati non diventano quasi mai adulti geniali. Esiste una finestra temporale durante la quale le loro capacità sono interessanti».

«Ho visto il programma televisivo», disse Kim. «Quello in cui…».

«Ah, ho capito benissimo quale», rispose lei, e sul suo volto passò una moltitudine di emozioni. Era come se tutti i sentimenti profondi che erano stati assenti per l'intera settimana le fossero balzati in viso nello stesso momento.

«È per questo che ci ha ostacolati e ha tenuto dei segreti? È questo che non voleva farci scoprire?», domandò Kim.

«È una delle cose», ammise lei. «Ma il motivo è soprattutto che fu il periodo peggiore delle nostre vite, un tempo in cui venivamo trattate come fenomeni da baraccone, creature insolite, giudicate e analizzate. Io non desidero essere esposta allo scrutinio e all'attenzione del pubblico. Mi sono costruita una parvenza di vita, e il mio passato è un luogo che non desidero visitare».

Kim non faticava a capirlo. Anche lei viveva allo stesso modo.

«Come reagì suo padre quando Belinda sbagliò la risposta?», chiese, ripensando all'espressione tesa dell'uomo nel filmato.

«Questa informazione ha un prezzo», rispose Veronica.

«Quanto?», domandò lei, pronta a offrire la sua casa, la moto, praticamente qualsiasi cosa, a parte il cane. Era tutta la settimana che voleva sentire quella storia.

«Un altro caffè, come minimo», fece lei con uno sguardo alla tazza vuota.

«Quella trasmissione ebbe conseguenze particolari?», chiese Kim alzandosi in piedi.

«Sì, ispettore, perché fu allora che tutto cambiò».

75

Bryant aveva già deciso il suo obiettivo e si alzò quando i Welmsley ebbero finito di fare colazione e lasciarono il tavolo. Cercò di fare un cenno al capo, ma lei sembrava non avere occhi che per Veronica Evans, la quale, paradossalmente, sembrava l'unica a parlare. Cercò di non dare a vedere il fastidio che provava all'idea che quella donna si stesse confidando con Kim anziché con lui, cosa che non capitava quasi mai. Anche se immaginò che non ci si potessero aspettare grandi confidenze da una come lei.

La sua attenzione, però, era puntata sull'organizzatrice della manifestazione. Aveva trovato molto interessante il racconto del capo sulla conversazione avuta con i gemelli, e voleva saperne di più.

Seguì la donna nella sala degli scacchi, la quale raggiunse il fratello accanto al tavolo dove tre giudici chiacchieravano tra loro.

Qualche «Permesso» sussurrato lo costrinse a spostarsi dalla porta. Anche se non stava ancora succedendo nulla, era come se tutti fossero passati in modalità biblioteca, obbedendo ai cartelli con scritto "Si prega di fare silenzio" appesi alle pareti.

Bryant osservò i genitori prendere posto ai margini della sala insieme ai loro figli. C'era una rigida cordialità, rapidi sorrisi o cenni del capo, ma gli sguardi venivano subito distolti. Ebbe la sensazione che per i genitori di bambini dalle menti simili quella non fosse un'occasione per stringere amicizia.

Jared Welmsley porse un foglio al giudice più vicino e lasciò la sala.

Serena si avvicinò a Bryant. «È appassionato di scacchi, agente?».

Non si erano ancora presentati, ma immaginò che lo avesse visto seduto con il capo.

«Bryant», le disse porgendole la mano. «E non è tanto la passione per gli scacchi, quanto…».

«Per il fenomeno dei bambini gifted in generale?».

Anche se detestava ammetterlo, annuì, e proprio in quel momento il giudice cominciò a fare l'appello.

«Quarti di finale», spiegò lei mentre ragazzi e ragazze prendevano posto. «Qui ci sarà troppo silenzio per parlare, vogliamo fare due passi?»

«Certo», le disse e la seguì fuori.

Si voltò verso di lui appena furono nel corridoio. «Allora, cosa le interessa in particolare, agente?», gli chiese con gentilezza.

«È come se questo livello di intelligenza nei bambini suscitasse in me una sorta di interesse morboso. Non voglio che le mie parole suonino tanto banali da risultare offensive, ma dei grandi cervelli in piccoli corpi sono una cosa inquietante, per usare un eufemismo».

«Considerando il suo evidente interesse, sapeva che studi scientifici hanno dimostrato che i cervelli dei bambini gifted sono diversi da quelli normali?».

Bryant scosse il capo mentre raggiungevano la porta aperta della sala della musica.

«Esistono bambini talentuosi di ogni tipo: musicisti, acrobati, artisti, giocatori di scacchi, matematici, programmatori informatici, perfino maghi. Qui non riusciamo a soddisfare proprio tutte le esigenze, ma ci piace pensare di fare un buon lavoro».

Per Bryant era evidente quanto fosse orgogliosa della manifestazione che organizzavano. Non era sicuro che fosse in cerca di complimenti.

«I genitori dei bambini plusdotati sono tutti assillanti?», le chiese. Anni prima aveva guardato distrattamente un programma su Channel Five che trattava di genitori troppo insistenti, ed era rimasto infastidito dal modo in cui quegli adulti si concentravano solo sul talento del bambino e non sul bambino stesso.

Scosse la testa. «Terence Tao, australiano, sapeva fare calcoli e leggere all'età di tre anni. A sei aveva imparato il BASIC da autodidatta e aveva scritto diversi videogame. I suoi genitori non volevano né la notorietà né guadagnarci sopra, così crearono una tabella nella quale il figlio avesse comunque il tempo di essere un bambino. Iniziò le superiori a sette anni, e il suo QI corrispondeva a un punteggio di 220, contro una media di 100. Prese 760 su 800 ai test attitudinali e superò il test d'ingresso per l'università all'età di otto anni».

«Accidenti, davvero notevole».

«Senza dubbio, eppure non è mai stato spronato a dare il massimo dai genitori, e adesso è un uomo ben inserito, sposato, con un buon lavoro».

«Ma è un'eccezione?», chiese Bryant.

«I genitori insistenti sono davvero tanto malvagi?», ribatté lei.

«Immagino che ognuno di noi consideri la propria infanzia come normale. I miei genitori volevano solo che fossi felice. Non mi hanno insegnato a essere competitivo, ma solo a dare il meglio».

«Lo capisco e la prego di non offendersi per ciò che sto per dire, perché sono sicura che svolga il suo lavoro di agente di polizia in modo impeccabile, ma…».

«Ma non sarò certo io a cambiare il mondo», concluse per lei.

«Mi permetta di metterla in un altro modo. Negli anni Quaranta e Cinquanta, c'erano quiz per bambini all'interno di alcuni programmi televisivi. Uno di loro, James D. Watson, fu uno dei vincitori del premio Nobel per la scoperta della struttura del DNA. Ma per rassicurarla, posso confermarle che non tutti i genitori usano il Tiger Parenting come metodo educativo», concluse sorridendo.

Bryant scosse il capo. Aveva già sentito quel termine, ma non era sicuro di sapere di preciso cosa significasse.

«È un concetto diffuso soprattutto in Cina e descrive una genitorialità molto rigorosa, che pretende dai figli il massimo del successo possibile. Un po' come le madri delle concorrenti dei concorsi di bellezza. Mettono davanti a tutto l'istruzione e permettono ai bambini di partecipare solo ad attività per le quali sia in palio un premio. Esercitano un livello elevatissimo di controllo psicologico sui figli e tendono a utilizzare minacce a sfondo emotivo e punizioni fisiche a basso impatto. Non consentono al bambino alcuna libertà decisionale e ignorano le competenze trasversali, come la socialità, i rapporti con le persone, l'intelligenza emotiva, per fare degli esempi».

«Ma cosa accade a quei bambini, a lungo termine?», chiese Bryant. «Sono sicuro che un'infanzia equilibrata sia indispensabile», insisté.

«Gli studi dimostrano che perdono il senso di appartenenza, di determinazione e l'autostima. In Cina sono sempre di più i bambini tra i cinque e i dodici anni che ricorrono a un sostegno psichiatrico e arrivano addirittura al punto di contemplare il suicidio».

Bryant si domandò come potesse un bambino di cinque anni provare sentimenti del genere.

«Non hanno strategie per affrontare le situazioni. Non sono in grado di gestire i sentimenti negativi. Ricorda Shirley Temple?», riprese Serena, proseguendo nel corridoio mentre un bambino cominciava a suonare il pianoforte.

Bryant annuì. Tutti ricordavano la piccola attrice.

«Il suo fascino era dovuto alla sua spontaneità e al fatto che si divertisse moltissimo. Non sembrava che stesse lavorando, e la sua immagine così ben costruita le consentì di godere di un'infanzia normale. Solo che la sua tabella di marcia quotidiana iniziava alle sette e si concludeva alle cinque e mezza del pomeriggio. Un solo critico notò qualcosa di scortese e maleducato in lei, nonostante tutti coloro che la circondavano facessero il possibile per non viziarla. Aveva un suo villino con tre camere da letto all'interno della proprietà degli studi cinematografici, un tutore che la seguiva ogni giorno, una guardia del corpo personale, consulenti medici, un sistema di rilassamento, ma non poteva vedere film per non rischiare che influenzassero il suo stile».

«Non starà pensando che...».

«Sto cercando di spiegarle che i genitori esigenti sono ovunque, agente, e sono sempre esistiti. Non sono limitati al mondo dei bambini plusdotati. Durante le gare sportive scolastiche ci sono sempre genitori che spingono i figli a dare il massimo. Genitori che spediscono folli e-mail agli insegnanti e ai presidi per dir loro come devono fare il loro lavoro».

«Non c'è anche un libro famoso che parla del Tiger Parenting?», chiese Bryant quando si rese conto che probabilmente era lì che ne aveva sentito parlare.

«Oh, sì, il racconto sconvolgente di Amy Chua su come spinse le sue due figlie fino all'estremo virtuosismo».

«Sembra che lei conosca molto bene il Tiger Parenting», sottolineò Bryant.

«Sì, io e Jared siamo stati cresciuti con un metodo autoritario, e guardi come siamo venuti su bene».

"Eh già", pensò Bryant seguendola nel corridoio.

76

«Quanti ne hai?», chiese Stacey dall'altra parte del tavolo da pranzo dell'hotel. Aveva già scoperto in quali anni avevano partecipato alla manifestazione le prime due vittime, e tutti e dieci gli anni ricadevano all'interno del periodo in cui l'evento era organizzato da Freddie Compton. Tiff stava cercando di incrociare i dati per trovare ragazzi che fossero entrati in contatto con tutti e tre.

«Sono novantasei», rispose Tiff. «Come minimo».

«Gesù», esclamò Stacey.

«Il problema è che non esiste un registro dei bambini con cui potrebbe aver parlato Belinda, perché lei non era presente all'evento a titolo professionale e potrebbe aver avuto contatti anche con tutti. Per inciso, nel corso di quei dieci anni in cui erano presenti tutti e tre, si parla di oltre trecento bambini».

«Ci servirebbe una squadra di dieci persone per esaminarli tutti», sottolineò Stacey.

«E Freddie Compton non è di alcun aiuto, perché essendo l'organizzatore potrebbe essere entrato in contatto con ognuno di loro. Quindi l'unico registro che possiamo usare per restringere il cerchio è l'elenco dei bambini che Barry Nixon ha incontrato per un consulto mentre si trovava qui».

«Questo però non significa che non abbia interagito anche con altri bambini presenti», aggiunse Stacey. Comprendeva la logica di Tiff, ma era più realistico pensare che ogni bambino che avesse partecipato alla manifestazione nel corso di quei dieci anni fosse un sospettato. «Dovremo cercare di esaminarli tutti».

«Non me lo dire», fece Tiff. «Ero speranzosa su un tizio che non ha fatto mistero di odiare questo evento, ma adesso lavora ad Akademgorodok».

«Come, scusa?»

«La città dei geni, in Russia. È lì che migliaia di scienziati e studenti talentuosi abitano e lavorano. Il mio uomo insegna matematica e fisica in un collegio speciale».

«Mai sentito nominare», disse Stacey.

«Nemmeno io, ma il solo pensiero di un posto del genere mi dà i brividi».

«Perché?», chiese Stacey sorridendo vedendola fare una smorfia e sollevare le spalle.

«Non lo so, mi fa pensare a tutti quei genitori così insistenti che cercano in tutti i modi di far diventare i figli delle superstar accademiche».

«Non credi che i genitori dovrebbero spronare i figli a sfruttare al massimo il loro potenziale?»

«Wow, Stacey, detta così sembra una cosa assolutamente normale e scontata, ma non sono sicura che *spronare* sia la parola giusta per alcune delle storie che ho letto finora. Voglio dire, qui parliamo di un accanimento nell'escludere tutto il resto, e a me sembra completamente sbagliato».

Ah, il mondo o bianco o nero dei ventenni, pensò Stacey, che ricordava molto bene come fosse. Le zone grigie della vita arrivavano solo qualche anno dopo.

«Lo capisco», concesse Stacey, decisa a dimostrare la propria teoria. «Ma quando prendi uno smartphone nuovo, qual è la prima cosa che fai?»

«Carico i social media e le e-mail».

«Poi?»

«Scelgo la suoneria».

«Poi?»

«Provo la videocamera».

«Poi?»

«Lo riempio di app».

«Quindi lo provi, giusto? Vedi cosa puoi farci? Ne esplori le funzionalità?»

«Be', sì, ma è normale, giusto?»

«È normalissimo cercare di sfruttarlo al massimo».

«Ma dove finisce?», chiese Tiff. «Come fanno le persone che vogliono un bambino gifted e non ce l'hanno? Si rivolgono all'eugenetica?».

Stacey conosceva bene la scienza che cercava di ottenere la miglior progenie attraverso la selezione degli incroci o la manipolazione genetica.

«Stai portando la discussione verso una direzione completamente diversa», disse Stacey. La compagnia di quella Tiff le piaceva molto di più della precedente. La donna che aveva di fronte aveva un'opinione, e non aveva paura di esprimerla.

«Non proprio, perché sta già succedendo. In California c'era il Repository for Germinal Choice, dove le madri potevano ottenere l'inseminazione artificiale da un gruppo di vincitori del premio Nobel. Si creano aspettative di grandezza ancor prima che il bambino sia nato, e se non è un genio, la delusione è immediata. Non so che impatto possa avere su un bambino».

«Ma torniamo alla metafora del telefono. Sono i progressi scientifici che ti consentono di fare foto, giocare e installare migliaia di applicazioni».

«Il semplice fatto che possiamo non significa che dovremmo», controbatté Tiff.

«Secondo te quindi cosa dovrebbero fare i genitori dei bambini gifted?», chiese Stacey.

«Vorrei solo che ogni bambino avesse un'infanzia, che potesse essere piccolo».

Bianco o nero.

«Mi sembra giusto. Quindi, la prossima volta che comprerai un cellulare, disabilita tutte le funzioni tranne quella per fare chiamate».

«Bella osservazione, c'è solo un problema».

«Cioè?»

«Non ho alcuna intenzione di danneggiare per sempre la psiche del mio cellulare scaricando un gioco come *Pet Rescue*».

Stacey la fissò per venti secondi buoni prima di scoppiare a ridere.

«Ottima risposta, Tiff. Ottima risposta», disse tornando a concentrarsi sul suo schermo. «Dammi solo qualche minuto per concludere che non c'è assolutamente niente di interessante da scoprire su Beth Nixon e mi getterò a capofitto su quei nomi insieme a te», disse, riprendendo la ricerca.

Fino a quel momento era riuscita a scoprire che Beth era stata portata all'evento solo una volta dalla sua casa nel Lancashire, accompagnata dalla nonna materna, che aveva adottato lei e il suo fratellastro quando la loro madre era morta per un tumore al cervello. All'epoca in cui accadde la bambina aveva cinque anni e il fratello diciannove mesi. Durante la manifestazione, Beth, ormai quattordicenne, era stata sottoposta a due sedute di psicoterapia con Barry Nixon, il suo futuro marito, e a Stacey non interessava come avesse raccontato la cosa al suo capo e a Bryant: a lei sembrava sbagliato, punto e basta.

Aveva esaminato con attenzione il curriculum scolastico della donna ed era arrivata al punto in cui era entrata di sua volontà al Meadow View Psychiatric Hospital, nel Nord del Paese, per un ricovero di due mesi, prima di laurearsi in Fisica. Si domandò quanto ancora fosse necessario scavare, prima di scoprire qualcosa di anche solo lontanamente interessante su di lei.

Sospirò e diede uno sguardo alla collega, schiacciata dal carico di lavoro.

«Passami qualcuno di quei nomi, Tiff», disse, tendendo la mano.

Beth Nixon doveva aspettare.

77

Penn era ad appena un chilometro e mezzo dalla stazione di polizia quando il suo cellulare squillò.

Mise la freccia e si fermò in un posteggio libero. «Ehi», rispose.

«Ehi a te, agente», ribatté Mitch. «Ho pensato che volessi sapere il prima possibile i risultati degli esami in più che ho eseguito».

«Grazie, Mitch», disse lui, ma non aveva nemmeno idea di cosa fosse alla ricerca il tecnico. «Allora, cos'hai trovato?»

«Un cazzo di niente», rispose l'uomo.

«Ah», fece Penn, confuso.

«Già, è strano, vero?», chiese Mitch.

«Mitch, non sono sicuro…».

«Ho prelevato campioni da diverse parti della maglietta. Come ben sai, tutti noi disperdiamo e raccogliamo DNA in ogni momento del giorno, e la maggior parte si deposita sugli abiti, ma questo indumento è immacolato. Vuoto».

«Quindi cosa stai dicendo, di preciso?»

«Che secondo me quella maglietta non è mai stata indossata da nessuno».

78

Quando arrivarono due caffè appena fatti, il ristorante si era svuotato.

«Allora, dicevamo del programma televisivo», insisté Kim, che aveva pagato il prezzo richiesto per l'informazione.

«Ispettore, lei sa che è possibile amare e odiare una persona nello stesso tempo?»

«Suo padre?», chiese lei.

«Troppo semplice. No».

«Continui».

«Fino a quando avevo quattro anni, gli bastavo. Le mie conquiste non erano né notevoli né in ritardo. Ero nella media, normale. Ero abbastanza. L'arrivo di Belinda invece cambiò ogni cosa. La sua genialità modificò le nostre vite. Mio padre era convinto che se mi fossi sforzata abbastanza, se avessi dedicato abbastanza ore allo studio, sarei potuta diventare come lei.

Ogni giorno, per anni, ci siamo vestite allo stesso modo, come due bamboline da palcoscenico. Ci svegliavamo nel nostro piccolo mondo, formato solo da noi e dallo studio. Era un'esistenza, non vita. Eravamo in competizione per ricevere l'approvazione di nostro padre, e perfino il suo affetto. Belinda lo desiderava anche più di me. Per lei l'attenzione era come una droga. Non le bastava mai. Di notte ci infilavamo nei nostri letti, sfinite, in silenzio, incapaci di creare un legame tra noi, come sorelle normali, perché eravamo rivali».

Scosse il capo, la mente che tornava indietro nel tempo.

Kim rimase in silenzio.

«Dopo quella trasmissione, mio padre si allontanò del tutto da noi. Belinda aveva dimostrato di essere umana. Un solo errore ed era macchiata per sempre. La vita non cambiò per quel che riguardava gli studi, ma mio padre assunse un tutore privato. Belinda non riuscì a sopportare la distanza che si era creata con mio padre. Aveva monopolizzato la sua attenzione da quando aveva quattro anni, e ora lui non era più interessato. Il viaggio per le Olimpiadi fu annullato, e...».

«Le Olimpiadi?»

«Le Olimpiadi internazionali di Matematica, nelle quali cento Paesi inviavano sei studenti ciascuno. Dovevano risolvere sei problemi senza usare calcolatrici. Belinda non voleva andarci, ma quando mio padre le tolse attenzione e affetto, fece di tutto per riconquistarlo. Non ci fu verso. Dopo quella che lui aveva vissuto come una pubblica umiliazione, era diventato indifferente. E lei non smise mai di tentare di riaverlo indietro. Ma più ci provava, più lui si allontanava.

Quando nemmeno le sue due lauree bastarono a far colpo su di lui, Belinda si rivolse a una ricerca di attenzioni più negativa».

«Sesso?», chiese Kim.

«E droga, tra i venti e i trent'anni. Aveva bisogno di attenzioni, non importava di che genere; non aveva mai conosciuto altro, e non poteva vivere senza».

«E lei, invece?», domandò Kim. «Non c'è stata nessuna occasione di fuga?»

«Ci provai. Andai via di casa per qualche mese, prima che i nostri genitori morissero. Senza qualcuno che le desse la considerazione di cui aveva bisogno, Belinda ricadde nelle droghe. Fui chiamata dall'ospedale quando rischiò un'overdose, e fu allora che capii che non potevo più lasciarla».

«Ed è rimasta accanto a lei per proteggerla da sé stessa?».

Veronica annuì. «Ci ho provato».

«E non le piaceva che venisse qui, a questa manifestazione?»

«Temevo la riportasse al passato e che lei potesse cedere di nuovo».

Kim cominciava a capire meglio il rapporto tra le due sorelle.

L'isolamento in cui erano vissute aveva forgiato tra loro un tipo di legame che erano le uniche a poter comprendere, nonostante fossero state messe una contro l'altra ogni giorno dal loro stesso padre, il quale le aveva vestite e messe in mostra per ottenere soldi e notorietà.

Alla fine Kim comprese la complessa rete di amarezza e affetto che le aveva unite per sempre.

«Per un bambino plusdotato la vita è difficile, ispettore, ma nemmeno per sua sorella è una scampagnata. Entrambe abbiamo perso la nostra infanzia, in un modo o nell'altro».

Kim riusciva a immaginarlo. «Ma lei ha dovuto rinunciare alla sua stessa vita per proteggere quella di Belinda?».

Veronica ci pensò su un attimo, poi annuì. «Sì, perché fu tutta colpa mia».

«Il programma televisivo?», chiese lei, ricordando l'espressione delle bambine. «La domanda che alla fine cambiò tutto?».

Veronica assentì di nuovo.

«Sbagliò di proposito?».

Un altro cenno di assenso.

«Ma perché?».

Quando la risposta arrivò, fu poco più che un sussurro.

«Perché glielo chiesi io».

79

Penn non fu sorpreso di trovare Travis ad aspettarlo davanti alla stazione di polizia. Aveva chiamato per avvisare il capo che aveva bisogno di parlare con lui. Travis di certo voleva sapere cosa dovesse dirgli di tanto urgente.

«Dalla tua faccia suppongo non sia una buona notizia», commentò, mordendosi il labbro inferiore.

Penn decise che non esisteva un modo per indorare la pillola per il suo ex capo, che di sicuro non avrebbe reagito meglio di lui.

«Non ho il minimo dubbio, capo. Gregor Nuryef è innocente. Non ha ucciso nessuno. Abbiamo preso l'uomo sbagliato».

Travis guardò il sacchetto delle prove e poi di nuovo lui senza fare domande. Penn era passato dall'obitorio, mentre si recava lì, e aveva ripreso la t-shirt. L'espressione sul viso del capo dava a intendere che aveva capito benissimo che ormai quell'oggetto non aveva alcun valore. La maglietta sarebbe tornata nella sala delle prove fino a quando un'inchiesta interna sul caso non fosse stata conclusa, avviando da capo una nuova catena di custodia.

Travis gli fece cenno di spostarsi dalla porta mentre cominciava a spiegargli tutto ciò che aveva scoperto.

«Questa informazione non deve uscire di qui prima che abbia avvisato i piani alti», gli disse, e in quell'istante il cellulare di Penn cominciò a squillare nella sua tasca.

Lui lo ignorò e continuò a spiegare le novità sulla maglietta.

Il telefono tacque, ma ricominciò immediatamente.

Travis si accigliò. «Qualcuno ti cerca, sembra urgente».

Penn annuì. «Sì, signore, ma credo ci sia un'altra cosa che deve...».

«Per l'amor di Dio, rispondi», gli ordinò.

Penn prese il cellulare.

Era la scuola di Jasper.

«Penn», rispose.

«Signor Penn, è tutto a posto?»

«Certo», rispose, perplesso.

«Ah, bene, volevamo solo essere sicuri, visto che non abbiamo ricevuto la sua chiamata come al solito».

«Mi perdoni, di quale chiamata stiamo parlando?»

«Per avvisarci che Jasper non sarebbe venuto a scuola oggi, ma se sta bene ci vediamo quando...».

«Signora Wicks, non so di cosa stia parlando. Stamattina ho mandato Jasper alla colazione scolastica come ogni giorno».

La donna inspirò sorpresa. «Signor Penn, Jasper non è in classe».

L'agente fu inondato da sensazioni di ogni genere. Si sforzò di restare calmo.

«Avete controllato in biblioteca?».

Spesso Jasper perdeva la cognizione del tempo, quando era lì. Più di una volta era arrivato in ritardo alla prima ora di lezione.

«Non c'è», disse lei, e Penn capì che doveva essere il primo posto in cui l'avevano cercato.

«E nei bagni, in palestra, nel laboratorio di scienze?», domandò, la mente che correva in giro per l'edificio scolastico.

«Abbiamo cercato dappertutto, signor Penn», rispose lei, la voce sempre più flebile. «E posso assicurarle che suo fratello non è nell'edificio».

Penn chiuse la chiamata, lanciò il sacchetto delle prove a Travis e corse alla macchina più veloce che poté.

80

«Che cos'hai?», chiese Stacey quando la stanza piombò di colpo nel silenzio. Aveva smesso all'improvviso di fischiettare *Il fantasma dell'Opera*, e ormai era diventato chiaro che succedeva solo se qualcosa catturava l'attenzione della giovane collega.

Sperò che Tiffany avesse trovato qualcosa di buono, così si sarebbe potuta dedicare a indagare sulla morte del piccolo Robinson; per quanto fosse una vicenda straziante, non poteva essere un sospettato, mentre le persone che stavano cercando di identificare erano potenziali killer in grado di colpire ancora.

«Dammi solo un minuto», disse Tiff, e sparì sotto il tavolo.

Il leggero ronzio della stampante era costante. La collega temporanea amava il cartaceo, in grandi quantità, e aveva usato mezza risma per stampare liste, sequenze temporali e registri di partecipazione.

«Ne ho trovato uno», gridò tenendo in aria tre fogli.

«Uno cosa?», chiese Stacey. Fino a quel momento erano riuscite a depennare più o meno quaranta nomi, tra tutte e due, di persone morte oppure emigrate.

«Un bambino di nome Damien Crouch. È venuto qui due volte di seguito, quando aveva nove e dieci anni. Campione di scacchi in entrambe le occasioni», disse, mettendo un foglio sul tavolo. «Ha incontrato il nostro amichevole psicologo tutte e due le volte. Fedina penale pulita, neanche una multa per eccesso di velocità. Felicemente sposato, ora fa il microbiologo nel Kent», dichiarò, posando il secondo foglio.

«Okay, e cosa rende interessante Damien Crouch?», domandò Stacey. Aveva già individuato anche lei cinque o sei casi simili.

Tiff sollevò l'ultimo foglio e lo agitò in aria.

«Quest'anno è tornato. Con la figlia di sei anni e mezzo».

81

Penn inchiodò quando lo scuolabus arrivò sul viale a una corsia, diretto verso di lui.

Era pieno di ragazzini, e stava andando alla piscina per la lezione della seconda ora. Lo sapeva perché aveva messo nello zaino di Jasper il costume da bagno, e suo fratello sarebbe dovuto essere su quel pullman.

Invece di farsi da parte e lasciar passare il veicolo, si fermò davanti al mezzo e scese dall'auto.

L'autista gli faceva cenni furiosi, me lui sbatté sullo sportello per chiedere di salire.

«Conosco quei ragazzi», gridò indicando all'interno. Comprendeva bene la riluttanza dell'uomo a farlo salire a bordo.

Un'insegnante che conosceva toccò l'autista sulla spalla e le porte si aprirono.

«L'avete trovato?», chiese, senza fiato.

Lei scosse la testa. «Ha provato a chiamare…».

«Scatta subito la segreteria», le disse, superandola. Aveva dato a Jasper un cellulare per le emergenze qualche anno prima, e se era Penn a chiamare, rispondeva sempre.

«Billy», chiamò a gran voce, e la testa scura del ragazzo sbucò in fondo al pullman. «Ehi, amico», riprese cercando di mantenere un tono calmo. «Che è successo stamattina a Jasper?».

Lui si strinse nelle spalle, gli occhi pieni di paura. Penn capì che aveva un'aria minacciosa, incombendo così su di lui, e che si stava mostrando troppo agitato.

Si sedette di fronte a lui e sorrise, cercando di imprimere un'espressione rassicurante al suo volto. «Va tutto bene, Billy, non hai fatto niente di male. Ho solo bisogno di trovarlo. Vi siete incontrati in fondo alla strada?».

Il ragazzo annuì, e Penn fu invaso da un enorme senso di sollievo. Era arrivato al punto di ritrovo, quindi Billy doveva sapere dov'era andato.

«Ti ha dato il pane tostato?».

Un sorriso appena accennato e un altro cenno d'assenso.

«E poi dov'è andato? Come mai non è venuto a scuola con te?»

«Ho guardato il telefono di Lucy per un minuto. Mi ha fatto vedere un video di un cane che faceva sci d'acqua. Era buffo, e...».

«Dov'era Jasper, Billy?», insisté lui, sforzandosi di non parlare in tono troppo insistente.

«Non lo so. C'era una macchina, e...».

«Jasper è salito su una macchina?», chiese, consapevole di aver alzato la voce.

«S... sì», rispose Billy, sgranando gli occhi. Il labbro inferiore cominciò a tremargli.

«È tutto okay, amico. Non hai fatto niente di male», disse, tornando verso la parte anteriore del pullman.

Penn si sforzò di riflettere. Lo smarrimento gli offuscava la mente, ma sapeva che Jasper era un ragazzo assennato. Sapeva bene che non doveva andare da nessuna parte con degli sconosciuti, e a quel pensiero il cuore di Penn cominciò a rimbombargli nel petto, perché poteva significare solo una cosa.

Suo fratello era salito sull'auto di qualcuno che conosceva.

82

«Damien Crouch», disse Kim a Bryant chiudendo la chiamata arrivata da Stacey mentre aggiornava il collega sulla conversazione con Veronica. «Ha ventisette anni, ex campione di scacchi qui, è venuto con la figlia piccola. Stace sta cercando una sua foto aggiornata». Si guardò intorno. «Poi dovremo cercarlo», aggiunse dirigendosi verso il bancone della reception.

Era un'ottima pista, solida, quella scoperta da Trilli e Stacey, proprio il genere di persona che stava cercando. Qualcuno che avesse partecipato alla manifestazione in passato e che fosse presente anche in quel momento.

Mostrò il tesserino all'addetto e diede un'occhiata al nome sul suo cartellino.

«Raymond, dobbiamo parlare subito con uno dei vostri ospiti. Si chiama Damien Crouch, qualcuno ha appena urtato la sua auto nel parcheggio qui fuori».

Un'espressione preoccupata si dipinse subito sul volto dell'uomo.

«È tutto a posto, nessun ferito, ma il mio collega ha assistito alla scena», aggiunse mentre lui digitava qualcosa sul computer.

«Possibile che la tua impazienza non abbia limiti», chiese Bryant voltando le spalle a Raymond.

«È una domanda retorica, vero?», rispose lei girandosi a sua volta mentre Raymond prendeva il telefono.

Dalle attività intorno a loro era chiaro che si stava avvicinando l'orario della pausa. Ci fu un improvviso vociare e del movimento, come un treno che si svuota su una banchina silenziosa. Con quel livello di caos, se anche avessero avuto una foto rischiavano di dover cercare tutto il giorno.

Osservò un uomo dai capelli neri che superava veloce il serpentone di gente con aria inquieta, puntando dritto verso il bancone. Indossava un paio di jeans neri, scarpe da ginnastica e una felpa casual.

«Eccolo», disse Kim muovendosi per intercettarlo.

Mostrò il tesserino. «Signor Crouch?».

Lui diede uno sguardo dietro di lei, alla reception, per chiedere conferma che fosse la persona per la quale era stato chiamato.

Raymond annuì.

«Volete dirmi qualcosa sulla mia auto?», chiese, lo sguardo che andava verso l'ingresso dell'hotel e il parcheggio antistante.

«La sua macchina non ha alcun problema, signor Crouch», disse lei. «Abbiamo bisogno di parlarle per tutt'altro motivo».

«Ma...», fece lui guardandosi intorno.

«Ah, non si preoccupi per Raymond. Deve aver capito male. È molto impegnato. Non vogliamo parlare dell'auto. Preferiamo parlare con lei di omicidi».

83

Penn osservò lo scuolabus allontanarsi. Tutti, a bordo, tornavano alla loro normalità, mentre il suo mondo stava crollando. Non sapeva nemmeno cosa si aspettasse che facessero. L'unica certezza che aveva era di essere solo.

Quando aveva ricevuto la chiamata dalla scuola, aveva deciso di aspettare prima di informare la madre. La sua salute incerta avrebbe risentito dello stress. E poi era convinto che sarebbe riuscito a rintracciare Jasper in pochi minuti, invece cominciavano a essere passate ore dall'ultima volta in cui suo fratello era stato visto. Il terrore per la sua sicurezza cominciava a essere molto reale, e una telefonata a sua madre era ormai inevitabile.

«Non è successo niente, non è successo niente, è un ragazzo assennato, non è successo niente», cantilenò tra sé prendendo il cellulare. Doveva convincere la madre che si sarebbe risolto tutto e che avrebbe trovato Jasper. Prima, però, doveva convincere sé stesso.

Esitò un istante prima di chiamare, in preda alla sensazione di averla delusa, in qualche modo. Di essere responsabile per la sparizione del fratello. Sarebbe stato molto meglio se Jasper si fosse allontanato a piedi, limitando la distanza che avrebbe potuto coprire. In macchina, a quell'ora poteva essere arrivato ovunque.

«Dove sei, piccoletto, e *con chi* sei?», mormorò.

Gli eventi della settimana cominciarono a rincorrersi nella sua mente. La coincidenza che suo fratello fosse sparito proprio nei giorni in cui stava rivedendo un vecchio caso. Tutto ciò che aveva scoperto confermava che Gregor Nuryef non era responsabile dell'omicidio di Devlin Kapoor. Stava per riferire a Travis la sua convinzione che l'uccisione fosse collegata con la gang dei Reed, e questo avrebbe generato una nuova serie di problemi per tutti loro.

La sua mente cominciò a districare il gomitolo di filo che si stava sciogliendo nel suo cervello. La banda dei Reed aveva saputo dell'indagine interna e aveva scoperto che stava per indicarli come colpevoli? Sapevano di essere stati i primi di cui avesse sospettato, prima che si accumulassero le prove contro Nuryef?

Il panico aumentò ancora. Se aveva ragione, sapeva benissimo che quella gente non ci avrebbe pensato due volte a far fuori Jasper, pur di dare una lezione a lui. Ma a quel punto, non avrebbe avuto più niente da perdere.

No, se lo avevano preso era per fare uno scambio, per forzargli la mano, convincerlo a tornare sui suoi passi e abbandonare l'indagine.

Ma perché non l'avevano chiamato? Perché nessuno della gang si era messo in contatto con lui per dirgli cosa volevano, per minacciarlo in cambio del suo silenzio? Controllò di nuovo il cellulare. Nessuna novità. L'ultimo messaggio ricevuto era da parte di Mitch. Confermava le scoperte sulla maglietta. Non l'aveva letto perché sapeva già tutto.

Tuttavia, vedere i risultati in un elenco puntato gli fece un effetto diverso. C'era qualcosa di più evidente nelle informazioni, una volta eliminato il dubbio sull'innocenza o la colpevolezza di Gregor.

Gli diede una visione più chiara, come mai era successo prima, e gli eventi della settimana all'improvviso trovarono un senso.

Adesso sapeva dove si trovava suo fratello.

Ma soprattutto, sapeva con chi era.

84

I due seguirono Damien Crouch nell'atrio, dove sua figlia era seduta a un tavolo di fianco alla donna che Kim aveva visto leggere un libro nel ristorante, la sera prima.

Damien invece andò a sedersi dove aveva lasciato la giacca e una borsa, vicino a un computer portatile, poggiato sulla sedia accanto. Mentre si accomodava, chiuse lo schermo.

Kim si sedette sulla fila di sedie di fronte, e Bryant restò in piedi, guardandosi intorno.

«Sua figlia?», chiese Kim mentre la bambina si voltava e lo salutava con la mano.

Lui le fece l'occhiolino e ricambiò il saluto.

«Sì, Matilda è impegnata in una lezione privata».

«Quella donna è una docente?».

L'uomo annuì. «Ed è bravissima».

Kim non poté fare a meno di chiedersi di nuovo cosa ci fosse alla base dell'astio che aveva visto tra quell'insegnante privata e l'organizzatrice della manifestazione.

Riportò l'attenzione su Damien Crouch. «Lei ha dei bei precedenti in Brainbox, vero?»

«Immagino che si riferisca alle mie due partecipazioni quando ero bambino?».

Lei assentì e attese una risposta. L'uomo la guardò negli occhi con sicurezza.

«Mi chieda pure tutto quello che vuole. Non ho nulla da nascondere».

«Conosceva tutte e tre le vittime?», gli domandò.

«Certo. Tutti conoscevano Freddie Compton. Ci teneva tantissimo a scambiare due parole con tutti i bambini per dir loro di divertirsi. Serena e Jared non lo fanno, ma non mi sembra grave. Ho avuto una seduta con Barry Nixon dopo aver perso la mia prima partita a scacchi, e Belinda Evans mi ha fatto qualche domanda dopo che ho vinto il torneo per la seconda volta».

«Ed è venuto solo due volte?», chiese lei.

Lui fece cenno di sì.

«Perché?»

«Se devo essere sincero, ispettore, mi annoiavo. Gli scacchi sono stati la mia vita dall'attimo in cui sono riuscito a reggermi in piedi usando la scacchiera in marmo dei miei genitori. Giocavo a ogni ora del giorno, e quando non giocavo pensavo agli scacchi, oppure leggevo libri in proposito, o guardavo le partite dei giocatori famosi su Internet. La notte, a letto, ripercorrevo nella mia mente le partite che avevo visto, analizzavo quelle che avevo perso. Giocavo, mi esercitavo, poi giocavo e mi esercitavo, e adoravo farlo. Non mi fraintendete: facevo schifo in qualsiasi altra cosa. Non ero in grado di fare lo spelling delle parole più semplici e le mie abilità matematiche erano limitate, ma non mi interessava. Pensavo solo al gioco».

Kim si protese in avanti, incuriosita dalla piacevole sincerità di quell'uomo. Perfino Bryant si era messo a sedere e lo ascoltava con attenzione.

«Finché?», chiese lei.

«Finché non ho scoperto qualcosa che mi affascinava molto più degli scacchi, agente».

«E cos'era?»

«Le ragazze».

«Come la capisco», borbottò Bryant accanto a lei.

Kim non riuscì a trattenere un sorriso.

«La pubertà», proseguì lui. «Mi colpì come un missile. All'improvviso il sesso opposto non era più il nemico disgustoso che avevo sempre pensato. Così persi interesse per gli scacchi, scoprii le ragazze e dissi ai miei genitori che non volevo più giocare».

«E?»

«E cosa?», chiese lui, confuso.

«Come presero la notizia?».

Lui apparve ancor più perplesso. «Non sono sicuro di capire cosa mi sta chiedendo. A dire la verità, mi sembrarono un po' sollevati, ma lei sembra sorpresa».

«È colpa di ciò che ho scoperto dei genitori troppo assillanti negli ultimi giorni».

«Non tutti i genitori sono assillanti e non tutti i bambini plusdotati hanno avuto un'infanzia di merda, se è questo che pensa. I miei hanno sostenuto le mie scelte, lo fanno tuttora, e la mia infanzia è stata meravigliosa. Certo, alcuni bambini se la prendevano con me perché ero fissato con gli scacchi ed ero un po' introverso, ma chiunque sia diverso dagli altri viene preso di mira. Non era un gran problema, per me».

«Eppure è tornato qui?», chiese Kim, non del tutto convinta.

«A lei piace lo spelling. Che posso dire? Le piace esibirsi», spiegò con un sorriso pieno d'affetto rivolto verso la parte posteriore della testa piena di riccioli scuri della bambina.

«Tra mezz'ora ha un altro turno e verrà spazzata via dai bambini più grandi», disse, scrollando le spalle. «Ma vorrà restare comunque e assistere al quiz, perché c'è una bimba che suona il piano che si è già qualificata e sono migliori amiche», aggiunse inarcando un sopracciglio. Inclinò il capo. «Ah, un attimo, pensate che io sia uno di quei genitori assillanti e che sia io a costringere mia figlia a partecipare alla manifestazione?».

Kim fece spallucce. «Prende lezioni private tra una gara e l'altra», commentò.

Lui toccò il portatile che aveva accanto. «E papà ha bisogno di un'ora o due per recuperare un po' di lavoro», rispose senza polemica. «Però vi faccio vedere una cosa. Mattie», chiamò.

Lei si voltò, il viso colorito e pieno di gioia.

«Fammi vedere un po'», le disse.

Matilda sollevò una tela imbrattata di colori accesi. Arancione spalmato nel giallo, una punta di rosa, una pennellata di verde».

Damien le mostrò i pollici alzati. «Bellissimo quadro, tesoro».

Lei ridacchiò e si rimise al lavoro.

«Cos'era?», chiese Kim, che non aveva colto il minimo talento artistico.

«Che importanza ha?», le rispose. «La sua attività preferita in assoluto è dipingere, e se lei è felice, lo sono anch'io».

«Non capisco», disse Kim in tutta sincerità. «La porta qui per gareggiare, ma la sua etica sembra in assoluto contrasto con lo spirito dell'evento».

«Agenti», disse lui guardando prima Kim, poi Bryant, poi tornando a lei. «Non siete le uniche persone a essere confuse, al momento. Sto cercando di capire perché siete convinti che ogni bambino che sia venuto qui sia stato infelice. A me piaceva venire qui. Detestavo gli sport, non sarei riuscito a dare un calcio a un pallone nemmeno se ne fosse andato della mia vita e non avrei colpito una palla da cricket neanche se mi avessero dato tre mazze incollate insieme. L'attività fisica non mi divertiva. Quando ero qui, non mi sentivo uno strambo. Certo, alcuni genitori erano un po' troppo autoritari, ma non i miei. Hanno conosciuto qualche altra famiglia e io ho trovato qualche buon amico. Venivo e mi divertivo. E quando non ho più voluto, ho smesso e basta. È andata così, molto semplice».

Una parte di Kim desiderava tanto credergli e accettare che quella manifestazione, almeno per qualcuno, fosse stata e fosse ancora un'esperienza positiva. Eppure, un'altra parte di lei si domandava se quell'uomo non si stesse sforzando un po' troppo.

Lui scosse il capo e continuò: «Per me non è nemmeno un problema che abbiate deciso di parlare con me. Dimostra che siete convinti che il killer possa essere qualcuno che da bambino ha partecipato a Brainbox. Da quel che ho sentito a proposito degli omicidi, ispettore, avete per le mani una persona molto incazzata». Fece una pausa e allargò le mani. «E mi spiace dirvelo, ma non sono la persona giusta, perché io non sono affatto in collera».

85

«Secondo te è stato troppo insistente?», chiese Bryant quando la lezione di Matilda finì.

Osservò l'uomo scambiare convenevoli con la docente prima di prendere per mano sua figlia. Matilda andò via saltellando con il suo amato dipinto stretto tra le mani.

«Non lo so», rispose. Quell'uomo le sembrava equilibrato, scaltro, intelligente, e all'apparenza anche un padre amorevole e incoraggiante.

Kim continuò a osservare la donna che sistemava le sue cose in un trolley.

«Non so cosa possiamo scoprire da lei», disse Bryant seguendo il suo sguardo.

«Insegna a questi bambini. Potrebbe avere qualche consiglio da darci», rispose lei.

«Stiamo perdendo tempo, capo», dichiarò Bryant, andandosene.

Kim restò dov'era. «Va' pure in giro per l'hotel a chiedere alla gente se negli ultimi tempi ha sperimentato un'insolita sete di sangue. Io intanto scoprirò cosa c'è tra questa donna e la nostra effervescente organizzatrice».

Bryant scrollò le spalle e seguì Damien Crouch e sua figlia verso l'uscita.

Kim si avvicinò da sinistra.

Gli occhi della donna divennero circospetti, poi Kim fece un cenno col capo verso i tavoli vuoti intorno a loro. Aggrottando la fronte, la donna voltò la testa, mostrando una sottile cicatrice bianca che dallo zigomo le arrivava all'angolo della bocca.

La sua espressione la invitò a ignorarne la presenza.
«Ispettore Kim Stone», disse, tendendole la mano. L'altra posò il fascio di documenti sul tavolo e gliela strinse. Nessuna fede nuziale, solo un anello con sigillo alla mano destra.
«Ellie Lewis», rispose, senza aggiungere altro. «Come posso aiutarla?».
Niente chiacchiere inutili. Perfetto per Kim.
«È qui per la manifestazione, immagino?», domandò.
La donna scosse il capo. «Non sono collegata con l'evento. Sono venuta sotto richiesta dei genitori. Sono una docente privata, mi pagano per assicurare la continuità nell'istruzione dei bambini nei giorni che trascorrono qui».
«Sono solo due giorni», disse Kim, chiedendosi quante cose potessero imparare in un lasso di tempo tanto breve. «E poi non è un evento legato allo studio, in fondo?», domandò.
«No, agente. Molti bambini gifted considerano imparare un divertimento».
Già. Kim non ne era troppo sicura.
«E lei e Serena andate d'accordo?»
«Il necessario», rispose.
Quella donna rischiava di farla passare per una chiacchierona, accidenti a lei.
«Si senta libera di...».
«Non amo i giri di parole, agente», le disse con un sorrisetto. «Se ha una domanda, la faccia e basta».
«Okay, ieri sera mi è sembrato che voi due abbiate avuto una discussione accesa».
«Credo si possa dire che ha parlato solo lei».
«Se potesse...».
«Però ha ragione. Era in collera con me. Ho fatto lezione a una bambina di undici anni di nome Carrie Bruce, la cui madre voleva il novantotto percento di risposte giuste nel risultato del test di storia che le ho sottoposto. La bambina ha dovuto ripetere l'esame ed è arrivata tardi a un incontro di scacchi. Serena voleva convincermi che devo collaborare con lei e assicurarmi che i bambini arrivino in orario ai loro appuntamenti».
«E?»

«Non è lei che mi paga, ma la madre di Carrie».

A Kim era piaciuto il modo in cui aveva mantenuto la calma di fronte alla collera dell'altra donna. Aveva idea che Serena fosse abituata a comandare. Quasi non riusciva nemmeno a ricordare il timbro della voce del fratello, Jared.

«Sa degli omicidi, le cui vittime sono collegate alla manifestazione?»

«No, ispettore, perché negli ultimi giorni ho vissuto in una grotta», sbottò lei, poi le rivolse un sorriso di scuse. «Mi perdoni, quando sono molto stanca tendo a scadere nel sarcasmo».

«Anche io lo faccio, ma senza un motivo preciso», ammise Kim. C'era qualcosa in quella donna che le piaceva. Forse era il suo approccio diretto.

«Aveva conosciuto qualcuno di loro?»

«Tutti, di sfuggita, se capisce cosa intendo».

«Intende che li ha incontrati solo un paio di volte?»

«No, li ho incontrati molte volte. Partecipo a Brainbox da quattordici anni, ma preferisco mantenere delle conoscenze superficiali con le persone».

Kim fu tentata di darle il cinque, ma resisté e aggrottò la fronte. «Mi perdoni, ma mi sembra troppo giovane per essere venuta tante volte».

«La prima volta avevo ventiquattro anni, e accetto il complimento. Grazie».

«E come ha...».

«Ci sono altre domande, agente?».

Wow, quando non aveva voglia di parlare quella donna era capace di metterti a tacere in un attimo.

Kim prese nota, per tornarci più tardi. Era sicura che ci fosse qualcosa da sapere, ma insistendo l'avrebbe fatta chiudere a riccio.

«Quindi immagino che conosca alcuni bambini e i loro genitori?», domandò.

«Quelli che mi pagano, sì».

«Come Damien Crouch?», chiese, perché non era ancora pronta a depennare chi rispondeva alla perfezione al profilo del sospettato.

«Damien mi paga per giocare un paio d'ore con sua figlia in modo da avere il tempo di lavorare. Niente studio, solo gioco», aggiunse quasi sorridendo. «È una bambina davvero speciale, ma lui non vuole essere troppo insistente».

«Come fanno questi genitori a sapere che il loro figlio è un genio?»

«Non lo sanno. Di solito chiedono chiarimenti al Mensa, e hanno diciassette segnali o comportamenti che possono caratterizzare i bambini plusdotati».

Kim sgranò gli occhi.

«Tra cui memoria eccezionale, hobby, insofferenza degli altri bambini, superamento di tappe intellettive in anticipo, autoimposizione di standard elevati, desiderio di controllo... tanto per citarne alcuni, ma di solito la genialità si perde in età adulta».

«E com'è possibile?», domandò Kim.

«Prima o poi i bambini restano indietro per mancanza di impegno, il che accade quando si fanno molte conquiste in tenera età senza bisogno di sforzarsi. Alcuni bambini si convincono di poter avere successo senza impegnarsi più di tanto anche in futuro. È noto che i bambini plusdotati hanno cinque bisogni speciali. Tanto per cominciare, fanno fatica a prestare attenzione in classe – molti hanno ricevuto una diagnosi precedente anche per Disturbo da deficit dell'attenzione oppure per Disturbo da deficit dell'attenzione e iperattività. Non possiedono la motivazione necessaria per completare alcuni compiti. Spesso diventano perfezionisti e faticano a soddisfare le proprie aspettative, infine possono avere difficoltà a parlare; presentano esitazioni o balbuzie perché cercano di tradurre idee complesse create nella loro mente in un linguaggio che i loro coetanei possano comprendere».

«Immagino che l'educazione ricevuta possa influire sul tipo di persona che diventeranno».

«Ora si sta addentrando nel terreno della psicologia infantile, che va al di là delle mie conoscenze, ma posso dirle ciò che ho visto. L'approccio autorevole è centrato sul bambino. Ai bambini viene insegnato a regolare le emozioni. È una modalità fatta di calore e affetto. Un incoraggiamento positivo, ma non privo di punizioni misurate e coerenti, di solito produce ragazzi indipendenti e autonomi».

«Sembrerebbe l'ideale», disse Kim, chiedendosi se quella modalità genitoriale fosse mai arrivata alla Hollytree Estate.

«Poi ci sono gli autoritari, di cui fanno parte quasi tutti i genitori che praticano il Tiger Parenting. I bambini ricevono istruzioni non corredate da spiegazioni. Le punizioni sono dure, includono sculaccioni e grida. Lo scopo è insegnare al bambino come comportarsi, sopravvivere e prosperare in un mondo ostile. Spesso questi bambini subiscono abusi».

Kim pensò subito a Belinda.

«Infine c'è lo stile indulgente, che si basa sul principio "fa' pure ciò che vuoi, quando vuoi, senza temere le conseguenze". Il rischio, in questi casi, è che il bambino non impari mai a evitare comportamenti che risultano fastidiosi per gli altri, e si aspetti sempre di poter fare a modo suo».

La sua mente si spostò su Veronica. «Quali sono le implicazioni sugli altri figli?», chiese.

«Nemmeno questa è la mia area di competenza».

«Sì, ma lei ha molta più esperienza di me con i bambini».

«Okay. Per quel che ho visto, gli altri figli non se la passano affatto bene».

86

L'auto di Penn sobbalzava mentre l'agente percorreva a tutta velocità la strada sterrata piena di buche e ormai inutilizzata.

Raggiunse il cancello con scritto "VIETATO L'ACCESSO" e scese dalla macchina. La catena che univa le due ante del cancello era stata tranciata.

Spinse la parte sinistra, l'aprì e la superò. Qualsiasi cosa stesse succedendo lì, non gli sarebbe servito a nulla entrare di corsa con la pistola spianata, anche se era proprio ciò che avrebbe voluto fare.

Davanti a lui c'era l'edificio principale dell'impianto di go-kart. Aveva chiuso tre anni prima, dopo la morte di un bambino che era caduto nel burrone, un dislivello di venti metri con alla base un letto di rocce.

L'edificio era costituito da un paio di uffici sul retro, l'area della reception, dei bagni e una piccola caffetteria. Dietro, invisibile da lì, la pista da go-kart e un capanno per il noleggio dei caschi di sicurezza.

Si avvicinò all'edificio e camminò lungo il perimetro, abbassandosi e passando sotto le finestre.

Cercò di cogliere il minimo suono che potesse arrivare da suo fratello. Non sentì nient'altro che il lontano rombo del traffico sulla strada che aveva appena lasciato.

Fece altri due passi verso il margine della costruzione. Dietro l'angolo avrebbe potuto vedere la pista e l'edificio più piccolo.

Cercò di fare respiri profondi per arrestare il tremito che gli scuoteva il corpo, terrorizzato per ciò che stava per scoprire.

Deglutì a forza quando raggiunse la fine del muro, dove finiva la sua copertura.

Un altro respiro profondo e svoltò.

L'ultima boccata d'aria gli si bloccò da qualche parte nel petto quando vide suo fratello, bendato, in piedi sull'orlo del burrone.

87

«Quanti te ne mancano?», chiese Stacey appoggiandosi allo schienale della sedia, le cui doghe in legno scricchiolarono conficcandosi nella sua schiena. Quanto le mancava la poltrona ergonomica che il capo aveva fatto arrivare in ufficio.

«Ne ho appena esclusi altri sedici, il che mi lascia con…». Controllò la lista. «Altri novanta da verificare».

«Io ne ho diciassette e sto perdendo la voglia di vivere», rispose alzandosi. Si allungò e gemette nello stesso momento.

«Vengo con te», disse Tiff spingendo indietro la sedia.

Andarono dall'altra parte della camera dell'hotel. «Ti diverti ancora, Tiff?», chiese Stacey mentre l'altra faceva un paio di saltelli a gambe e braccia aperte al centro della stanza.

«Penseresti male di me se ti dicessi di sì?», ribatté lei andando verso il vassoio con tè e caffè.

Stacey scosse la testa. «No, lo capisco».

Continuò a camminare avanti e indietro mentre la collega si preparava un caffè nero istantaneo, poi prendeva una Coca-Cola Light di Stacey dal frigorifero.

«Sai, non…».

«Non sono sicura che stiamo…».

Risero per aver cominciato a parlare nello stesso istante, spinte, a quanto pareva, dallo stesso pensiero.

«Non sta funzionando, vero?», chiese Stacey, completando la frase.

«Capisco il ragionamento del capo, ma rischiamo che vengano commessi altri due omicidi prima che abbiamo finito di controllare e verificare la posizione di tutti quei ragazzini».

Stacey non avrebbe saputo dirlo meglio.

Sollevò l'anello della lattina di Coca-Cola e bevve un sorso, osservando le lavagne a fogli mobili in cerca d'ispirazione.

«Sai, il capo ha detto che quel professore di Manchester insisteva sull'idea di un evento scatenante. Ha suggerito di identificare cosa possa aver avviato la catena di omicidi».

«Quindi deve essere successo qualcosa di recente che abbia dato il via al nostro uomo», replicò Tiff rimettendosi a sedere.

Stacey posò lo sguardo su un evento in particolare nella cronologia di ciò che avevano scoperto dal martedì precedente.

Corse a riprendere posto di fronte a Tiffany.

«Credo di sapere da dove dobbiamo partire».

88

Bryant afferrò un caffè e cercò un posto a sedere nell'affollata area comune. In quel momento l'hotel gli sembrava un po' ai confini della realtà, e cominciava a chiedersi se ne sarebbe mai uscito.

«Questo posto è libero, amico?», domandò a un ragazzino che sedeva da solo a leggere.

«Libero da cosa?», chiese lui, scrutandolo da sopra gli occhiali da lettura. «Intendi occupato?».

Bryant si guardò di nuovo intorno, ma non vide altri posti disponibili.

«Lo prenderò per un sì», disse e si avvicinò la sedia.

Il bambino lo osservò con grande serietà, e lui stimò che dovesse avere dieci o undici anni. Aveva i capelli biondi e gli occhi castani chiari, che dietro le lenti spesse sembravano più grandi.

«È opportuno che un uomo di mezza età cerchi la compagnia di un bambino senza sorveglianza?», domandò il ragazzino con aria seria.

«Santo cielo, amico, volevo solo riposarmi un minuto», gli rispose sforzandosi di non ridere di fronte alla sua espressione compita, evidentemente in attesa di una risposta. Poi estrasse il badge. «Sono un agente di polizia».

«E allora?», gli chiese il bambino, spingendosi gli occhiali sul naso.

«Allora proteggo le persone, non faccio loro del male», spiegò.

«Non sono sicuro che una cosa escluda l'altra. Potresti comunque essere malvagio».

Bryant scosse il capo rimettendo in tasca il tesserino. «Dove sono i tuoi genitori?»

«Stanno parlando con il capo della giuria della gara di cultura generale».

«Perché?», chiese bevendo un sorso della sua bevanda, e in quel momento Serena e Jared arrivarono da direzioni opposte e si incontrarono davanti al bancone del bar.

«Gli stanno chiedendo di annullare la decisione di eliminare un punto dal mio risultato per una risposta errata a causa della quale ho perso la gara».

«Qual era la risposta sbagliata?».

Si strinse nelle spalle. «Sì e no».

«Com'è possibile dire entrambe le cose?», si stupì Bryant mentre osservava i gemelli alla sua sinistra, che sembravano impegnati in una conversazione molto animata.

«Mi hanno chiesto chi ha inventato la cassa acustica. Secondo loro la risposta era Edward W. Kellogg e Chester W. Rice, ma si sbagliano», rispose lui, imperioso.

«Come mai?»

«Johann Philipp Reis installò un altoparlante nel suo telefono nel 1861, sessantaquattro anni prima che Kellogg e Rice inventassero il diffusore dinamico, nel 1925».

«E i tuoi genitori lo stanno facendo presente a nome tuo?», chiese Bryant. Si sarebbe sentito mortificato se i suoi genitori fossero andati a parlare con un giudice al suo posto.

«Sì, perché si sono sbagliati», dichiarò lui senza mezzi termini. «Come minimo potrebbero accettare di aver formulato la domanda in modo poco chiaro».

Bryant avrebbe davvero sentito il bisogno di scoppiare in una gran risata, se non avesse notato la mano di Serena sul braccio di Jared.

A un osservatore inesperto sarebbe potuto sembrare un contatto fisico casuale con il fratello, ma un occhio attento poteva notare che le sue dita erano serrate, tese, le unghie conficcate nella pelle.

«Tu cosa ne pensi di quello che ti ho appena detto?», domandò il bambino.

«Ragazzo mio, secondo me sei troppo serio», gli rispose mentre

Jared avvicinava la testa a quella della sorella, le diceva qualcosa all'orecchio e poi liberava il braccio con uno strattone, andandosene via a passo deciso.

Bryant osservò lo sgomento dipinto sul viso della donna, e in quell'istante il suo cellulare squillò.

Il bambino lo guardò infastidito.

Bryant provò la forte tentazione di fargli la linguaccia prima di rispondere, ma si trattenne. Era lì solo perché aveva davvero bisogno di sedersi cinque minuti.

«Ehi, Stace», disse.

«Non trovo il capo», spiegò lei. «Ma c'è una cosa che devi sapere».

Lui si allungò in avanti vedendo Kim entrare dalle porte della grande sala.

«Riguarda il piccolo Robinson, quello che è morto di recente», spiegò lei.

«Dimmi», rispose Bryant, e in quel momento Kim lo vide.

«Ho controllato tutte le fonti giornalistiche e non ci sono molti dettagli, ma non è semplicemente morto, Bryant. Quel dodicenne si è suicidato».

89

Penn resisté alla tentazione di chiamare il suo fratellino terrorizzato, temendo che, spaventandolo, potesse farlo cadere nel precipizio.

Sentiva un lamento leggero arrivare da dietro il cappello di lana che gli era stato calcato fino sul volto.

Aveva un bisogno disperato di attraversare di corsa i dodici metri di pista asfaltata che lo separavano dal bordo erboso ai margini della struttura. Ma sapeva che suo fratello non era lì da solo.

«Ahh, e così finalmente l'hai capito», disse Doug sbucando da dietro l'edificio.

«Sì, ho seguito la scia di briciole, bastardo. Adesso allontana mio fratello da lì».

«Jasper sta bene, vero, amico? Gli ho spiegato che stavamo per fare un bel giochetto, e che avresti partecipato anche tu».

Penn osservò il corpo di Jasper contorcersi e tentare di spostarsi dal precipizio, perché aveva sentito la sua voce. Vedeva la nuca di suo fratello. Un passo falso, e sarebbe caduto in avanti, andando incontro alla morte.

«Jasper sa che deve stare immobile fino a quando non gli dirò di muoversi», riprese Doug, che si trovava a circa tre metri dal ragazzo. A separarli c'era solo una spaccatura nel terreno. In qualsiasi momento Doug poteva balzare oltre quello spazio di mezzo metro e spingere Jasper di sotto, ma se il ragazzo avesse provato ad andare verso la voce di Doug sarebbe finito nella spaccatura.

«Resta fermo, piccoletto», gridò Penn. «Andrà tutto bene, te lo assicuro. Tu intanto non ti muovere».

«O... okay, Ozzy», rispose lui, e a Penn venne quasi da piangere. Suo fratello non era mai riuscito a dire "Austen", quindi l'aveva chiamato sempre "Aussie" che poi, col tempo, era diventato "Ozzy".

«Doug e io scambieremo due parole, nel frattempo ho bisogno che tu resti immobile. Okay?».

Lui annuì.

Penn puntò l'attenzione sul suo ex collega.

«Come hai potuto, bastardo?»

«Cos'avrei fatto, di preciso?», chiese lui mettendosi in bocca una gomma da masticare.

«È per i soldi? È questo? Ti pagano bene?»

«Continuo a non capire di che parli, amico», fece lui con aria astuta.

«Chissà quante risate ti sei fatto, questa settimana, vedendomi girare su me stesso. Adesso però ho capito tutto. Mi sono chiesto come mai il signor Kapoor continuasse a dire che lo avevano avvisato tante volte di installare dei sistemi di sorveglianza. Io ero al corrente di una sola occasione in cui era successo, ma dopo ci sei tornato anche tu, vero? Per scoprire se aveva migliorato il sistema di sicurezza del negozio, e quando hai saputo che non era così, hai fatto sapere alla gang dei Reed che era un obiettivo perfetto. Gli hai detto che la telecamera era finta, quindi potevano fare un colpo. Con quanti altri l'hai fatto, Doug? Da quanto tempo gli suggerisci chi possono rapinare?»

«Sapevo che prima o poi l'avresti capito, ma tanto non ti crederà nessuno. Perché, diciamocelo, non hai nessuna prova».

«Ho notato che continuavi a lamentarti dei nuovi acquisti di Lynne. La macchina, il fatto che offrisse al bar. Lo facevi per distogliere l'attenzione da te, Doug, ma questo non ti aiuterà a tirarti fuori dai guai».

Doug sorrise. «Ah, secondo me sì. Ma spiegati meglio».

«Hai trovato Ricky Drake e l'hai fatto interrogare da Lynne. Niente collegamenti con te, e intanto hai calcato la mano con Irina. Quando ti ho mandato a controllare la sua versione, le hai consigliato di tenere la bocca chiusa. Lei è andata nel panico e ha capito di essere nei guai fino al collo, dopo l'assassinio del vicino di casa, così è venuta da me e mi ha raccontato la verità. Sei stato tu a mettere la maglietta macchiata di sangue nel capanno di Nuryef e poi hai fatto in modo che fossi io a trovarla. Hai comprato una maglietta nuova e l'hai sporcata col sangue trovato sui vestiti o sulle scarpe del vero killer».

«E naturalmente puoi provare tutto, eh, amico? Più apri bocca, più la tua storia sembra campata in aria. Se anche fosse vero, non hai un cazzo per dimostrarlo».

Penn diede un'occhiata al fratello, che si sforzava con tutto sé stesso di stare immobile, ma i muscoli cominciavano a contrarsi da soli.

«A dire il vero sì, Doug, posso. Hai fatto di tutto per assicurarti che trovassi la maglietta. Mi hai mandato fuori a cercarla. Non hai lasciato alcun collegamento con te. Solo che è proprio questo l'errore che ti farà incriminare».

Penn scorse l'incertezza sul volto dell'uomo mentre cercava di capire dove avesse sbagliato.

«Se fossi andato a cercare la maglietta, avresti coperto le tue tracce. Invece ora non hai nessun motivo plausibile che spieghi le tue impronte trovate su più di dieci oggetti che hai dovuto spostare per raggiungere il fondo del capanno».

Doug cominciò ad applaudire. «Che cavolo, amico, sei sempre stato troppo intelligente. Però stavolta non ti servirà a nulla. Nessuno saprà mai quanto sei furbo, perché saranno tutti troppo impegnati a piangere il terribile incidente accaduto qui proprio oggi».

«Doug, ma che...?»

«Non è come pensi, amico. Non ho portato qui Jasper per fare una trattativa con te. Non avrebbe comunque senso. Tu non accetteresti mai. No, mi spiace, amico, ma siamo alla fine del gioco».

Penn faticava a credere che a parlare fosse il suo vecchio amico.

«Quando ti sei trasformato da sbirro a rapitore e assassino, Doug?»

«Non mi lascio affondare, Penn. Non per te. Per nessuno. Ho dato vent'anni alle forze dell'ordine, cazzo, e in cambio non ho avuto nulla a parte un'ulcera e due matrimoni falliti. Certo, avrei potuto continuare a guardare la gente intorno a me che veniva promossa e faceva bei soldi, lasciandomi sempre indietro, ma era una rottura di palle esagerata. Volevo un po' di bigliettoni in più in tasca».

«Quindi è solo per i soldi, bastardo?», disse Penn.

«Esatto, amico, solo per i soldi. Quando i Reed mi hanno offerto la possibilità di guadagnare qualche centone in più al mese in cambio di informazioni, non mi è sembrato che ci fosse niente di male, e la penso ancora così, quindi le cose potranno tornare come prima non appena tu sarai fuori dal quadro generale».

«Un uomo ha perso la vita, Doug. Non significa niente per te?».

Lui scrollò le spalle, e finalmente Penn scorse la freddezza dietro la sua maschera.

«Non era nessuno, per me. Non lo conoscevo, quindi non mi mancherà».

Un brivido mortale gli passò addosso quando si rese conto che quell'uomo, che conosceva da anni, era davvero capace di fare del male a lui e a Jasper senza pensarci due volte.

«Se ti lascio vivere, perdo tutto, amico. Il lavoro, la casa, la pensione e il bel profitto che mi arriva dai miei amici Reed, ma voglio farti un favore», aggiunse con uno sguardo a Jasper. «Per lui sarà una cosa veloce».

«Torcigli anche solo un capello e giuro su Dio che ti…».

«Ehi, Jasper, stavo scherzando quando dicevo di farti del male. Il gioco è finito adesso, quindi vieni verso di me e ti…».

«Jasper, no!», gridò Penn. Se avesse fatto due soli passi nella direzione della voce di Doug, sarebbe finito dritto nella fenditura che li separava. «Non starlo a sentire. Ascolta solo me. Solo la mia voce».

«Nessun problema, amico», fece Doug. «Fine del gioco. Secondo tuo fratello non è divertente, quindi lo chiudiamo subito».

«Jasper, non ti muovere», urlò Penn, ma si accorse che suo fratello spostava il peso da un piede all'altro.

«Ozzy», chiamò, e una chiazza scura cominciò a formarsi sul cavallo dei suoi pantaloni. «Ozzy, non so cosa…».

«Non ti muovere. Ti giuro che andrà tutto bene, resta immobile e ascolta solo me».

«Ah, che cazzo», esclamò Doug, superando la fenditura nel terreno e atterrando a trenta centimetri da Jasper.

Penn capì che non sarebbe mai arrivato da lui in tempo.

Doug afferrò il ragazzo e lo fece voltare verso di sé, di lato rispetto a Penn.

«È proprio vero che se vuoi che una cosa sia fatta...».

«Ozzy... Ozzy... che...».

«Jasper... che farebbe Billy?», gridò Penn con tutto il fiato che aveva in corpo.

Doug si voltò verso di lui, confuso, dando a Jasper il tempo necessario per comprendere il messaggio.

Il ragazzo sollevò di scatto un ginocchio e colpì Doug dritto nei genitali.

L'uomo si piegò in avanti per la sorpresa e il dolore, mentre Penn si lanciava di corsa verso di loro. Afferrò Jasper, ancora disorientato, e lo tirò via dall'orlo del burrone.

«Siediti a terra», gli disse deciso, in modo che non potesse tornare verso il pericolo.

Doug si teneva i genitali ed era rotolato vicino al bordo.

«Oh, no, non ci provare neanche», disse Penn facendolo rotolare indietro.

Doug tentò di rimettersi in piedi, ma un potente gancio destro lo mise KO.

Penn tornò di corsa dal fratello e gli tolse il berretto di lana dal viso. Gli occhi di Jasper erano pieni di lacrime e spalancati per la paura.

«Me la sono fatta sotto, Ozzy», mormorò.

Penn lo abbracciò, prendendo il telefono. «È tutto a posto, piccoletto», disse dandogli un bacio su una tempia. «Nessuno ti farà più del male».

90

La cittadina di Evesham si trovava a quarantadue chilometri a sudest di Stourport, e affacciava sulle rive del fiume Severn, su un promontorio a ferro di cavallo quasi del tutto circondato dall'acqua.

A causa del terreno incredibilmente fertile della valle circostante, la zona era molto conosciuta per il suo vivace mercato ortofrutticolo.

Da lì non si sarebbe mai detto, pensò Kim quando Bryant parcheggiò davanti a una villetta a schiera senza giardino, che sorgeva in mezzo a una serie di altre venti case. Le finestre su entrambi i lati erano protette da grate metalliche.

Kim passò fra due cassonetti e superò un mazzo di fiori posato sulla soglia per suonare il campanello.

Aprì un uomo sulla quarantina. I pantaloni della tuta e la felpa che indossava non riuscivano a nascondere la sua eccessiva magrezza.

«Signor Robinson?», chiese Bryant.

Lui annuì e attese.

Bryant presentò entrambi. «Possiamo entrare un momento?»

«Vi hanno mandati i servizi sociali?», fece lui, perplesso. «Avevano detto che ero libero di...».

«I servizi sociali non c'entrano niente», lo rassicurò Kim. «E se ci permette di entrare, vorremmo spiegarle».

Lui si spostò di lato, lasciandoli accedere a un piccolo salotto. Superarono le scale ed entrarono in un secondo salone che era stato trasformato alla meglio in una cucina, con una parete spoglia che formava un doppio passaggio ad arco.

Il tavolo della cucina era un set da pic-nic verniciato. Si sedette e fece loro cenno di imitarlo.

«Signor Robinson, ci dispiace moltissimo per il suo lutto e non vorremmo disturbarla in un momento del genere, ma quest'anno la manifestazione di Brainbox è connotata da numerose morti e vorremmo…».

«Li farei saltare tutti in aria, se potessi», disse lui, prendendo le sigarette. Ne accese una e inspirò a fondo. «Lo odiavo, cazzo, ma mia moglie non voleva mollare. Ha venduto addirittura la macchina per farlo partecipare alla gara, l'anno scorso. Lui non voleva. E nemmeno io, ma lei insisteva».

Le sue parole erano ammantate di rabbia e amarezza.

«Il bambino si faceva venire delle crisi ogni giorno pur di farci arrivare il messaggio».

Possibile che non fosse riuscito a far capire ai suoi genitori che non voleva andare? Era stato quel fallimento a portarlo al suicidio, quell'anno? «Non poteva semplicemente dire che non…».

«No, agente, non poteva». Tacque per un attimo e le puntò gli occhi stanchi addosso. «Sa cos'è la sindrome del savant?».

Kim scosse il capo.

«Ha visto *Rain Man – L'uomo della pioggia*?».

Lei annuì.

«Dustin Hoffman ha la sindrome del savant, come Stevie. È quando una persona con un forte ritardo mentale dimostra un'abilità particolare a un livello molto al di sopra della norma. Spesso si tratta di velocità nel calcolo, come in *Rain Man*, o un talento musicale, ma è un solo campo specifico».

«È comune?», chiese Kim. Aveva visto il film, ma non aveva idea di come si chiamasse quella condizione o di quale livello di genialità comportasse.

Lui scosse la testa. «È rara, un caso su un milione, ed è per questo che non è stata notata anche se mio figlio aveva un ritardo nello sviluppo. Non ha camminato prima dei diciotto mesi e non ha detto una sola parola prima del secondo anno. I test fisici di base erano nella norma, quindi i medici ci dicevano di fargli frequentare dei gruppi di gioco in modo che potesse interagire con altri bambini e così recuperare. Ce l'ho portato, e lui ha gattonato fino alla pianola di un altro bambino e ha cominciato a suonarla fino a quando la gente non si è fermata ad ascoltarlo. Questa parte, però, non gli piaceva. Mia moglie ha deciso che dovevamo comprargliene una. Ha impegnato i suoi gioielli e gliene ha messa una in camera. Lui suonava, suonava e suonava, finché nessuno lo guardava. Poi lei ha avuto il colpo di genio di portarlo a Brainbox, e lui è impazzito. La signora sosteneva che si sarebbe calmato, una volta arrivato lì. Ho cercato di convincerla a lasciar perdere, ma quando si mette in testa una cosa è più testarda di una maledetta vacca. Voleva farlo diventare una specie di star, mentre io volevo solo giocare a pallone con un bambino normale».

«E così Stevie è andato a Brainbox l'anno scorso?», chiese Kim, percependo la rabbia palpabile dell'uomo. Possibile che il bambino avesse incontrato tutte e tre le vittime e che quell'uomo desiderasse una sorta di vendetta per il suicidio del figlio?

«Sì, ci siamo andati. Una competizione assurda. Stevie non ha aperto bocca per tutto il tempo. Mia moglie ha cercato di buttarlo nella mischia e ho provato a spiegarle che lui non era fatto così. Si sedeva al pianoforte e si bloccava, non riusciva a suonare una sola nota, poi cominciava a gemere. Il suono peggiore che abbia mai sentito in vita mia. Era così triste. Abbiamo tutti detestato ogni istante trascorso lì, tranne la signora, che ha preso e l'ha iscritto di nuovo per quest'anno».

«E dov'è sua moglie, ora?», chiese Kim.

«E chi cazzo lo sa. Abbiamo litigato. Se n'è andata quando le ho detto che la morte di nostro figlio era tutta colpa sua».

Kim si chiese quale impatto avesse avuto un'accusa tanto dura su una persona che doveva già provare un terribile senso di colpa.

«Non mi interessa cosa pensate», disse lui, facendo spallucce. «È stata colpa sua. Dovreste arrestare quella stronza per omicidio». Deglutì, pieno di collera, e una lacrima gli solcò una guancia. La sfregò via con la mano. «Tutta l'attenzione era sempre puntata su Stevie. Quel povero bambino non ce la faceva. Lei ha ucciso nostro figlio e non la perdonerò mai. Che possa marcire all'inferno».

Kim stava per alzarsi, ma Bryant fu più veloce. La collera di quell'uomo affondava le sue radici nel lutto e, nonostante le sue parole, era impossibile credere che fosse responsabile dell'omicidio di qualcuno. Aveva la rabbia, ma non il controllo.

Bryant gli tese la mano. «Ci spiace per averla disturbata in…». Si interruppe quando, all'improvviso, dal piano di sopra arrivò il suono di un pianoforte.

L'uomo non batté ciglio.

«Signor Robinson, chi sta…».

«Ve l'ho già detto, no? Stevie ama suonare il piano».

Kim si scambiò un'occhiata con Bryant per appurare se si fosse persa qualcosa. La sua espressione le disse che non era così.

«Ma Stevie è morto… Non si è suicidato?»

«Chi ve l'ha detto? È stato suo fratello, Ryan, quello normale», disse lui, lo sguardo che puntava verso l'alto. «Come potete sentire, il nostro figlio geniale è vivo e vegeto».

91

Kim emise un sospiro salendo in macchina insieme a Bryant.

«Come cavolo è possibile che non sapessimo quale figlio è morto?», chiese lui.

Essersi presentati lì senza una preparazione adeguata era davvero fastidioso, ma non era colpa di nessuno. «Serena non ha mai detto il nome di battesimo del bambino morto, e Stacey non poteva saperlo leggendo rapporti della polizia così vaghi. Le notizie sui giornali, poi, erano piene di sottintesi».

Kim sapeva che la stampa non avrebbe pubblicato i nomi per intero né i dettagli sull'accaduto fino alla fine dell'indagine, e poi avrebbe seguito le linee guida specifiche per la comunicazione delle notizie di suicidi.

«Credi che ci sia un collegamento con la nostra indagine?», chiese Bryant.

«Non credo che la famiglia abbia un legame, ma non riesco a togliermi dalla testa che il suicidio di quel bambino sia stato il catalizzatore. Aspetta, in quale giorno è morto?», chiese, guardando il collega.

«Giovedì pomeriggio».

Contò i giorni a ritroso. «Più o meno quando la prima vittima, Freddie Compton, ha incontrato il suo destino davanti a un gioco da tavolo».

Non aspettò una risposta.

«Bryant, penso di aver appena trovato la causa scatenante».

«Capo, rallenta, è un tantino...».

«Bryant, non può essere una coincidenza se il suicidio di Ryan

Robinson è avvenuto così poco tempo prima del primo omicidio. Sono sicura che sia l'innesco della catena, solo non so che cosa sia stato innescato», disse, tamburellando sul cellulare, sovrappensiero. «A meno che… oh, cazzo…».

«Oh, no, che giri sta seguendo la tua testa, adesso?», chiese lui, con il terrore nella voce.

Kim ripensò a tutte le informazioni che aveva ricevuto quel giorno, prima da Veronica, poi da Ellie e indirettamente dal bambino morto.

«Bryant, se non ami il linguaggio scurrile, ti consiglio di tapparti le orecchie».

«Perché, chi stai per insultare?»

«Non sarò io a imprecare», rispose lei, scorrendo l'elenco dei contatti. «Ehi, Stace», disse, l'espressione tesa in volto. Bryant si voltò ad ascoltare, incuriosito.

«Come procede l'esame dei bambini che sono entrati in contatto con tutte le vittime?»

«Che cosa ti serve, capo?», ribatté Stacey, perspicace. «Perché di solito mi chiedi a che punto sono con un incarico quando stai per dirmi qualcosa che mi metterà i bastoni tra le ruote».

Kim si lasciò sfuggire un sorriso. «Ecco, sì, a questo proposito… mi serve un'altra lista».

«Oltre a quella di tutti i bambini che potrebbero aver conosciuto le vittime?».

Kim si preparò ad allontanare il telefono dall'orecchio sotto lo sguardo divertito di Bryant.

«Sì, voglio sapere chi di loro aveva fratelli e sorelle».

92

«Sali», disse Kim quando entrarono nell'atrio dell'hotel.

«Cosa sono, una vittima sacrificale?», chiese Bryant. «Sai benissimo che Stacey sarà furiosa».

«Ci sarà Trilli a proteggerti», rispose lei puntando verso la caffetteria.

A dire il vero, voleva solo qualche minuto per sé. Aveva la sensazione di non essere stata da sola per giorni.

Sapeva anche che Bryant non poteva capire la sensazione fastidiosa che provava riguardo alla docente con cui aveva parlato qualche ora prima. La cicatrice, la sua circospezione, il modo in cui aveva respinto ogni domanda che avesse anche il minimo collegamento con la sfera personale.

Continuavano a passarle per la mente frammenti della conversazione con lei, ma era la persona nel suo complesso a tormentarla. C'era un distacco in lei che nascondeva un calore che non voleva mostrare. Aveva il dono del sarcasmo, che Kim apprezzava, ma era anche ammantata di una prudenza che tradiva l'esistenza di una persona diversa, dentro di lei. E poi perché faceva l'insegnante privata così giovane?

Scelse un posto a sedere ai margini della zona ristoro, aprì Google e inserì il nome Ellie Lewis nella barra di ricerca. Scorse i risultati senza trovare niente di significativo.

«Ah, aspetta», esclamò a voce alta.

Tre teste del tavolo accanto si voltarono verso di lei.

Le ignorò e ridigitò il nome. Ellie in genere era l'abbreviazione di Eleanor. Fece ripartire la ricerca e Google le presentò oltre diecimila risultati.

Più leggeva, più restava stupita.

Eleanor Lewis si era laureata in Scienze dell'educazione a ventiquattro anni. Un anno dopo si era ritrovata a insegnare inglese a ragazzini di una zona particolarmente degradata dello Staffordshire. Una sera, uscendo dal lavoro, era stata aggredita da tre studenti che l'avevano violentata, le avevano sfregiato il viso e l'avevano lasciata in fin di vita.

Un senso di orrore crebbe sempre di più in lei a mano a mano che leggeva l'articolo. L'aggressione, la guarigione, il processo. Tutto era descritto nei minimi e sordidi dettagli.

Non c'era da sorprendersi se non era riuscita a tornare in una scuola e se aveva deciso di sfruttare le proprie capacità per dare lezioni private. Uno studente alla volta. Al sicuro.

E quei bastardi, che avevano tra i quindici e i diciassette anni, non avevano preso nemmeno dieci anni in tutto.

Il fatto che fosse sopravvissuta a una tale disgrazia le fece venire voglia di andarla a cercare di nuovo per stringerle la mano.

Le cicatrici esterne erano evidenti per chiunque fosse dotato di un paio di occhi, ma Kim non poté fare a meno di chiedersi quanto profonde fossero quelle interne.

93

Erano quasi le sei quando Kim entrò nella suite dell'hotel, ed era pronta a giurare che ogni volta che rientrava la stanza fosse stata rimpicciolita.

Con quattro persone sedute nel salottino, circondate da lavagne riscrivibili e computer portatili, cominciava ad avere la sensazione di stare in un ripostiglio.

«Cos'hai, Stace?», chiese, accendendo il bollitore.

«Tanta voglia di cambiare lavoro», brontolò lei, e in quel momento la stampante alle sue spalle si animò.

«Cosa posso...?»

«In questo momento niente, capo, abbiamo instaurato una strategia di lavoro e due mani in più potrebbero solo confondermi», rispose Stacey porgendo un foglio stampato a Tiff. «Incrocia i dati di questo con quelli di Bryant».

Bryant la guardò con l'aria di volerle dire "Sono nel club dei più fighi", e lei scoppiò a ridere. Sapevano tutti che Bryant e l'estrazione di dati non andavano molto d'accordo.

Kim si accasciò sulla poltrona libera, lottando contro la frustrazione. Non aveva il minimo dubbio che il loro assassino fosse lì, da qualche parte. Dopo tutti i chilometri, le indagini, le domande e le piste che avevano tracciato, sospettava che la risposta fosse nascosta nel lavoro che stava facendo il resto della squadra, e per quanto desiderasse avere un nome e una descrizione all'istante, non potevano certo farli apparire dal nulla, come per magia.

Mentre li ascoltava, capì che quella ricerca era come setacciare l'oro. Ogni piccolo risciacquo portava via del terriccio, avvicinandoli alle pepite sul fondo. Ogni controllo incrociato cancellava i sospettati improbabili.

La fiducia che aveva nel metodo di Stacey superava il fastidio per l'essere stata lasciata fuori dal procedimento.

Controllò le e-mail, notando solo nuovi messaggi da Keats con i risultati degli esami tossicologici da tutte e tre le scene del crimine. Aprì il primo e cominciò a scorrerlo. Non c'era niente di inatteso, a parte un appunto che avvisava della possibile contaminazione di uno stivale di un agente di polizia che aveva fatto registrare un livello elevato di cloruro di sodio nella prima scena, a Haden Hill Park. Un risultato insolito, ma nulla che potesse esserle d'aiuto in quel momento. Avrebbe chiesto più tardi a Keats di verificare i dati. Lo chiuse e diede uno sguardo al secondo esame.

«Okay, sono pronta», disse Stacey raddrizzando la schiena.

«Vai», rispose Kim, chiudendo le e-mail e voltandosi verso la collega.

«Allora, ho un totale di diciassette bambini entrati in contatto con tutte e tre le vittime, Belinda Evans, Barry Nixon e Freddie Compton».

«Okay, vediamo il…».

«Aspetta, capo. Di questi diciassette, otto avevano dei fratelli».

«Okay, perfetto, ora…».

«Di questi otto…».

«Stace, di questo passo ci resterà ancora qualche bambino su cui indagare?», chiese Kim, incrociando le braccia.

«Di questi otto», proseguì lei, «tre sono di particolare interesse, e dovremmo cominciare da loro».

Kim ebbe la tentazione di dissentire, ma aveva imparato a fidarsi di lei.

«Per cominciare abbiamo una ragazzina di nome Carly Benz. Suo fratello Laurence era un giocatore di scacchi eccezionale, ed è entrato in contatto con le tre vittime. Aveva quattro anni meno di lui, che è morto per un tumore al cervello all'età di diciotto anni».

«Perché sarebbe rilevante?», chiese Kim, domandandosi come mai quella storia in particolare fosse entrata nella top tre di Stacey.

«Dopo la sua morte, la sorella ha perso la testa. È finita in guai di ogni genere: furti, violenza, comportamento antisociale. Poi, il nulla. Non ho trovato traccia di lei dopo un processo che risale a quando aveva sedici anni. Nessuna presenza sui social, niente. È sparita, punto e basta. Adesso dovrebbe avere circa venticinque anni, e potrebbe aver deciso di punire le nostre vittime per qualche loro mancanza percepita nei confronti del fratello».

«Interessante, Stace», riconobbe Kim, mentre Tiff segnava il tutto su un elenco puntato sulla lavagna a fogli mobili.

«Ah, ma adesso migliora. La seconda classificata è la signora Beth Nixon, portata alla manifestazione dalla nonna. Non c'è molto sulle sue partecipazioni, a parte un post su un blog che parla di come suo fratello minore ha disturbato la sua esibizione nella gara finale. Non c'è il nome, ma è riuscito a interrompere il quiz».

«Porca miseria», esclamò Kim, rendendosi conto che quasi tutte le persone con cui avevano parlato erano legate a Brainbox, in un modo o nell'altro.

«Non so come farai a superare questa, Stace», ammise Kim.

«Ah, be', mi piace tenere il meglio alla fine», rispose lei, inarcando le sopracciglia. «L'ultimo collegamento di fratelli che ho trovato, con un contatto con tutte e tre le vittime, è stato sempre sotto il nostro naso, e si tratta dei nostri Serena e Jared Welmsley, gli organizzatori».

94

Kim si spostò di lato per lasciar passare una famiglia che stava arrivando nel corridoio di gran carriera, chiacchierando e ridendo, con un ragazzino che sorrideva stringendo in mano un grosso trofeo di vetro.

«Un bimbo felice», sottolineò Bryant con un sorriso.

«Per forza, ha vinto», rispose lei, diretta verso la zona della reception. Si sentivano gridolini estatici di genitori e figli che esaminavano certificati, coppe, distintivi e trofei. Notò Damien Crouch che guardava con orgoglio la piccola Matilda che gli mostrava una coccarda rosa con un nastro appuntata al golfino.

«Sembra che siamo agli sgoccioli», sottolineò Bryant. «Manca solo il quiz finale e non ci sono stati incidenti…».

«Non sfidiamo la sorte, Bryant. Il nostro assassino è qui da qualche parte, e dobbiamo assolutamente prenderlo prima del termine della manifestazione. Se c'è qualcun altro nel suo elenco, sarà proprio…».

«Ispettore, vedo che siete ancora qui», disse Serena da dietro le loro spalle.

La donna aveva in mano una manciata di coccarde, una cartellina e una scarpa da bambino. Seguì lo sguardo di Kim. «Non me lo chieda», disse.

«Quasi finito?», domandò Bryant.

Lei sorrise estasiata, guardando i bambini e i genitori intorno a sé che finalmente facevano un po' di chiasso. «L'evento è stato un enorme successo», dichiarò, poi parve ricordarsi del motivo per cui la polizia era lì. «Se non fosse stato per le tragedie degli ultimi giorni, certo», riconobbe. «Ma manca solo il quiz, poi per quest'anno abbiamo finito».

«Fantastico», commentò Kim. «Serena, Barry Nixon ha mai portato sua moglie con sé a Brainbox?»

«L'ha accompagnato solo l'anno scorso. È stato meraviglioso rivederla dopo tutti quei...»

«Ed era stato riservato un posto per lei anche quest'anno?»

«Certo. Sapevo che sarebbero venuti insieme».

«E il suo posto è stato usato?», chiese Kim, sentendo una stretta allo stomaco.

«Mi spiace, agente, non ne ho idea», rispose, facendo per allontanarsi. «È Jared a occuparsi dei registri delle presenze».

«E le spiacerebbe dirmi dove posso trovare suo fratello?».

Serena parve sinceramente sorpresa dalla domanda.

«Mio fratello, ispettore? Mi dispiace, non vedo Jared da ore».

95

«Pensi che Jared possa essere il nostro uomo?», chiese Bryant mentre si dirigevano verso il salone principale. Non aveva risposto al cellulare, e Serena aveva consigliato loro di provare lì prima di correre al banco degli oggetti smarriti.

«Te lo dirò dopo che ci avrà spiegato dove si trovava mentre venivano compiuti tutti gli omicidi, ma continuo a pensare che ci sia molto di più da scoprire su Beth Nixon. Non sappiamo ancora cosa l'abbia spinta a farsi ricoverare in un istituto psichiatrico, e sarebbe dovuta venire qui con suo marito».

«Ma credi che possa aver ucciso il suo stesso marito, capo?», chiese Bryant, dubbioso. «Sembrava amarlo molto».

«Sì, è la stessa impressione che ho avuto io, ma non sarebbe la prima volta che interroghiamo un serial killer senza rendercene conto. Qui abbiamo a che fare con qualcuno di molto ingegnoso».

«Già, e come si fa a prendere un assassino più intelligente di te?».

Kim ci pensò su. «Speri che sia troppo intelligente».

«Parole sante, oh grande saggio», rispose lui entrando nel salone.

Gran parte del luogo era pronta per l'evento finale. C'erano due tavoli lunghi, posizionati uno di fronte all'altro, tre sedie dietro ciascuno. Delle targhette indicavano i nomi dei finalisti e al centro c'era il tavolo dei giudici.

Due treppiedi erano stati sistemati per sostenere l'attrezzatura che avrebbe ripreso l'evento, più un centinaio di sedie per accogliere il pubblico della battaglia finale di Brainbox.

Alcuni posti in prima fila erano già stati occupati dai primi arrivati. Una donna stava pettinando i capelli della figlia e le sistemò un fiocco a pois in cima alla testa.

La piccola se lo strappò via e lo gettò a terra.

«Incantevole», notò Bryant.

«Prevedibile», rispose Kim, guardandosi intorno. «Ti comporti come un piccolo adulto nel corpo di un bambino. Non c'è da stupirsi se i bambini sono confusi».

«Ottima osservazione», fece lui, mentre lo sguardo di Kim esaminava un gruppetto di ragazzini seduti, in attesa, nell'angolo più lontano.

«Qui non c'è, capo».

«Lo vedo, Bryant», rispose lei, e sentì un formicolio attraversarle la spina dorsale. «Ma se la gara sta per concludersi e lui è uno degli organizzatori, perché non è qui?»

96

«Somiglia a uno di quei turni infiniti, vero?», chiese Tiff, reprimendo uno sbadiglio.

Stacey sorrise. «Sì, è per questo che ci piace».

«Ai tuoi compagni e ai tuoi familiari dà fastidio?»

«Di solito sono comprensivi», fece lei, senza dilungarsi in spiegazioni. Per quanto la riguardava, Devon capiva quasi sempre tutto, ma ciò che non riusciva proprio a comprendere era perché lei non fosse in grado di rispondere alla domanda che le aveva posto all'inizio della settimana. Domanda che Stacey era riuscita a eludere con successo proprio grazie al lavoro.

«Ah, quando la tua metà ti capisce è la cosa migliore. Quando uno finisce la...».

«Tiff, devo proprio continuare a indagare su Beth...».

«Ma il capo ha detto che adesso cerca i fratelli. Perché continui a concentrarti sulla moglie di una delle vittime?»

«Ho un sospetto, Tiff. Il semplice fatto che il capo la pensi diversamente non significa che dobbiamo lasciare le piste sospese a mezz'aria. Bisogna finire ciò che si è iniziato».

«Capito», fece lei, allungando le braccia sopra la testa. «Ma ho bisogno di uscire un attimo. Ti serve qualcosa?»

«Una Coca-Cola Light», rispose Stacey mandando giù ciò che restava dell'ultima lattina, felice di poter restare finalmente qualche minuto da sola.

Anche se era sfinita, a Stacey non aveva fatto piacere essere distolta dalle ricerche su Beth Nixon per concentrarsi sui fratelli dei bambini plusdotati. A dire il vero, le era sembrata una leggera forzatura, ma il capo era convinta che fosse una possibilità.

Tuttavia, non aveva ancora finito con Beth, perché non aveva trovato tutte le risposte.

«Bene, Beth Nixon», disse nella stanza vuota. «Cosa stai cercando di nascondere, di preciso?».

97

Dieci minuti dopo, Kim e Bryant erano di nuovo all'esterno della sala principale, che stava iniziando a riempirsi. Le stanze più piccole erano state svuotate e restituite all'hotel, ma di Jared non c'era ancora traccia.

«Okay, Bryant. Il fatto che non riusciamo a trovare Jared Welmsley non mi piace per niente, perché sai chi altro non abbiamo visto?».

Lui scosse la testa.

«Ellie Lewis, l'insegnante».

«Sarà già andata via», ragionò lui. «Non credo sia interessata al quiz finale».

«Mmm», fece Kim, tornando alla reception. Passò davanti a diverse famiglie in attesa di fare il check-out. Qualcosa le diceva che quella donna non se ne sarebbe andata senza controllare se qualcuno dei suoi potenziali studenti fosse stato ammesso alla fase finale. Il suo collega, però, poteva anche avere ragione. Ogni tanto succedeva.

Bryant la seguì, chiedendo scusa a tutti.

«Mi perdoni», disse lei mostrando il tesserino. «Eleanor Lewis è già andata via?».

La donna alla reception esitò, come se dovesse decidere se chiedere loro di mettersi in fila. Kim le avvicinò di nuovo il tesserino. Dove diavolo era Raymond, quando c'era bisogno di lui?

«Per favore», aggiunse Bryant. «Potrebbe essere importante».

La receptionist cedette, fece una rapida ricerca al computer e scosse la testa. «Non ancora».

«Chiami la sua stanza», le ordinò Kim.

La donna obbedì e ascoltò il telefono squillare. Scosse di nuovo il capo.

«Posso avere il suo numero di telefono?», chiese Kim tirando fuori il cellulare.

La donna fece cenno di no. «Mi spiace, ma non posso...».

«Bryant, chiediglielo gentilmente», disse lei rivolgendosi al collega.

La famiglia dietro di loro cominciò a sbuffare. Kim si voltò con uno sguardo che non prometteva niente di buono, e tutti si girarono dall'altra parte.

«Lisa», disse lui, leggendo il nome sul cartellino. «Crediamo che la signora Lewis possa essere in pericolo. Se potessimo chiamarla per...».

«Tenga», disse la receptionist, porgendogli un Post-it rosa.

Kim scosse la testa mentre prendeva il cellulare.

«Potresti anche ringraziarmi», si lamentò Bryant.

«Preferirei ringraziare la tua mamma e il tuo papà per averti insegnato l'educazione», rispose digitando il numero.

«In effetti», concesse lui.

Scattò subito la segreteria.

«Maledizione», esclamò Kim e riprovò.

Stessa risposta.

Fece un'altra chiamata. «Stace, segnati questo numero».

Stacey l'ascoltò mentre lo dettava. «È di Ellie Lewis, la docente privata. Prova a chiamarla, fallo in continuazione. Non riusciamo a trovarla».

«Aspetta, non hai detto che ha quasi quarant'anni?»

«Ne ha trentotto».

«Non avrebbe senso. Non può essere stata qui come insegnante quando Jared era bambino, quindi...».

«In questo momento sono spariti tutti e due, Stace. Gli altri ci sono tutti, quindi è successo qualcosa», disse Kim. «Tu continua a chiamarla e fammi sapere».

«Va bene, capo», rispose Stacey, e attaccò.

«Però non aveva torto su...».

«Scusate se vi interrompo, non ho potuto fare a meno di sentire», disse la donna che aveva sbuffato poco prima, in fila dietro di loro.

Kim fu seccata dall'intrusione, ma le fece cenno di proseguire.

«Ecco, Ellie dà lezioni di geografia a nostro figlio Marcus. Avevano una lezione oggi, poco dopo pranzo».

Kim cercò di nascondere l'irritazione. Quella donna cercava di essere d'aiuto, ma i movimenti di Ellie di cinque o sei ore prima non le servivano a nulla.

«Grazie per...».

«No, non mi ha capita. La lezione è stata rimandata. Dovevamo vederci a ora di merenda, ma lei ha detto che doveva incontrare una vecchia conoscenza».

98

«Punti dove non c'è campo?», chiese Kim tornando in testa alla fila e agitando il cellulare in direzione di Lisa. «Dove sono?».

La donna fece ricorso a ogni tecnica di comunicazione col cliente che avesse imparato per nascondere il fastidio. «Non abbiamo nessun...».

«Certo che li avete», la interruppe. «Ce ne sono in tutte le strutture».

Kim sapeva che anche le migliori reti telefoniche in alcune zone non funzionavano a causa di terreni collinari, fogliame fitto o distanza fisica. In un'area urbana, poi, c'erano anche altri fattori che contribuivano a disturbare il segnale.

«Lisa, dove si trovano le pareti più spesse o costruzioni metalliche?», chiese. Anche il cemento armato poteva essere un problema.

«La prego, glielo dica, così se ne andrà più in fretta», le consigliò Bryant.

«Ha ragione», confermò Kim.

Lisa abbassò la testa. «I magazzini in fondo alla cucina, che portano all'esterno, nel cortile di servizio, e gli spogliatoi tra la palestra e la piscina».

«Grazie», disse Kim, prendendo di nuovo il telefono. Riprovò a chiamare.

Niente.

«Capo, sono due posti troppo lontani tra loro».

«Lo so, Bryant. Dovremo dividerci. Tu prova con la piscina, io vado in cucina».

Lui annuì, si voltarono e partirono in direzioni opposte.

99

Ellie si sforzò di non sbadigliare mentre si appoggiava allo schienale della panca, toccandosi la tasca per sicurezza.

L'allarme in caso di attacco personale era nascosto proprio accanto alla cucitura.

Il messaggio che aveva ricevuto qualche ora prima l'aveva sorpresa. Qualsiasi comunicazione le arrivasse da un numero sconosciuto le dava i brividi, e il primo era stato così misterioso da non permetterle di dissipare i suoi timori:

Possiamo vederci più tardi?

Aveva pensato subito ai suoi aggressori. La sua mente andava sempre lì, si rese conto, perché la sua mano andava automaticamente alla cicatrice sul viso. Non sarebbe mai riuscita a dimenticare. La prova e il ricordo di quanto era accaduto la fissavano ogni volta che il suo sguardo incrociava uno specchio: quando si lavava i denti, quando si pettinava, quando si truccava.

E se per qualche istante riusciva a non pensarci, lo vedeva riflesso negli occhi degli altri. Non era una cicatrice che si accontentava di uno sguardo veloce, di passaggio. Chi la notava non riusciva a smettere di guardarla. La fissavano e la osservavano muoversi mentre lei parlava, come se fosse una creatura vivente. Comprendeva benissimo l'irritazione delle modelle quando la gente parlava rivolgendosi solo al loro seno. Se fosse stata meglio dotata in quell'area, forse avrebbe cercato di sfruttarla come diversivo, di tanto in tanto.

Chiuse gli occhi per un attimo, provando sollievo per la fine della manifestazione. Era stata dura, si sentiva sfinita dal punto di vista emotivo dopo essere stata a contatto con così tante persone.

Nella vita quotidiana evitava le folle, si teneva alla larga da occhi curiosi e sguardi invadenti. Era facile, al giorno d'oggi. Usciva di casa, andava in macchina fino a casa dei suoi clienti, insegnava ai loro figli, risaliva in auto e tornava a casa. E c'era ben poco che non potesse acquistare online.

Solo che stava diventando sempre più difficile partecipare a quella manifestazione, mostrarsi in piena vista, anche se era una cosa che doveva fare per soddisfare i suoi clienti.

Ed era stato quello il motivo che l'aveva spinta ad andare all'appuntamento.

La sua prima reazione era stata chiedersi se potessero essere i suoi aggressori, ma sapeva dove si trovavano. Lo sapeva sempre. Erano passati quasi sedici anni, eppure aveva ancora il terrore che potessero tornare per finire ciò che avevano iniziato.

I suoi timori si erano ridotti di un terzo quando il più grande dei tre era rimasto ucciso per accoltellamento in uno scontro tra gang, cinque anni prima. Quella sera aveva festeggiato, non tanto per spirito di rivalsa quanto perché c'era una persona in meno da temere. Una in meno da cercare su Internet. Una in meno da tenere monitorata.

Il più giovane era tornato dietro le sbarre dopo una serie di aggressioni brutali ai danni di giovani donne. In quel momento, quindi, era inoffensivo. L'ultimo era sposato, con due bambini, e riparava tetti a Stoke.

Il primo messaggio era stato seguito da un altro, qualche minuto dopo, e leggendolo le sue paure si erano placate:

Mi scusi, dimenticavo che non ha il numero del mio cellulare di lavoro. Matilda vorrebbe darle un regalino. Damien

Il messaggio si chiudeva con un'emoticon con gli occhi al cielo, che l'aveva subito fatta sorridere.

Di solito avrebbe rifiutato, ma una volta superata l'angoscia iniziale, aveva ripensato alla conversazione avuta con l'ispettore di polizia. Le aveva fatto piacere parlare con lei. In effetti, aveva apprezzato la conversazione con un'adulta. Condividere le sue conoscenze, le sue esperienze. Le era addirittura dispiaciuto quando la donna era andata via. Mettere a frutto gli studi e le proprie competenze per insegnare a giovani menti in lezioni singole soddisfaceva una parte delle sue necessità, ma cominciava a capire che forse non le davano tutto ciò di cui aveva bisogno. Parlare con un adulto era una delle sue necessità, e d'altro canto Matilda era una bambina adorabile e suo padre era un uomo gentile e premuroso.

Il suono di un rametto che si spezzava le fece aprire gli occhi di scatto.

Ebbe bisogno di qualche secondo per abituarsi alla scarsa luce del tramonto, ma quando lo fece, spalancò la bocca appena scorse la figura che le veniva incontro.

100

Kim avanzò veloce nei corridoi su cui affacciavano le camere, diretta verso la cucina industriale nella parte più distante dell'hotel. La struttura aveva due cucine: una più piccola, che serviva la caffetteria e il ristorante che si trovava sul lato relax della struttura, e una invece professionale per il catering dedicato al servizio in camera e agli eventi.

Camminava con il telefono davanti a sé per tenere d'occhio le linee che indicavano la potenza del segnale. Nell'attimo in cui avesse perso campo, avrebbe iniziato la ricerca.

L'odore e il rumore sferragliante le dissero che si stava avvicinando al punto morto, ma faceva fatica a concentrarsi per via di qualcosa che aveva visto ma che ancora non aveva registrato con precisione nella sua mente.

«Gesù», gridò quando un operatore della cucina, vestito di bianco, la fece cadere urtandola con il quarto di bue che trasportava.

L'uomo la guardò con un'espressione di scuse che un attimo dopo divenne preoccupata. «Si è persa?».

Lei gli mostrò il tesserino. «No. Mi dica: dove inizia questo punto morto?».

Lui aggrottò la fronte.

«La rete telefonica», aggiunse Kim, mostrando il cellulare.

Lui puntò lo sguardo nel corridoio, verso l'uscita di sicurezza. «Comincia subito dopo quell'estintore appeso al muro e prosegue fuori dalla porta, fino in fondo al giardino».

«Capito», disse lei, e corse via.

In effetti, le tacche che indicavano il campo della linea telefonica sparirono del tutto non appena superò l'estintore.

Dato che oltre quel punto non c'erano altre stanze, spinse la porta antincendio e uscì.

Le sue narici furono assalite da una commistione di fragranze estive. Un unico lampione decorativo illuminava la panchina posta sotto di esso. Con un rapido sguardo Kim vide che lì non c'era nessuno.

Ma c'era stato?, si domandò Kim, fermandosi accanto alla panchina.

Fino in fondo al giardino, aveva detto il tizio della cucina, e lì era all'inizio.

Corse fino a dove finiva il giardino, percorrendo il sentiero che faceva il giro e conduceva all'ingresso principale dell'hotel. Controllò il cellulare. Ancora niente campo. Non poteva nemmeno chiamare Bryant per chiedergli se fosse stato più fortunato di lei.

"Maledizione, maledizione, da che parte?", si chiese voltandosi in ogni direzione.

Poi ricordò la cosa che aveva visto e che ancora il suo cervello non aveva processato.

Mentre stavano cercando Jared stanza per stanza.

Il gruppetto di ragazzini seduti insieme.

Tutti rivolti verso la stessa direzione, in attesa.

Aveva mentito quando aveva detto a Stacey che avevano rintracciato tutti.

Dov'era finito quel cazzo di clown?

101

«C'è nessuno?», gridò Bryant bussando alle porte dello spogliatoio maschile.

Fino a quel momento aveva escluso la palestra, il campo da badminton, la sala pilates e zumba e tutte le aree legate alla piscina. Restavano solo la sauna e i bagni delle donne.

L'ultima porta si spalancò mostrando una pila di vestiti piegati con cura. Bussò alla porta della sauna, che si aprì lentamente verso di lui.

«Che cosa…?»

«Signor Welmsley, dove diavolo era?», chiese Bryant, distogliendo lo sguardo dalle parti intime dell'uomo, che era nudo, coperto solo da un asciugamano minuscolo.

«Ehm… là dentro», fece lui con un cenno del capo verso il vapore che s'innalzava sopra la sua testa.

Ecco una domanda stupida, si disse Bryant.

«Ma la manifestazione, il quiz, sua sorella…».

«È perfettamente in grado di portare avanti tutto anche senza di me. Ma mi spiega cosa diamine vuole?», gli chiese entrando nella stanzetta e socchiudendo la porta.

«Ha visto Eleanor Lewis?», domandò lui mentre l'uomo si chinava dietro la porta.

Bryant vide apparire l'asciugamano bianco e non volle nemmeno pensare a cosa c'era là dietro.

«Ellie, la docente?»

«Sì, l'ha…?»

«E viene a picchiare come un pazzo alle porte per chiedermi se ho visto qualcuno con cui avrò scambiato due parole in tutta la mia vita?».

A Bryant non piaceva il modo in cui quell'uomo riusciva a mettere in ridicolo qualsiasi cosa dicesse. Lavorava fianco a fianco ogni giorno con una persona che si comportava nello stesso modo.

«Allora? L'ha vista?», ribadì.

La testa di Jared comparve da dietro la porta e fece cenno di no. Nello stesso momento, si sentì lo scatto della sua cintura che veniva chiusa.

Bryant stava per andarsene, quando un pensiero gli attraversò la mente. «Va tutto bene tra lei e sua sorella?»

«Mi scusi?», fece lui, infilandosi la camicia.

«Prima vi ho visti discutere, nella reception».

Jared assunse un'aria perplessa, ma poi parve ricordare l'episodio e si rilassò. «Ah, quello. Niente di che. Se ha parlato con lei si sarà reso conto che è un po' una maniaca del controllo. A volte esagera. Ma non era nemmeno uno screzio», aggiunse, sparendo di nuovo alla vista. «Dovrebbe vederci quando...».

Bryant se ne andò: quella conversazione non gli era della minima utilità.

Il suo primo istinto gli diceva di andare a cercare il capo, ma non aveva ancora finito di controllare tutta l'area.

Se si fosse allontanato troppo presto e il suo istinto su quel tizio si fosse sbagliato, avrebbe rischiato di abbandonare Ellie Lewis in fin di vita da qualche parte lì intorno.

Ringraziò Jared per l'aiuto e si diresse verso gli spogliatoi femminili.

Per il momento, il capo avrebbe dovuto cavarsela da sola.

102

“Pensa, pensa, pensa”, si disse Kim allontanandosi dal giardino fiorito.

Che cosa aveva scoperto, fino a quel momento? Giochi da tavolo, gioco della campana, le altalene al parco. Il killer avrebbe mantenuto lo schema. Erano in un hotel. Dove poteva essere?

L’area giochi, capì all’improvviso. Doveva averla portata nell’area giochi.

A ogni morte era collegato un simbolo ludico. Li aveva costretti a giocare e poi li aveva uccisi, con un’arma da taglio.

Un coltello.

Ellie e l’aggressione che aveva subìto in passato.

Kim restò senza fiato. Quella povera donna doveva essere terrorizzata.

Girò di corsa intorno all’edificio e imboccò il vialetto di ghiaia, diretta verso il parco giochi che aveva visto arrivando.

Lottò contro l’incertezza. Se si fosse sbagliata sul luogo, con buona probabilità Ellie sarebbe morta. L’assassino non si soffermava troppo a lungo a giocare con loro.

Un’unica luce illuminava l’area in lontananza, ma doveva distare circa cento metri, e da lì non si vedeva nulla se non la sagoma del castello di legno.

Proseguì in quella direzione, ripensando a tutti gli eventi della settimana, cercando qualcosa che le desse un indizio sulla persona con cui aveva a che fare. Qualsiasi minuzia potesse esserle sfuggita.

Cercò di placare il respiro mentre si avvicinava all’entrata del parco. Si coprì la bocca con la mano e si mise in ascolto.

In lontananza, colse un suono ritmico.
Squiiik.
Quattro secondi.
Squiiik.
Quattro secondi.
Poi una risata estatica che le gelò il sangue nelle vene.
Sapeva che doveva avvicinarsi, ma senza far rumore. Non aveva idea di cosa stesse succedendo.
Delle cesoie erano state incastrate nel cancello per chiuderlo. La pesante catena era a terra.
Si chinò oltre il cancelletto, che le arrivava alla vita, e sollevò le cesoie il più silenziosamente possibile. Le posò sull'erba e aprì il cancello, i muscoli tesi, come se potessero evitare qualsiasi suono che preannunciasse il suo arrivo.
Squiiik.
Quattro secondi.
Squiiik.
Sentire ancora il suono fu un sollievo. Prima della morte c'era il gioco. Se stava ancora giocando, per Ellie Lewis c'era speranza.
Ma con chi diamine aveva a che fare?
Si mosse lentamente, passando intorno a delle patatine cadute a terra che non erano ancora state raccolte.
Quel particolare innescò un ricordo nel suo cervello. Risalì lungo la linea degli eventi della settimana e alla fine si agganciò a una scoperta casuale, come se fosse una calamita.
Le tracce di cloruro di sodio.
Cloruro di sodio.
In quel momento capì chi era.

103

Bryant uscì dall'area benessere e prese il cellulare.

Era stato attento a controllare ogni centimetro del luogo per assicurarsi che Jared Welmsley non avesse compiuto un delitto e si fosse gettato poi nel vapore per lavarsi.

«Ehi, Stace, ho...».

«Bryant, dove diamine eri finito? Stavo cercando di rintracciarti».

«Sono nell'area benessere. Non c'era campo. Ho controllato, e non è stato Welmsley».

«Ti avevo detto che non aveva senso. Mi puoi passare il capo?»

«Non sono con lei, Stace. È andata nell'altro punto senza campo».

Silenzio per un attimo.

«Quindi siete entrati tutti e due in zone in cui non prende il cellulare, da soli, senza avvisarmi?».

Bryant riconobbe la collera nella sua voce.

«Stace, che hai scoperto?»

«L'evento traumatico, Bryant. Quello per cui Beth Nixon è finita nella struttura di igiene mentale. È stato per sua nonna, la sua tutrice legale. È stata assassinata otto anni fa».

«Stace, è terribile, ma cosa c'entra con noi?»

«È il modo in cui è stata uccisa: legata a una giostrina in un parco di Burnley, una di quelle girevoli. È stata legata con del filo spinato ed è stata fatta girare finché il suo cervello non si è spalmato sul terreno».

Bryant non riuscì nemmeno a parlare: chiuse la telefonata e cominciò a correre.

Doveva trovare il capo, e subito.

104

Kim prese un respiro profondo e uscì da dietro il castello.

«Ciao, Eric, che piacere rivederti», disse all'uomo che aveva interrogato sulla prima scena del crimine. L'uomo che aveva dato di stomaco, e il cui vomito conteneva tracce elevate di cloruro di sodio, sale, lo stesso trovato su uno stivale di uno degli agenti intervenuti. Si era indotto il vomito usando la bottiglia dell'acqua per aumentare la propria credibilità.

«Ispettore, che piacere anche per me», rispose lui, calmo, lanciando uno sguardo all'altra persona presente.

Kim cercò di esaminare la scena che aveva davanti agli occhi senza permettere all'orrore di modificare la propria espressione.

Eric era seduto cavalcioni su un'estremità del dondolo a bilico. Indossava ancora il costume da clown che aveva usato per intrufolarsi nella manifestazione. La metà gialla e quella rossa erano separate da due pompon blu appuntati sulla pancia e sul petto. Si era tolto la parrucca variopinta, ma il viso bianco e le labbra rosse di dimensioni esagerate erano ancora lì.

All'altro capo del dondolo c'era Ellie. Aveva le mani legate alla maniglia e una sciarpa come bavaglio. Il terrore nei suoi occhi era evidente.

Per un attimo Kim si chiese come avesse fatto a legarla così, ma considerando ciò che Ellie aveva già subìto, era sicura che la donna fosse rimasta pietrificata e avesse obbedito a qualsiasi ordine.

Ellie emise un gemito quando la sua parte del dondolo scese, e Kim capì subito perché.

Il coltello era stato sistemato in modo da puntare verso l'alto, cosicché ogni volta che il suo seggiolino scendeva la lama le trapassava la carne della parte posteriore della gamba, tra la caviglia e il polpaccio. Se lei non si fosse spinta di nuovo verso l'alto, la punta del coltello sarebbe penetrata in profondità. Ellie aveva anche i piedi legati, quindi non poteva controllare l'angolazione con la quale ricadevano le gambe.

Eric la stava costringendo a giocare con lui, e la pozza di sangue scintillante sotto di lei disse a Kim che andavano avanti già da un po'. Eric si stava divertendo un mondo, mentre Ellie era sempre più debole.

Kim capì di avere una sola possibilità, ed era farlo scendere da lì.

Fece un rapido calcolo. Ellie era un'insegnante privata da quattordici anni. Quattordici anni prima, Beth Nixon aveva partecipato a Brainbox. Anche Ellie doveva aver ignorato quel ragazzino.

Kim avanzò.

«Un altro passo e faccio così», disse lui, slanciandosi verso l'alto.

Spinse più forte e più in fretta, ed Ellie non ebbe alternativa se non tenere il suo ritmo per evitare che la lama le si conficcasse a fondo nella carne, ma anche così ricevette comunque altri tagli nella parte posteriore della gamba. Era un gioco a perdere.

La donna urlò nel bavaglio, mentre il sangue cominciava a colare dalle nuove ferite.

Kim si fermò.

«Non sei sorpresa di vedermi, ispettore?», le chiese lui, deluso. «Che cosa mi ha tradito?».

Kim era tentata di rispondere che era stato fin troppo intelligente, ma doveva sforzarsi di trovare il modo migliore per farlo scendere da lì.

«Il sale, Eric», rispose con calma. «Hai esagerato la tua reazione, quando hai finto di rinvenire il corpo di Belinda Evans. Il tuo vomito conteneva un'elevata quantità di cloruro di sodio, che si trovava nella tua bottiglietta dell'acqua. L'hai usato per vomitare dopo averla assassinata. Quando ti ho consigliato di bere, ti sei rifiutato. Volevi far sapere a tutti quanto sei scaltro, solo che non hai ottenuto nessuna gratificazione per il primo omicidio. Nessuno ha trovato Freddie Compton per giorni, così quando hai ammazzato Belinda volevi assistere al risultato della tua impresa seduto in prima fila, con la testa china, mentre ti fingevi sconvolto».

Lui sorrise, apprezzando la sua intuizione, mentre il dondolo aveva rallentato a mano a mano che Kim conquistava la sua attenzione.

Sembrava molto felice di sentir raccontare le proprie prodezze. Kim decise di approfittarne.

«Sei andato al college il giorno dell'open day e hai chiamato Belinda dal ripostiglio. Hai fissato un appuntamento con lei al...».

«Sì, era una maledetta stronza».

Kim ignorò l'insulto, sapendo che quella donna era stata ben altro.

«Non è stato difficile trovare la tua ultima vittima, considerando che era tuo cognato, giusto?», riprese Kim, ripensando agli ultimi tre casi che Stacey aveva evidenziato.

Il fratello che aveva disturbato l'esibizione di Beth quando erano bambini, cercando di distogliere l'attenzione da lei.

«Ed è stato il suicidio di quel povero ragazzino a farti scattare, vero? Il fratello di un genio, convinto che l'unica via d'uscita fosse la morte».

Kim sapeva che doveva continuare a farlo concentrare su sé stesso, a tenere viva l'attenzione, fino a quando non fosse riuscita a capire come farlo scendere dal dondolo.

«Sei sempre stato la seconda scelta, rispetto a tua sorella, vero?», gli chiese in tono gentile.

Non aveva armi né aiuti: poteva fare appello solo a ciò che sapeva, alla sua capacità di parlare e di dar vita a un piano che spostasse l'attenzione e la collera di quell'uomo da Ellie.

«Lo capisco, Eric», continuò. «Capisco quanto deve essere stato orribile, da bambino, quando Beth aveva tutti gli occhi puntati su di lei. Tutti giocavano con tua sorella, la riempivano di attenzioni e ti ignoravano, lasciandoti solo. Nessuno di loro capiva quanto sei speciale. Nessuno ha voluto dedicare del tempo a giocare con te».

Gli occhi di Eric erano puntati su di lei, e lui aprì la bocca per dire qualcosa, ma Kim non voleva lasciarlo parlare. Voleva che ascoltasse. Aveva bisogno di far entrare le sue parole nel cervello di quell'uomo, in modo che potessero avere l'effetto sperato. Perché il suo piano funzionasse, doveva sollevare la dolorosa pellicina del rifiuto nella sua mente.

«Scommetto che riceveva un trattamento di favore, vero? Più regali, più premi, più giocattoli. Tutti pensavano che lei fosse più intelligente, più divertente, più carina. I tuoi genitori la mettevano in mostra alle feste, raccontavano a tutti cosa sapeva fare, si gloriavano delle sue conquiste. Tu invece eri quello dimenticato, sempre nella sua ombra, e provavi ad attirare l'attenzione, a farti vedere, a farti notare. Non riesco nemmeno a immaginare l'effetto di un trattamento del genere su un bambino. Un tale rifiuto a un'età così tenera».

Capì di aver fatto centro. Il saliscendi era rallentato, ed Ellie aveva avuto il buonsenso di muoversi alla sua stessa velocità in modo da ricevere meno colpi e diminuire la perdita di sangue.

Bisognava solo sperare che le ferite più fresche fossero meno profonde di quelle più vecchie.

«È difficile per un bambino accettare un tale livello di rifiuto, ma non è tutto, vero, Eric?», gli chiese, il tono più duro. «Soprattutto se ti succede anche da adulto, perché ho conosciuto sia te che tua sorella e devo dire che lei mi piace molto più di te».

Kim lo sfidò con lo sguardo.

«Allora, perché non vieni a giocare con me?».

105

«Merda, vuoi toglierti dai piedi, amico?», ringhiò Bryant quando raggiunse la porta antincendio che dava sul giardino fiorito.

«Un attimo, devo assicurarmi che i magneti reggano e che l'attivazione sia ricevuta nella sala di controllo».

L'addetto alla sicurezza teneva la ricetrasmittente all'orecchio e aspettava una risposta.

Bryant cercò di tornare a una respirazione normale, dopo la corsa all'interno dell'edificio. L'unica alternativa era una corsa di tre chilometri da un capo all'altro del complesso alberghiero.

Da lì ci voleva solo un paio di minuti per raggiungere il parco giochi in cui immaginava che il suo capo stesse affrontando da sola Beth oppure il suo fratellastro, quale che fosse dei due lo psicopatico.

«Queste porte hanno troppi segnali di attivazione, amico. Devo essere sicuro che funzionino».

Bryant se lo tolse da davanti e spinse forte.

La porta si aprì.

«Funziona», gridò mentre correva a perdifiato tra le piante.

106

Kim vide lo sguardo di Eric trasformarsi in uno sguardo omicida mentre lui si alzava dal dondolo. Nell'attimo in cui fu a terra, Kim corse verso il lato di Ellie, le cui gambe puntavano verso i coltelli.

Riuscì a sferrare un rapido calcio alle lame prima che Eric l'afferrasse per i capelli, gettandola a terra.

Sentì un bruciore diffondersi dallo scalpo fino agli occhi. Si preparò all'assalto quando lui cominciò a trascinarla sull'asfalto.

«Hai rovinato tutto, maledetta...».

Le parole gli morirono sulle labbra e la stretta ai capelli si allentò. Kim sollevò la testa e lo vide guardare dietro di lei.

C'era qualcuno che correva verso di loro.

Eric la spinse giù e fuggì.

«Vai da Ellie», gridò Kim al collega. «E resta con lei», ordinò, alzandosi.

Quella povera donna doveva essere devastata dal terrore.

Stone partì nella direzione in cui pensava fosse andato Eric. Gli sarebbe stato facile superare la palizzata che circondava il parco giochi e perdersi nella campagna del Worcestershire.

Fece il giro del castello e lo scorse mentre si lanciava oltre la recinzione metallica. Era riuscito a fare leva con il piede sinistro e la stava scalando come l'Uomo Ragno.

Lo sentì imprecare quando un pompon dell'abito da clown si impigliò in un giunto dei cavi. Gridò per la frustrazione, bloccato a mezz'altezza lungo la palizzata, senza poter scendere né salire.

Quando lei lo raggiunse, Eric emise un ruggito bestiale. Kim sentì il rumore del tessuto del costume che si strappava, liberando la gamba sinistra. Troppo tardi si rese conto che il piede puntava dritto verso di lei, sferrandole un calcio.

Stone riuscì a voltare il capo in modo che il tacco non la raggiungesse in pieno volto, ma ricevette comunque un colpo alla tempia sinistra così forte da farla cadere a terra. Un'ondata di nausea minacciò di travolgerla, ma riuscì a rimettersi in piedi e cominciò a scalare la recinzione mentre lui scendeva dall'altra parte.

Lottando contro lo stordimento, Kim si trascinò verso l'alto. Sentiva i muscoli bruciare, ma sapeva che doveva prenderlo.

Il parco intorno all'hotel finiva in aperta campagna, ma grazie ad alcune luci disseminate lungo il viale d'accesso all'edificio principale vide che Eric aveva un vantaggio di circa trenta o quaranta metri.

"Dobbiamo accelerare", disse ai suoi muscoli, cercando di aumentare la velocità.

Le luci che le sembravano fisse in realtà parevano muoversi verso di lei. Forse c'erano delle persone con in mano delle torce che venivano in suo aiuto.

Maledizione, la sua unica speranza era che Eric potesse perdere l'orientamento nella semioscurità e non riuscisse a trovare la direzione giusta, finendo per allontanarsi dall'uscita e dalla potenziale libertà e dando a lei il tempo di prenderlo prima che potesse scappare.

Scrollò la testa per scacciare quelle luci, eppure quelle alla sua destra continuavano ad andare verso di lei, più veloci di quanto le fosse sembrato. Tuttavia, continuavano ad aiutare Eric a fuggire.

Concentrò lo sguardo sull'uomo e non riuscì a capire se fosse riuscita a diminuire la distanza tra loro di qualche metro. Si rese conto che Eric perdeva terreno perché continuava a guardarsi indietro per vedere dove fosse lei.

Se solo fosse riuscita ad accelerare, l'avrebbe acciuffato prima che potesse uscire dai giardini dell'hotel.

Seguì la sua traiettoria ignorando le due luci rimaste nella sua visione periferica.

I muscoli le bruciavano come se volessero staccarsi dalle ossa; il respiro era affannoso perché doveva immettere più aria nei polmoni, ma questo innescò di nuovo la nausea causata dal calcio alla testa.

Tuttavia, Kim capì che stava accorciando le distanze quando lui si girò di nuovo, perché stavolta lei fu in grado di distinguere l'espressione sul suo volto.

"Forza", disse a sé stessa, mentre le luci alla sua destra diventavano ancora più potenti.

Si accorse che non erano torce.

Erano i fari di una macchina che procedeva sul sentiero ghiaioso, verso l'uscita.

Guardò di nuovo Eric, che correva veloce e si guardava indietro, cercandola.

L'auto continuava ad avanzare.

Eric continuava a correre.

Un ultimo sguardo.

Poi il suono del metallo che colpiva la carne.

Kim sentì le gambe cedere ma non smise di correre, fissando la sagoma inerte distesa a terra.

"Oh, no", pensò. "Non deve finire così". Tre persone morte. Innumerevoli vite rovinate. Quel bastardo doveva affrontare un processo.

Quando si avvicinò, lo sportello dell'auto si aprì e Veronica Evans scese. Aveva il viso terreo.

«Oh, no, santo cielo, no».

Kim fece qualche respiro profondo e la figura a terra gemette.

«Non posso… oh, no… non l'ho visto… mi dispiace tanto…».

«Non è morto», la consolò Kim, senza fiato.

«Oh, santo cielo… ho investito… un clown per bambini», disse lei, l'orrore dipinto sul volto.

Kim osservò l'espressione contratta dal dolore di Eric Hanson, resa ancor più grottesca dal trucco da clown sbavato, e non provò altro che disgusto per lui, per le vite che aveva spezzato per colpa di ciò che era stato poco più di un capriccio durato quattordici anni.

«Non si dispiaccia troppo, Veronica», disse Kim, prendendo il cellulare. «Questo è il bastardo che ha ucciso sua sorella».

107

Stacey rientrò in casa quasi all'una di notte.

Il profumo di gelsomino la accolse, anche se lo evitava da una settimana intera. Insieme a quella fragranza, nell'aria sentì un odore dolce, stucchevole, avvolgente. Doveva essere torta alla frutta. Devon preparava dolci quando lei era stressata.

Si tolse il cappotto e lo posò sullo schienale del divano. Non accese le luci. Non ne aveva bisogno. Conosceva l'appartamento di Devon quasi quanto il suo.

Quando attraversò il soggiorno, evitò con cura la sacca dai colori sgargianti che conteneva i numerosi tentativi falliti di Devon di imparare a lavorare a maglia. I grandi ferri erano stati usati più per simulare duelli con la spada tra loro che per realizzare davvero capi d'abbigliamento.

Appoggiato alla parete tra il bagno e la camera da letto c'era un cane di pezza alto mezzo metro, dal muso deforme, talmente brutto che era rimasto nel loro negozio vintage preferito per mesi. Alla fine avevano provato una tale pena per lui che avevano deciso di dargli una casa.

Provare pena per un pupazzo, si disse scuotendo il capo.

Scivolò silenziosa in bagno e si lavò in fretta i denti, aspettando che l'ansia svanisse. Aveva evitato quella conversazione per tutta la settimana, e si era comportata male nei confronti di entrambe. Le missioni notturne in qualità di agente addetta all'immigrazione comportavano spesso che Devon dovesse cercare di recuperare il sonno di giorno.

Stacey si spogliò in silenzio e si infilò a letto.

Il respiro ritmico di Devon sciolse la tensione nel suo corpo.

«Lo sai che so che sei arrivata, vero?», le chiese Devon, la voce chiara.

«Certo», rispose lei, avvicinandosi un pochino.

Devon si spostò senza voltarsi. «Che vuoi?».

Ah, aveva deciso di non renderle le cose facili. Ma era giusto così.

Stacey aveva avuto la tentazione di parlare con il suo capo, di chiedere l'opinione di una persona completamente obiettiva, ma quella sera, qualche ora prima, si era resa conto che non ne aveva bisogno.

Aveva passato la settimana a chiedersi cosa avrebbe perso, poi quella sera si era ritrovata circondata dal dolore. Alla sua sinistra c'era Ellie Lewis, già così ferita e ormai sull'orlo della pazzia. Un uomo che veniva portato di corsa in ospedale dopo avere assassinato tre persone innocenti, e una donna che aveva perso tutto e singhiozzava accanto alla sua auto.

E l'unica cosa a cui lei era riuscita a pensare era cosa aveva da guadagnare.

Sì, era stata presa dal panico. Sì, aveva avuto paura, e sì, si era comportata come una stupida ragazzina.

«Chiedimelo di nuovo, Dee», disse, accarezzandole con dolcezza la spina dorsale con un dito.

Nessuna risposta.

«Ti prego», mormorò.

Devon si voltò nel letto, faccia a faccia con lei. Non c'era luce nella stanza, ma Stacey conosceva il suo viso a memoria.

Devon si schiarì la gola e le cercò la mano.

Quando parlò, la voce le uscì leggera e nervosa.

«Stacey Wood, vuoi farmi l'onore di diventare mia moglie?»

Stacey sorrise nell'oscurità.

«Sì, amore mio. Sì».

108

Kim restò seduta fuori per qualche minuto prima di scendere dalla moto.

Aveva appena finito di interrogare Eric Hanson dopo gli eventi di due sere prima. Per fortuna, grazie alla scarsa velocità di Veronica – solo trenta chilometri orari – se l'era cavata con una costola fratturata, una spalla lussata e una leggera commozione cerebrale.

Nonostante la mancanza di prove raccolte dalla scientifica contro di lui, a parte le impronte sull'imballo del gioco da tavolo, Eric aveva confessato tutti gli omicidi, fornendo un dettagliato racconto di ciascuno. Aveva riferito dell'assassinio del cognato senza mostrare emozioni particolari rispetto a quelli degli altri, e l'aveva definito "uno sporco vecchio bastardo".

Eric aveva descritto un'infanzia talmente contorta e perversa che Kim aveva faticato a ricordare di avere di fronte un adulto e non un ragazzino ferito.

Le aveva confessato che l'unica cosa rimasta solo sua, un lascito del padre, era stata venduta per comprare dei libri per sua sorella. Aveva raccontato di come sua nonna avesse tolto Beth dalla scuola e delle percosse che lui riceveva se anche solo parlava durante le ore di lezione. Aveva spiegato che anche lui aveva dovuto lasciare la scuola perché sua nonna non aveva voglia di portarlo e andarlo a prendere.

Ma soprattutto, aveva parlato di come era stato ignorato, fatto sentire invisibile, inutile. E quando aveva letto del suicidio del fratello di Stevie, Ryan, tutto il senso di inadeguatezza che aveva seppellito dentro di sé dopo aver ucciso la persona che ne era stata la causa gli era ripiombato addosso.

Nel corso delle quattro ore impiegate per raccogliere le sue dichiarazioni, Kim aveva fatto uno sforzo per ricordare a sé stessa che stava interrogando l'assassino di quattro persone, colpevole anche del brutale omicidio della sua stessa nonna sulla giostrina rotante. Quattro famiglie erano cambiate per sempre per colpa di un'unica anima ferita, spezzata.

Ellie Lewis era stata dimessa dall'ospedale il giorno seguente, dopo essere stata curata per le ferite fisiche.

Kim non aveva idea di quali cicatrici psicologiche l'avrebbero segnata in modo permanente. Aveva il cellulare spento, la casa in cui viveva in affitto era stata svuotata e le lezioni con i suoi clienti annullate.

In quel momento Ellie Lewis non voleva essere trovata da nessuno, e Kim rispettava la sua scelta.

Beth Nixon si preparava a seppellire il marito, assassinato dal suo stesso fratello. Il dolore e l'amore erano stati reali, e difficilmente avrebbe rivolto di nuovo la parola a Eric.

Jared e Serena cercavano di sfruttare al massimo la risonanza suscitata attorno a Brainbox per cercare di difendere il proprio lavoro, ma l'opinione pubblica non era dalla loro parte.

Aveva sentito Penn, il quale le aveva riferito gli sviluppi dell'omicidio alla stazione di servizio e del coinvolgimento dell'ex collega. Sapeva che aveva minimizzato quanto era successo con suo fratello alla vecchia pista di go-kart, ma in seguito Travis le aveva raccontato tutto. Le era capitato di incontrare persone come Doug, in passato: poliziotti che desideravano ricevere promozioni senza fatica, che pensavano di avere il diritto di ottenere di più senza metterci olio di gomito. A quanto pareva, col passare degli anni Doug era diventato sempre più astioso e pieno di rancore nei confronti delle persone che, intorno a lui, facevano carriera. Travis aveva ammesso di avergli sconsigliato di tentare l'esame da sergente per la terza volta, forse segnando il suo destino. Kim si chiedeva se fosse stata quella la goccia che aveva fatto traboccare il vaso, per lui.

Sapeva che Penn non si sarebbe perdonato a lungo per non aver notato prima la vera natura dell'ex collega, ma aveva seguito l'istinto, convinto che ci fosse qualcosa di strano nella causa contro Gregor Nuryef, che si trovava in casa con sua moglie e i suoi figli. Kim era orgogliosa del modo in cui si era rifiutato di lasciar perdere, lottando con tutte le sue forze per scoprire la verità.

Qualsiasi problema avesse avuto Stacey, invece, sembrava risolto. Si era presentata al lavoro il giorno successivo alla cattura di Hanson con passo particolarmente allegro e un sorriso che li aveva abbagliati tutti. Era stata la prima a entrare in ufficio alle sette del mattino e aveva dato la notizia a Kim prima che arrivassero gli altri. Kim era davvero felice per l'agente e trovava che quelle due fossero una splendida coppia.

Bryant, poi, era sempre Bryant.

Nonostante la partenza rallentata per via delle restrizioni di Woody, l'indagine era stata massacrante e li aveva tenuti lontano dai loro cari, impegnandoli a dipanare una matassa fatta di rivalità, abbandono, crudeltà e bugie tra fratelli.

E quando erano state firmate le testimonianze, c'era solo una persona a cui aveva continuato a pensare, rifletté mentre bussava alla porta della villetta a tre piani.

Veronica aprì con un'espressione sorpresa.

«Posso entrare?».

La donna si accigliò. «Ho rilasciato una dichiarazione. C'è…».

«Veronica, per favore, può farmi entrare?»

«Certo», fece lei, spostandosi di lato.

Kim salì le scale, diretta verso la biblioteca al primo piano.

Non si stupì di trovare la scatola di eserciziari dell'infanzia delle due sorelle sistemata in un angolo. Per quanto doloroso fosse stato il passato, restava pur sempre la loro storia.

«C'è forse… ho dimenticato…».

«Veronica, è tutto a posto. Non verrà incriminata per nessun motivo. È stato un incidente, ho testimoniato in suo favore e quell'uomo è vivo e vegeto».

«Ah, d'accordo», disse lei, rilassandosi. «Ma allora perché è…».

«Volevo solo parlare», disse Kim, vedendola confusa. «È davvero così difficile credere che qualcuno abbia voglia di passare a fare due chiacchiere con lei?»

«Trattandosi di lei… Sì, direi proprio di sì», rispose con una nota divertita nella voce. «Sembra ancor più asociale di me».

Kim sorrise in risposta. Non si era offesa, perché aveva colto nel segno. Durante le indagini quella donna li aveva ostacolati, sfidati, trattenuti, li aveva gettati nella frustrazione, eppure Kim non era mai riuscita a provare antipatia nei suoi confronti.

C'era qualcosa in Veronica che lei riconosceva, comprendeva. Un dolore oscuro e profondo che aveva toccato un punto irraggiungibile dentro di lei. E le aveva impedito di cercare una vita normale.

«Deve liberarsene, Veronica», disse quando si fu seduta.

L'altra si accomodò a sua volta, le lunghe gambe piegate sotto di sé.

«Se dice che non ha riportato ferite serie, allora…».

«Non parlo di quello», disse Kim inclinando il capo, «ma del senso di colpa. Non è stata colpa sua. Non è responsabile di quanto è accaduto dopo la trasmissione televisiva. Non è stata colpa sua, eppure ha passato tutta la vita a cercare di farsi perdonare».

«Ma se non le avessi detto io di farlo, tutto sarebbe rimasto com'era e nostro padre non l'avrebbe rifiutata».

«Prima o poi sarebbe potuto accadere comunque. Non ha mai pensato che la delusione di suo padre era dovuta a una sola risposta errata? Aveva messo sua sorella su un piedistallo così alto che era inevitabile che Belinda non potesse soddisfare le sue aspettative. Certo, lei le ha consigliato di sbagliare, ma la decisione di farlo è stata sua».

Veronica si alzò e cominciò a passeggiare per la stanza. «Ma ho distrutto ogni possibilità per noi di essere sorelle… sorelle normali».

«Per quel che ne so, è una cosa che non esiste», replicò Kim con sincerità. «E se anche esistesse, è stato vostro padre a impedirvelo».

«Ma ci saremmo potute voler bene», disse lei, la voce rotta.

«Lo avete fatto», sottolineò Kim. «Lei è sempre stata al suo fianco. Non l'ha mai abbandonata. Belinda non è mai stata sola e sapeva di poter contare su di lei. È venuta ad abitare qui vicino e lei ha abbandonato la sua vita per prendersene cura. L'ha protetta meglio che ha potuto, anche se era un'adulta. Belinda sapeva che lei c'era. L'ha amata molto, e ha avuto ben poco in cambio».

Una lacrima scivolò lungo la guancia di Veronica. La donna se l'asciugò.

«Non era colpa sua. Non poteva volermi bene. Non dopo ciò che ho fatto, ciò che ho causato. Dava la colpa a me. Mi odiava».

«No, non è così», disse Kim. «Perché non le ha mai detto di andarsene. Belinda le voleva bene tanto quanto gliene voleva lei. E da sempre, aggiungerei».

Veronica aggrottò la fronte. «Non può saperlo».

Per Kim era sorprendente come i fatti più semplici venissero ignorati dalle persone che più ne avevano bisogno, pur essendo lampanti per un osservatore esterno.

«Lo so per una sola ragione. Per Belinda, tutto è cambiato dopo la trasmissione. Ha perso l'amore di vostro padre, la sua attenzione, il suo rispetto. E avrebbe potuto riavere tutto facendo una cosa molto semplice».

Veronica socchiuse gli occhi. «Cioè?»

«Avrebbe potuto dire la verità».

Kim osservò la consapevolezza farsi largo dentro di lei: sua sorella non aveva mai confessato che Veronica le aveva detto di dare la risposta sbagliata alla domanda. Se l'avesse fatto, le sarebbe stato tutto perdonato e la sua vita sarebbe tornata quella di prima. E invece aveva deciso di proteggere la sorella maggiore.

«Le voleva troppo bene per indirizzare verso di lei il malcontento di vostro padre».

«Come ho potuto… voglio dire… non ho mai pensato… lei…».

Kim si alzò e tese la mano a quella donna così severa e temibile che l'aveva spiazzata fin dal loro primo incontro.

«Grazie, ispettore, non so proprio cosa dire».

«Non c'è di che», rispose Kim, uscendo dalla stanza e scendendo le scale.

Fece un respiro profondo e soddisfatto, poi prese il casco, e in quel momento il suo cellulare squillò.

Una lettera da Angela

Innanzitutto, vorrei ringraziare di cuore tutti voi per aver scelto di leggere *La mossa dell'assassino*, l'undicesimo volume della serie di Kim Stone, e i tanti tra voi che seguono Kim e la sua squadra fin dall'inizio. Se volete restare aggiornati sulle mie ultime uscite, iscrivetevi al sito dal link qui sotto:

https://bookouture.com/subscribe/angela-marsons/
?title=Childs-Play&retailer=kindle

I bambini gifted mi hanno sempre affascinata. Desideravo conoscere il modo in cui vivono, i metodi di educazione e gli effetti di tanta pressione e attenzione nelle fasi successive delle loro vite. Come sempre, la storia ha preso una piega inattesa via via che i personaggi e le personalità prendevano vita nella mia mente.

Adattare gli oggetti del mio interesse a un romanzo poliziesco a volte può essere una vera sfida, ma questo è un libro che mi sono divertita a scrivere dal momento stesso in cui ho iniziato a fare ricerche sul Tiger Parenting fino a quando l'ho concluso. Spero che il risultato finale vi sia piaciuto.

Se è così, vi sarei davvero grata se voleste scrivere una recensione. Adoro sapere cosa ne pensate, e potreste aiutare anche gli altri lettori a scoprire uno dei miei libri per la prima volta. O magari potete consigliare il romanzo ad amici e parenti…

Mi farebbe davvero piacere un vostro riscontro, quindi contattatemi pure su Facebook, Goodreads o X (ex Twitter), o tramite il mio sito web.

Se non avete ancora letto nessuno dei volumi precedenti della serie di Kim Stone, eccoli qui:

Urla nel silenzio
Il gioco del male
La ragazza scomparsa
Una morte perfetta
Linea di sangue
Le verità sepolte

Quelli che uccidono
Vittime innocenti
Promessa mortale
La memoria dei morti

Grazie di cuore per il vostro sostegno, lo apprezzo davvero tantissimo.

Angela Marsons

Ringraziamenti

Come sempre, la prima persona che voglio ringraziare è la mia compagna, Julie, per il suo contributo ai miei libri. È coinvolta in ogni segmento del processo e si assicura che io non dimentichi mai quanto sono fortunata a poter fare ciò che amo e chiamarlo lavoro. Questo romanzo non esisterebbe senza di lei e le sono davvero grata.

Grazie a mia madre e a mio padre, che continuano a parlare di me con orgoglio a chiunque abbia voglia di ascoltarli. E anche a mia sorella Lyn, a suo marito Clive e ai miei nipoti Matthew e Christopher per il loro sostegno.

Grazie ad Amanda e Steve Nicol, che ci aiutano in moltissimi modi, e a Kyle Nicol, che individua i miei libri ovunque vada.

Un ringraziamento particolare va a un uomo incredibile, Jez Edwards, che è stato così cortese da offrirmi assistenza in tutto ciò che riguarda le procedure della polizia e che purtroppo è venuto a mancare dopo una breve malattia. Ci mancherai.

Vorrei ringraziare la squadra di Bookouture per l'incessante entusiasmo nei confronti di Kim Stone e le sue vicende, e soprattutto Oliver Rhodes, che ha dato a Kim Stone la possibilità di esistere.

Grazie in particolare alla mia editor, Claire Bord, della quale apprezzo moltissimo la pazienza e la comprensione. Accoglie ogni libro con entusiasmo e buoni consigli: ancora una volta non vedo l'ora di lavorare al prossimo.

A Kim Nash (Mamma Orsa), che è instancabile nella sua opera di promozione dei nostri libri e ci protegge dal mondo. A Noelle Holten, che ha un entusiasmo infinito e una grande passione per il nostro lavoro.

Grazie alla meravigliosa Kim Slater, che è ormai da anni un sostegno e un'amica incredibile, e alle favolose Caroline Mitchell, Renita D'Silva e Sue Watson, senza le quali questo viaggio sarebbe impossibile. Un enorme ringraziamento alla famiglia sempre più numerosa degli autori di Bookouture, che continuano ogni giorno a divertirmi, incoraggiarmi e ispirarmi.

La mia eterna gratitudine va a tutti i blogger e recensori che hanno deciso di conoscere Kim Stone e seguire la sua storia. Queste persone meravigliose fanno sentire la loro voce con forza e generosità, non perché è il loro lavoro, ma per passione. Non mi stancherò mai di ringraziare questa comunità per il sostegno che dà a me e ai miei romanzi. Grazie a tutti voi, di cuore.

Un enorme grazie va ai miei fantastici lettori, soprattutto a quelli che, nonostante i tanti impegni, hanno trovato il tempo di visitare il mio sito web e contattarmi su Facebook, Goodreads o X.

Indice

Angela Marsons

La memoria dei morti

Volume di 384 pagine. € 9,90

Incatenati a un termosifone di un appartamento fatiscente, al quinto piano di Chaucer House, ci sono due adolescenti. Lui è morto, lei invece è ancora viva. Per la detective Kim Stone, la scena è sconvolgente: ogni dettaglio sembra rievocare quanto è successo a lei e a suo fratello in quello stesso palazzo trent'anni prima. Quando i cadaveri di una coppia di mezza età vengono scoperti all'interno di una macchina bruciata – proprio come era successo a Erica e Keith, l'unica vera famiglia che Kim abbia mai avuto – la detective non ha più dubbi: qualcuno sta mettendo in scena i peggiori traumi della sua vita, e l'obiettivo non può che essere quello di farle quanto più male possibile. Affiancata dalla profiler Alison Lowe, incaricata di valutare il suo stato psicologico, Kim si immerge in un'indagine che mai come in questo caso la riguarda in prima persona. Perché stavolta la vera preda sembra essere proprio lei… Se i sospetti della detective Stone dovessero rivelarsi fondati, ad attenderla potrebbe esserci il più spietato serial killer che abbia mai incontrato.

Angela Marsons

Promessa mortale

Volume di 320 pagine.

Per la detective Kim Stone non è raro trovarsi di fronte a brutali casi di omicidio, ma stavolta c'è qualcosa di diverso. La vittima infatti è il dottor Gordon Cordell, un uomo dal passato oscuro coinvolto in una precedente indagine, e Kim continua a domandarsi chi potesse desiderarne la morte. Uno strano senso di inquietudine la accompagna mentre muove i primi passi a ritroso nella vita della vittima. Quando il figlio di Cordell finisce in coma in seguito a un drammatico incidente e, pochi giorni dopo, viene rinvenuto il corpo di una donna morta in circostanze sospette, Kim non può fare a meno di ipotizzare un collegamento tra le vittime. Tutti gli indizi sembrano puntare verso il Russells Hall, l'ospedale dove Gordon Cordell lavorava, su cui aleggia un'oscura e impenetrabile rete di segreti e omertà. Se i sospetti della detective Stone dovessero rivelarsi fondati, ad attenderla potrebbe esserci il più spietato serial killer che abbia mai incontrato.

NEWTON COMPTON EDITORI

Angela Marsons

Vittime innocenti

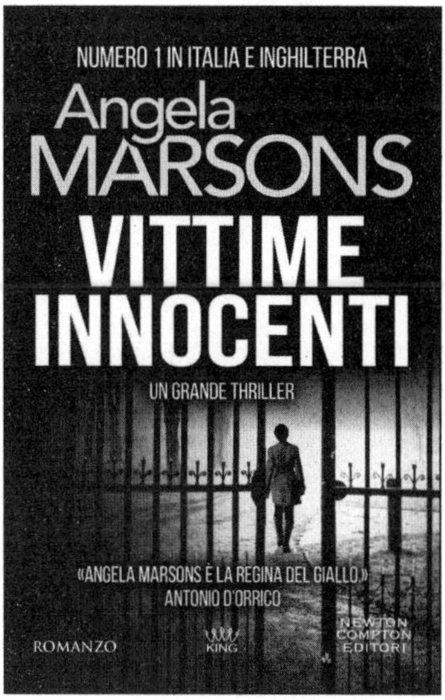

Volume di 384 pagine. € 3,90

La giovane Sadie Winters era un'adolescente "problematica". Per questo il suo salto nel vuoto dal tetto dell'esclusiva scuola privata che frequentava viene rapidamente classificato come suicidio. L'ultimo gesto disperato di una ragazza fragile. Quando però un altro studente resta vittima di un fatale incidente nella stessa scuola, la detective Kim Stone fatica a credere che possa trattarsi di una tragica coincidenza. Tanto più che, nel corso delle indagini, Kim si rende conto che sull'istituto aleggia una pesante cappa di segreti e omertà, che non risparmia neppure gli insegnanti. Nessuno parla, nessuno sa nulla. Solo una professoressa sembra disposta a rompere il muro di silenzio, ma proprio quando Kim crede di essere vicina a ottenere le risposte che cerca, la donna viene trovata morta. Ormai è chiaro che, finché l'assassino non verrà fermato, nessuno dei ragazzi della scuola sarà al sicuro. Possibile che il responsabile di quegli efferati delitti si nasconda tra loro?

NEWTON COMPTON EDITORI

Angela Marsons

Il primo cadavere

Volume di 288 pagine. € 3,90

All'alba di un buio e freddo giorno d'inverno, la detective Kim Stone scende dalla moto e fa il suo ingresso nella stazione di polizia di Halesowen, pronta a incontrare per la prima volta la squadra che le hanno assegnato. Poco dopo viene ritrovato il cadavere di un giovane mutilato e decapitato, e Kim e i suoi si precipitano sul posto. È l'inizio della loro prima indagine. Stacey Wood, entrata a far parte del gruppo come esperta informatica, scopre un'inquietante somiglianza con un omicidio recente e si convince che tra le due morti ci sia un legame. La chiave di tutto potrebbe essere una residenza per donne abusate. Mentre l'assassino minaccia di mietere altre vittime, i quattro colleghi dovranno imparare al più presto a collaborare. Se la giovane Stacey già si distingue per l'efficienza e il sergente Bryant per la sua affidabilità, l'ambizione di Dawson rischia di mandare all'aria il delicato equilibrio del nuovo team investigativo. Non sarà facile per Kim, nel suo nuovo ruolo di capo, tenere unita la squadra che è chiamata a risolvere il suo primo difficile caso.

NEWTON COMPTON EDITORI